本书由北京两山文化研究院（两山智库）特别策划

北京山文化研究院

戴潍娜 / 主编

光 年 ⁴
LIGHT YEAR

灾难之诗：像目睹日常事务一样目睹死亡

中国社会科学出版社

图书在版编目（CIP）数据

光年. 第四辑 / 戴潍娜主编. —北京：中国社会科学出版社，2021.11
ISBN 978-7-5203-9274-7

Ⅰ.①光… Ⅱ.①戴… Ⅲ.①诗集—世界②诗歌理论—文集
Ⅳ.①I12②I052-53

中国版本图书馆 CIP 数据核字（2021）第 223650 号

主　编：戴潍娜	装帧设计：赵瑾
副主编：陈家坪　王东东　叶美	别册插画：高远（《塔社》阿非工作室）
新媒体编辑：罗曼	技术支持：浪波湾工作室

出 版 人　赵剑英
出 品 人　林恒宇
总 策 划　刘明清
责任编辑　张　潜
特约编辑　王媛媛
责任校对　陈志伟
责任印制　王　超

出　　版　中国社会科学出版社
社　　址　北京鼓楼西大街甲158号（邮编100720）
网　　址　http://www.csspw.cn
发 行 部　010-84083685
门 市 部　010-84029450
经　　销　新华书店及其他书店

印刷装订　北京君升印刷有限公司
版　　次　2021年11月第1版
印　　次　2021年11月第1次印刷

开　　本　710×1000　1/16
印　　张　20.25
字　　数　300千字
定　　价　72.00元

凡购买中国社会科学出版社图书，如有质量问题请与本社联系调换
电话：010-84083683
版权所有　侵权必究

目 录

Transboundary
越界

003 世越号船难全纪实：《死亡自传》
得一忘二 译

033 穿透怪诞的河流，作为女人而写作
格尔尼卡 采访　　得一忘二 译

040 遗忘的场所：灾难组诗《在现实中》
王子瓜 译

053 语言的多元与鲸鱼之肺：一位复合民族诗人
左易·斯克鲁丁 撰文　　王子瓜 译

Contemporary
当代国际诗坛

060 〔波兰〕安娜·卡明斯卡诗选
李以亮 译

072 〔土耳其〕纽都然·杜门诗选
曹 谁 译

084 〔威尔士〕艾弗·格林诗选
杨 炼 译

086　〔英〕米歇尔·法伯诗选
　　　陈永财 译

096　〔匈牙利〕安德拉什·派特茨诗选
　　　罗　曼 译

113　〔比利时〕威廉·罗格曼诗选
　　　李　凯 译

122　〔加拿大〕托德·斯威夫特诗选
　　　俞心樵 译

151　〔德国〕罗恩·温克勒诗选
　　　李　栋 译

Drama
诗剧

164　双方偿付
　　　W.H. 奥登 著　　连晗生 译

Poetics
诗学

200　感谢所有的赐予
　　　谢默斯·希尼 撰文　　杨东伟 译

208　扎加耶夫斯基论诗歌艺术
　　　扎加耶夫斯基 撰文　　杨　靖 译

Essay
随笔

228 叶芝拥有他自己的特权
埃德温·缪亚（Edwin Muir）撰文　　王东东 译

243 耕耘在文学翻译的园地
倪庆饩 撰文

251 《俄国来信》与西方的防卫——从亨利·马西斯到沃尔特·贝德尔·史密斯的偏见模式
米尔西亚·柏拉图 撰文　　谭　笑 译

Sinologist
汉学家

287 中国现当代诗歌韩国传播 —— 朴宰雨教授专访
王英丽 采访

Long verse
长诗

300 胜利
皮埃尔·保罗·帕索里尼 著　　申舶良 译

317 附录：译作者

Transboundary

越界

世越号船难全纪实：《死亡自传》

穿透怪诞的河流，作为女人而写作

遗忘的场所：灾难组诗《在现实中》

语言的多元与鲸鱼之肺：一位复合民族诗人

在韩国，以女诗人的身份生活意味着只能占边缘地位，只是男人建构的诗歌世界中的"调料"……我成为一名诗人时，韩国文学界期望女诗人为爱情而被动地唱歌。自然，这没有写在任何地方，但存在着这样的规则。因此，我受到了蛮多很重的批评。韩国男诗人不允许我进入他们的团体。我在韩国女诗人中也找不到榜样。我没有任何老师，前辈或同事。我粗糙怪诞的意象被人扔在路上，被批评我的评论家踩，说到我口吻都是斥责。我感到遗憾的是，读者似乎只喜欢他们习惯了的东西。我逐渐意识到，从局外人角度说话是诗人最真实的声音。拥有十万或百万读者的诗人可能不是真正的、本真诗人。现在，我看到许多年轻的诗人已经适应了我诗歌的说话风格。我认为，只有通过具有精神分裂症的诗歌语言，妇女才能迫使父权语言丧失权力。只有诗歌才能找到新的韩语词或新造出韩语词。当一门语言成为歧视女性的监狱时，还有什么能够抵制它呢？诗歌的语言是边缘的、被动的、女性的、肮脏的。诗歌这样的事，以次要事物搅扰主流事物，以消极事物打破主动歧视的事物，也能以污秽事物打破给肮脏事物抛光的东西。

我们会把社会教给我们的东西，刻在自己身上，并继续执行这项任务，而不知道那是他们强迫我们拥有的身份。这种身份刻在我们的脸上、皮肤上。不知道我们的身体已经变成了"用人的肉制成的纸"，我们塞满自己的身体，把它们变成剧场，上演种种文化的符号或抑制了的符号。禁忌被刻写在女性身体上，只有当这个过程中女性所经历的痛苦得到人们的共情，才可能解释女性诗歌。在这一点上，女性的语言是屠夫的语言，卖的是自己的身体。这是荒诞而悲惨的。女诗人只有在穿越这条怪诞的河之后才可以进入语言世界。只有当她们越过尖叫之河，您能在那里像目睹日常事务一样目睹死亡，言词才能从她们的嘴里喷涌而出。

——金惠顺

世越号船难全纪实:《死亡自传》

得一忘二 _____ 译

金惠顺(김혜순 Kim Hyesoo, 1955—)

生于韩国庆尚南道的蔚珍市,韩国建国大学韩国文学系博士,当代韩国最著名的女诗人之一。格尔尼卡曾评论她的诗歌很怪诞,肯定一种暴力的丑,搅乱诗的表层,似乎对那些主张女性必须只写"漂亮"东西的人提出了公开挑战。其语言和诗思都对通常认为的传统女性诗歌乃至韩语诗歌进行了比较激进的突破。自从 1979 年写诗以后,已经出版 13 本诗集,4 本文集,英文诗文集 11 本,是世界范围内知名度最高的韩国当代诗人之一。她 1994 年的诗集《首尔,我的奥义书》获得 2000 年的金洙焕现代诗歌奖,2001 年她又获韩国最高诗歌奖"素月"奖,为女性第一人。以韩国 2017 年世越号沉船事件为主题的诗集《死亡自传》获得了加拿大著名的格里芬诗歌奖。

在一个访谈中,她回答什么是诗人时,如此说:"诗人只会确认不存在。诗人代表空缺。我认为诗人谈的是空缺的消失。诗人是没有价值的人,诗人是母亲……。一位母亲允许孩子的存在(那孩子立刻就成为他者、一个空缺)。她存在于自己和孩子之间,在一个创造性的空隙里。而存在于这样的空间中,有别于生存在一个父权资本主义的系统里。所以诗人的地位是相当独特的。"

注：世越号（Sewol-ho）船难是 2014 年 4 月 16 日韩国的一起船难，发生在该客轮从仁川港驶往济州岛途中。船载 476 人，其中 325 人为一所高中的学生，共有 304 名乘客和船员遇难，是韩国 1970 年以来最严重的轮渡灾难。当日上午 8 时 48 分，世越号在高速直线航行中突然失控，瞬间急转弯向右，一分钟后船体倾斜急停。8 点 52 分，船员通过广播要求乘客原地待命。8 点 55 分，发出遇难求救信号。9 点 46 分船长和部分高级船员弃船逃难。海洋警察厅的第一艘巡逻艇到达现场后，先救走了船长和部分船员，虽然透过窗户看到被困乘客，但没有立即救援，而是在周围等待上级指示。当天 10 时 21 分船开始下沉。在黄金救援的 72 小时内，现场没有展开任何营救行动，海洋警察厅要求韩国军队原地待命、封锁事发海域、阻挡外界救援、将民间潜水员排除在外，要求美国直升机撤离。船难中，172 名生还者大多是自行赶去的民间渔船和商船救起的。世越号在 4 月 18 日中午完全沉入海底，直到 2017 年沉船才被打捞上岸。由于船上的监视系统、自动识别系统当时也发生故障，没有航程信息记录仪，所以数据遗失，导致事故原因难以查明。

通勤
第一天

在地铁上,你眼睛向上翻了一次。那是永恒。

向上翻的眼睛被永远放大。

你可能弹出了火车。似乎你要死了。

尽管你要死了,你还思考。尽管你要死了,你还倾听。

哦,这女人怎么回事?人们。匆匆路过。
你是一块被扔掉的垃圾。没人注意的废物。

火车刚离开,一个老头走上来。
他偷偷摸摸把黑指甲塞进你的裤子。

一小会儿之后,他偷你的手袋。
两个中学生走过来。他们在你口袋里翻找。
他们动脚踢。照相机快门咔嚓一响。
你的葬礼照片在那些孩子的手机上。

你看着全景照片在你眼前展开,就像死人通常会做的那样。
你盯着外面看的眼神现在转向你无限的内心空间。

死亡从外面涌进来,像暴风雨一般。内在的宇宙更宏大。

很深。很快你就会在它里面漂浮。

她已经在那边铺展。像一条被人扔掉的裤子。
你拉上左腿的时候，裤子右腿已跑得很远，你上衣没缝好，没拉链，它们到处
飞旋。在你每天早晨通勤的地铁一角。
可怜。有那么一刻，那女人被拥抱，就像骨头包住骨髓，
就像胸罩捂住乳房那样拥抱。

黑头发，来来去去，手抓包。你唯一的套装。

一只恐龙正要从那女人的身体里跳出。
她睁大眼睛。但没有剩余的出口。

那女人死了。像夜晚的太阳被扭灭。
现在，那女人的勺子可以扔掉。
那女人的影子可以折叠。
那女人的鞋子可以移除。

你从你自己身边逃走。像一只鸟远离自己的影子。
你决定要逃离厄运，不要与那女人同居。

你高喊，我对那个女人连一点点感觉都没有！
但你也想那个女人活着的时候那样翻眼，
像往常一样，继续上班的路。你走着，没有带着你的身体。

我会准时到班上吗？你转头走向你不会过的生活。

日历
第二天

一只白兔子死了变成一只红兔子。

它甚至死后还会流血。

很快红兔子就变成黑兔子。

它甚至在死后还会腐烂。

因为它死了,所以它可随意变大变小。

它非常大的时候,就像一朵云,非常小的时候,就像一只蚂蚁。

你试图将一只蚂蚁兔子塞进你的耳朵。

蚂蚁兔子见到什么就吃什么,你耳朵中广阔的草地,

然后它产下两只比暴雨云还要大的兔仔。

你的耳朵嗡嗡响。每一种声音都在嗡嗡响。你耳朵要死了。一只兔子要死了。

有时,一只死兔子会转世成为一块吸满血的月经垫。

偶尔,你从裤子里抽出一只死兔子。

每个月你都抽出一只死兔子,把它挂在墙上。

你在墙上挂着一道哭声,闻起来像兔子的耳朵。

午夜太阳
第五天

那封信寄自那个地方,你的回信不可能送到那里

你已经在这儿
你已经离开了你

一封熠熠生辉的信来自一个洞穴,洞晓一切的洞穴

就像在死后看透一切的头脑,一封亮光闪闪的信来了
像你还未出生的日子,一封宽广得广阔的信来了,它没有昨天没有明天

一辆由光制成的马车铃声清脆
一个女孩穿着由光缝制的裤子,咯咯地笑,叩击没有黑夜的世界

最后一列火车浮在地面上奔跑
在那世界月台上的所有火车都同时亮起沉默地忘记了你

你不会走,因为你没有脚,但你童年的孩子们已经在那儿
那封信从明亮的洞穴寄到,甚至黑色的回信也无法寄回那洞穴

在你孩子们在你面前衰老的地方
你从那里启程,去转世

一封信寄来,以明亮得亮闪闪的光作为墨写成

寄自你从未遭遇过黑暗的那个地方
一封大得巨大的信寄到了
一盏辉煌的灯一个新生儿第一次打招呼

孤儿

第八天

你不是上帝,是一个广场

你长大之后,把死神成为妈妈
你喝着死亡汁,数死亡的谷粒

你是广场的仆人
你是广场的私生子
你是广场的侍者

一匹广场马拖着你前行

你的身体永远被绑到那四个角上
当你睁开眼,它总是朝着四个方向跑

上帝是爱,你是告别
你因告别而生,因告别而死

(你的脸被湿毛巾擦得透明了)
(你的手被擦干净了)
(灵魂在体内呼吸)(身体在广场上呼吸)

电视在墙上,播放着八个奶头的猪妈妈啃第九只小猪大脑的镜头

赶在死前出生的孤儿之死的场景

现在,你身穿广场连衣裙,非常贴身

Transboundary 越界 世越号船难全纪实:《死亡自传》

同名者
第十天

你是姐姐。你抚养妹妹

你们一起吃早饭一起睡觉一起欢笑

你帮她换衣服帮她洗澡

你们在家时如同形影

你只是出门才会一个人

打进来的电话给你们的一体扎了一个洞

我们发现了你妹妹的尸首但……

你告诉你妹妹她的尸首已经找到

但你们仍然住在一起,你以她的名义做梦、交友

甚至在你认领了妹妹的尸体之后

你还多次梦见她沉进海底

你们一起吃饭一起睡觉一起看电视

你最自在的就是和妹妹住在一起

当你站在海边,某种东西,一大团黑色,从空中坠下

月蚀
第十二天

　　一只胖乎乎的黑鸟，像你一样大，落在门口。你起身，脱掉睡衣，套上黑色罩衣。你有一种不祥的预感，会收到一条消息。你瘦猴子似的，那只鸟胖乎乎的。现实生活里，或者也许在梦中，你听到敲窗的声音。你打开窗户，没人。只看到有什么东西试图站起来，像风中摇曳的影子，某种一生都贴在地面上的东西。你打开门，走进便利店，脚踝被什么拉了一下。一只手从黑暗的坑里迅捷地伸上来，像是黑坑打了一个嗝。你听到一个熟悉的声音：我们去吧，去未知的地方，去最深的地方，去底部的底部。你很怕厕所马桶的水里或镜子里会冒出一张陌生的面孔。你不知道恐怖是不是比悲伤先到。你对着电话大喊：如果你不打算来，你就别打电话！电话另一头有人在听。之前有过一次月食，月全食的那一刻，衣橱门敞开，有人爬出来，说：我们走吧，走吧。你吓坏了，尖叫起来，冷能量缠绕着你。那家全天开放的影院倒闭了，而你感觉像是站在一片田野中间，电影不间断地放映着；你父亲给殡仪馆打电话，要定做一口石灰岩棺材，不要木制的。你父亲说，那样水才进不去，虫子也进不去，那样它才会一直干干爽爽。你当时坐在餐桌旁，但你感觉不到自己的身体，似乎你刚从电影中走出来。即便你吧唧吧唧地咀嚼，却没有一点真实的感觉。我还能吃什么呢？你转过身，桌上什么都没有。

你想做友善的尸体吗？

你想做恐怖的尸体吗？

你想变成鬼魂会亲吻的丝绸吗？

你想变成鬼魂会脚踢的麻袋吗？

每一天都是死亡的前夜

演说家的手心重重地拍在桌上

沙砾裙
第十三天

1. 手指的花园

你是一块岩石

没人能够触摸你

你穿着一件沙砾的裙子

你在废墟的庙里

你躺在岩石床上

你可怜巴巴的花园

你俗不可耐的花园

你的花园从你十根手指上延伸出来

你的花园散发出沙砾的臭味

我要尖叫

我要乞求

撕破你裙子的花园,也撕破了你的脸

月亮太远了,那么可怕

一座可怕的岛在黑暗的天空中漂来漂去

它太靠近时,鹅卵石就噗噗噗地坠落在月亮的脸上

很久以前我们升起过月亮,记得吗?

月亮常常在我们的床上破碎,在我们之间打洞

当我们出门散步

把月亮绕在手腕上

你的裙子着了火,嫩黄、杨柳扶风一般

可今夜

月亮病了,它破碎的脸倒在花园里

你一触摸,月亮的手指就噗噗噗地坠落下去

在你俗不可耐的花园中,月亮孤独地破碎

     2. 心的海滨

    你的心像河岸上的卵石一样死掉

    你的心像沙土的海岸一样死掉

    你的呼吸像黑月亮一样停止

    在你背后,日子无法变成你,它们像海浪一样抽泣、破碎

首尔,死亡之书
第二十二天

听,听北方大山的声音
你内心的烛光已熄灭

动身!
第一滴氯化钠注射液扎进你的那一刻
由你感觉构成的天空,覆盖着你身体的天空,升高了
天空的阿基琉斯脚跟断裂了

现在,你的身体就是漂浮在睡眠之上的雾
你的脸就是浮在你身体上的云
你的想法就是烤肉的烟
你的折磨是一声尖叫,一口气,从你身上逸出

听,细听雪山峰峦的声音
不要回头。如果回头,你就会变成一块石头,坠入噩梦
不要哭。如果你哭,你就会再生为昏迷市民的褥疮
细听我的话在你遥远耳膜上的回声
没有人会想念你
自由地飞吧
光到来时,请献上你的眼睛
风到来时,请献上你的耳朵

如果你付出一切后还在那里,请听我说

你的房子像长发上的丝带一样飘扬

快,动身吧!

趁着别人的蜡烛还没有在你身上点燃

Transboundary　越界　世越号船难全纪实⋯《死亡自传》

礼物

第三十天

你唯一能给自己生出来的就是你的死亡

抚育它，生出它，就当它丰满又美味

你唯一能回报自己的就是你的死亡

就像你妈妈的乳汁，你一生都在吮吸，是你断奶后需要回馈的东西

你唯一能提供给自己的就是你的死亡

先防腐处理，然后在绝对新鲜时端上来

你唯一能脱去外衣送给自己的就是你的死亡

当你的身体被撕裂，你的第一组黑翅膀终于扇动

你最难分离的东西就是你的死亡

最终，你必须还给你自己的就是你的死亡

月亮面罩

第四十八天

现在你已经把你的脸彻底撕下

白色的圆月从东方升起

一千个面罩漂浮在一千条河面上,在北方、南方、东方、西方

不要
第四十九天

温暖的荡漾的呼吸不会想念你

风从你前面离去，奔赴轮回，风拂过你童年的唇，它们不会想念你

冬天，女人冰冷的心，因病而死，在无垠的蓝天中飘走

它扎满了细细的针头，不会想念你

树叶随风飘散，在结冰的河面上留下印记

一百层两百层的超高建筑一下子倒塌了

戴眼镜的眼镜，穿鞋子的鞋子，长嘴唇的嘴唇，有眉毛的眉毛，留下脚印的脚印

都被扫进巨大的抽屉，它们不会想念你

河面的冰结到八十厘米深处，一辆坦克从上面经过，冰下的鱼不会思念你

烟店门前，一条狗被绑在电线杆十四年了，它不会想念你

虽然大风带走了成千上万死于疯狂的女人

你一生中被呼唤为"你"的声音，头发掉落的声音

冬天风景中的所有声音，挥舞着鞭子哀嚎的声音，都不会想念你

千万、数十万、数百万雪花纷纷扬扬,它们不会想念你

不要下降到俗世,满世界地嚎叫,抱怨,搜寻你埋在雪地里的雪人般的身体,不要想念你,不要像展开一封折叠精美的信还说什么爱你

不要因为你不是你而想念你,而我才是真正的你

不要因为你用无墨的笔写了四十九天而想念你

Transboundary 越界 世越号船难全纪实:《死亡自传》

地平线

是谁打破了
地平线？
那分隔天地的标记，
夜晚，血水从那之间的空隙渗出。

是谁打破了
上下眼睑间的空隙？
我身体上分隔内外的标记，
入夜，眼泪从那之间空隙中喷出。

只有伤口才能流进彼此？
黄昏降临，我睁开眼，
一道伤口与另一道伤口交合，
殷红的水无尽地流淌，
那个称之为"你"的出口，在黑暗中关闭。

是谁打破了
白昼和黑夜？
她在白天变成鹰，
而他在夜晚变成狼。
我们相遇的夜晚，
像刀刃错过彼此。

生日

我早上睁开眼睛,

床上到处是荆棘。

我听音乐时,

荆棘从扬声器中喷涌而出。

我走路时,

荆棘涌在我脚下堆积。

不知怎的,我变成了一个时钟。

锋利的秒针溢出

我的身体。

这些秒针

很不耐烦。

它们极不耐烦地

刺扎我。

当夜幕降临,夹杂着秒针的大雨也随之降临。

我努力行走,走到100岁,走到我200岁。

那遥远的地方。

那个太遥远的地方。那个闪闪发光的地方,

你和我共同生活的地方,

我们很快乐。

你过生日时,

我会送上我的祝愿,

送上这些秒针制成的蛋糕和蜡烛。

刀与刀

一把刀爱另一把刀

爱在半空中，像某种没有脚的东西

刀子爱上别的刀子就不再是刀子，而是一块磁铁

两把刀子的对视将彼此拉近，抱成一团！

汗滴飞溅，发出呻吟

似乎两把刀要一起躺下，身体交叉在空中，眼光炯炯，凝望同一个远方

每个四月，多少次，在它们的凝望中，断头的樱花纷落，而它们向往着某个隐秘的远方，击打彼此的身体！

只有当有人的身体倒在地上，刀子的爱才会结束

它的爱无法自我结束，就像红舞鞋的舞者无法停止舞蹈

它能坚持抱着那尖锐的身体，到最后无法与它分离，再也回不去

原本它是可以从空中落下的

它那不会弯曲的膝盖不会落下，但喷出鲜血

它的身体如我，有一个洞。除掉那个黑洞啊，戳它，直到它内脏流到体外

就着它洞里流出的热血洗脸

无论怎么尖叫，这恐怖的爱不会消退

就这样，我的爱使得刀刃的身体飘在空中

我们的爱从没有脚踏实地，我有必要解释吗？
我们的爱仍然漂浮在半空，这是一种福分吗？

Transboundary　越界　　世越号船难全纪实：《死亡自传》

我的眼里

当我眼皮下，有人，一次，
两次，将沙铲进无边的海里，
然后等着沙沉淀，
等着我闭上眼睛，让

大海中的水从山底流向山峰。
身插鱼鳞的鸟儿
飞进大山深处。
而深处变成高处，
高处变成低处。

当夜色笼罩那个地方，我死去的祖母们
带着点亮的灯笼，平静地从我们脚边走过。
云朵环绕在脚下，
人们把窗户系在地板上。

父亲们在风中下蛋，母亲们
在枝桠间抚育幼儿。
那地方的人勤勉地培育一座山脉，
以雕刻一片土地，挖掘一颗月亮。

在我无边无尽的大海深处，有一个
颠倒的奇怪世界，总在深处。

黑色胸罩

有一天非常非常无聊

像一只双唇埋在胸前的水鸟

我想尝尝自己的乳房

那些一直在黑色眼贴里睁着的眼睛

我的乳房尝起来可能

像远离大陆的岛上灯塔

或者像岛上的监狱,单独监禁的味道!

或者像地下墓穴

(就像紧紧绑在一起的奔放的瀑布)

(像包装纸被撕开的汹涌的大海)

(似乎我身体正在生长着眼睛)

(就像两只小水鸟在海边的小山丘上觅食)

我曾经看到一张广场的照片,上面有数百位母亲

在等待儿子的尸体

我想解开

母亲后背的所有搭扣

乳房上的眼睛抽泣抽泣抽泣不停

哭声回荡在整个广场

请不要丢下我

我是你的妈妈

眼罩内，眼睛肿出了声音

撞到监狱的墙嘭嘭嘭嘭！

眼罩看起来像某人的手

那些手戴着黑手套，手里抓着两只小鸡！

被网住的鱼要忏悔，你听说过这样的事吗？

迷路的小鸡要忏悔，你听说过这样的事情吗？

我黑胸罩的肩带

被拉长

像两条泪水的溪流

（现在我想划到某个深处

就像有人戴着眼罩在大海中央划船）

水蜘蛛的家

自然而然,雨从天而降

(然而,她没被淋湿)

她坐公共汽车去她的屋子

(她没有家)

公交车上的所有乘客都有一个家

(然而她没有家)

公交车的车窗被分隔成卡通片一样

(附有数字的悬崖鸣笛加速)

巴士很快就到了终点站

(但是,实际上巴士没有终点站)

她停在她的屋门前

(她的房子像吊在秋千上一样摇晃)

她悄悄地弯下腰,把脸夹在两腿之间

(她没有腿)

她的房子藏在她身体里吗?

(房子掐住她的喉咙)

凡我踏脚处皆是我的家——她相信吗?

(她家地板可以铺地毯)

这条路是她的家吗?

(她只是站在那里握着她的房子)

涟漪不断在屋顶上方蔓延

(她的房子没有屋顶)

她的房子像血一样从她头顶流下来

(谁把房子拉倒了?)

门倒了

(然而,说实话,她的房子没有门)

门都顺流而下了

(她的门塞满了河面)

她的房子静静地坍塌在河里

(你这一生都去了哪儿?)

一生的雨从天而降

(但是她没有被淋湿)

她甚至不能住的房子

(她的房子缀满了她的眼睛)

为什么美人鱼都是女的?

我俯伏在地,吻我的影子
我咬掉影子的耳朵

我影子的眼睛亮了

一个像骆驼的人,从没洗过澡,
藏在我的上半身,
一个像黑鲨的人
把我拉进深海,游荡,
藏在我的下半身

我是被古代人吃掉一半的女人
他们手拿带刺的鞭子

因此,我疲惫的脸上
骆驼的眼睛一直睁着,鼓出来
茫然地注视着我下辈子的身体
和沙丘的性感曲线
而成百上千的带刺鱼鳞
就像未出生婴儿的指甲
戳在我的脚踝上
永远不会脱落

有人摇我胳膊要我去远方的沙漠

有人绑住我腿要我去远方的海洋

我温乎乎的舌头最早结冰,比手指还要早
我结巴了,真冷,真冷
月经痛猛烈地吞没了我的下半身
真痛,真痛
我扭动身体
有一半困在沙漠中
其余的在海洋中

我咬住我影子的耳朵
我整天在体内游泳

为什么美人鱼都是女的?
它们自我繁殖吗?

回想我生女儿的那天

（根据传统伴鼓说唱剧方式而作）

我打开镜子，进去，

看到我妈在镜中坐着，

我打开镜子，再次进去，

我妈的妈在那镜子里坐着，

而我推开我妈的妈坐的镜子，跨出那门槛

看到我妈她妈的妈妈在镜子里咧着嘴笑，

我探头伸进镜子里我妈她妈的妈妈两张大笑的嘴唇中，

我妈她妈的妈妈的妈坐在其中，比我还要年轻，

在那里转着圈。

我打开镜子，进去，

又进去，

再次进去。

镜子里越来越暗，

所有的女性祖先都坐在那里面，

所有的妈妈都冲着我的方向，有的嘟哝有的大喊：

"娘！娘！"

她们的嘴噘起来，哭喊着要喝奶，

但我的乳房干瘪，不仅如此，还有人

不停地朝我的肠子里

充气。于是我的肚子

开始膨胀，比气球还要圆鼓，

接着就飘了，在大海上扬来荡去。

镜子里的空间那么空阔广漠，

甚至连一根稻草也没有，

而且时不时地，有闪电划过我的身体。

我每次潜入水下，

所有妈妈祖先们留下的一排鞋子

就会在海床上神不知鬼不觉地消失。

闪电划过天空！

断了电。一片黑暗。

突然，所有的镜子在我面前破碎，

一位母亲被吐出来。

戴手套穿白衣的人们

收拾起镜子碎片，举起一位浑身是血的

小母亲，眼睛还没睁开——

所有母亲的母亲——

这时他们说："是一位十指齐全的公主！"

穿透怪诞的河流，作为女人而写作

格尔尼卡 _____ 采访　　得一忘二 _____ 译

格尔尼卡：是什么吸引你走向诗歌的？

金惠顺：我小时候患有结核性胸膜炎，因为各种原因，我由祖母带大，她在东海附近的一个小村庄经营一家小书店。因为自小生病，我总是看着窗外，观察的对象是太阳、季节、风、疯子和我祖父的死。我的长期观察令我感到身体里充盈了诗一样的东西。它们所处的状态和条件很难用语言表达出来。到我上了大学，我努力把它们落实为文字。也是在那个时候，我预见到我的死亡以及世界的死亡。我想我的诗就是从那个时候开始的。

格尔尼卡：你写诗几十年了，是什么让你坚持下来的？

金惠顺：要是你生活在韩国，你可能总因为政治和社会问题而对当权者感到愤怒。我在这种社会专制下感到非常沮丧。我回头想想，感觉自己在首尔从未见过日出。我上大学的时候，警察经常测量女人的迷你裙有多短，男人的头发有多长。管制我们生活的政府，把每一个人都当作士兵看待。一个女孩在韩国生活，意味着要在很多歧视和限制之下生活。我当年的大学生活如此，我现在牵涉其中的韩国文学界也是如此。

女人是男人的陪衬。女人，即使在非政府组织中进行政治抵抗，也很难担当主导角色。男人认为女人应该在边缘做些微不足道的小事。他们认为女性应该只是一道菜的调味品。看到这一切，我感到愤怒，感到悲伤。愤怒与悲伤的泛滥，有时会变成诗。但无论如何，我必须达到"诗歌状态"才能写作。然后就好像我周围的边界变薄了，模糊了，抹除了，消失了，甚至死亡了。因暴力而被消失的女人在嚎叫，消失的女人的嗓音在回响。我用这些嗓音唱歌。

格尔尼卡：你的作品如何受到韩国诗歌内部诸传统的影响，尤其是韩国女性诗歌的影响？

金惠顺：第一首韩国诗是《公无渡河歌》）。写的是一个女人看到她头发灰白的疯丈夫过河时，伤心的哭唱。有一位叫丽玉的女人看到了这一点，并写成诗歌。这个女性角色（和她的悲伤）成为韩国第一首诗的内容。因此，韩国诗歌始于两个女人的情感。受到这种开端的影响，情感和对爱情的渴望成为韩国诗歌的主要思想。

在韩国的创世神话中，一头熊和一只老虎彼此挑战吃大蒜和艾草。老虎败了，但熊成功了。这只熊变成了女人，生了孩子，但再也没有出现。韩国神话中的女性生完孩子后就消失了。她们出生的原因是为了生儿子。但有一个神话，里面没有女性的消失。这是一个关于萨满祖先的寓言。钵里公主（又译芭莉公主，原意"被抛弃"）是一个国王的第七个女儿，因为她是女孩而被遗弃。她朝圣了冥界，归来后救了父亲，成为了带领亡灵进入天堂的驱魔师的前身。

韩国古代诗歌有两个类型。一类是有节奏规则和字数限制的贵族男性汉诗。另一种是妇女的口头诗歌。政府考试就基于这种诗歌，并通过它聘请了文职人员。如果你是一个优秀的男性诗人，你可以为政府工作。妇女创作的诗歌则是她们的幻想经验，引发这些白日梦的是她们艰难的生活或爱情、做儿媳的积怨，或面临的贫困、辛劳和残酷。那个时候，女性诗歌还不是写出来的，而是说出来或唱出来的；写，要到20世纪才写成。

1900年之后有一段时间，这两类诗歌统一了，一般称为"现代诗歌时期"，这种合二为一的诗，因为忽视传统诗歌的韵律和规则，被称为"自由之诗"。这种风格的著名诗人有两位，他们是金素月和韩龙云，韩国人最喜欢他们的诗歌。这两位诗人的一个独特之处在于，他们选择女性作为他们的面具角色，借用女性声音吟唱悲伤和告别。按我个人之见，古代官员用女声向国王唱诗，似乎是溜须拍马。

金素月和韩龙云两位诗人开始以女声吟唱他们在日本殖民统治期间的愤怒。他们诗歌对失去祖国所表达的愤怒，其方式与古代文盲妇女所唱的歌曲非常相似。

格尔尼卡：那么这对你有什么影响？

金惠善：我刚开始写诗那会儿，感觉舌头都是麻的。我没有任何榜样。我无法从这些男性诗人所使用的女性声音中学到任何东西，这是一种比女性更"女性化"的声音。我也无法从古代女性诗歌中学到任何东西，这些诗歌只唱爱情，告别的感受以及对他人的渴望。

你很容易就能在韩国现代男性诗歌中找到我上面提到的看法。他们用一种诗歌的面具人格为诗人说话，因此诗歌面具人格就对应于他所拥护的观点。所以我别无选择，只能发明一种新形式，新声音，新观点，一种描述场景的新方法。与此同时，在我面前，是一片未知的广阔领域和一座监狱。我必须逃离韩国传统的写诗方式和隐喻的牢笼。

格尔尼卡：在接受崔冬美采访时（这位崔女士出生于1962年，是美籍韩裔最著名的诗歌译者，尤其是女性诗歌，金惠顺出版的英文诗集都是她的翻译），你说："在韩国，以女诗人的身份生活意味着只能占边缘地位，只是男人建构的诗歌世界中的'调料'。"把女诗人推向韩国文化边缘的仅仅是传统吗？

金惠顺：我成为诗人时，韩国文学界期望女诗人为爱情而被动地唱歌。自然，这没有写在任何地方，但存在着这样的规则。因此，我受到了蛮多很重的批评。韩国男诗人不允许我进入他们的团体。我在韩国女诗人中也找不到榜样。我没有任何老师，前辈或同事。我粗粝怪诞的意象被人扔在路上，被批评我的评家踩，说到我口吻都是斥责。我感到遗憾的是，读者似乎只喜欢他们习惯了的东西。我逐渐意识到，从局外人角度说话是诗人最真实的声音。拥有十万或百万读者的诗人（像许多韩国诗人一样）可能不是真正的、本真诗人。现在，我看到许多年轻的诗人已经适应了我诗歌的说话风格。

格尔尼卡： 在同一个采访中，你告诉崔女士，你相信诗歌是韩国女性特别有力的工具。为什么？

金惠顺： 我认为，只有通过具有精神分裂症的诗歌语言，妇女才能迫使父权语言丧失权力。只有诗歌才能找到新的韩语词或新造出韩语词。当一门语言成为歧视女性的监狱时，还有什么能够抵制它呢？诗歌的语言是边缘的、被动的、女性的、肮脏的。诗歌这样的事，以次要事物搅扰主流事物，以消极事物打破主动歧视的事物，也能以污秽事物打破给肮脏事物抛光的东西。我认为，很难搅动韩语中倾向于男性社会的常用用法。韩国社会所基于的政治和历史，被伪装一个坚实的社会，由坚实的男性诗歌、坚实的书写语言、固定的文学写作规则和叙事语言构成。

格尔尼卡： 你的诗歌有一种怪诞风，对一种暴力的丑予以肯定，搅乱了诗的表层，似乎对那些主张女性必须只写"漂亮"东西的人提出了公开挑战。是什么吸引你这样做的呢？

金惠顺： 我们会把社会教给我们的东西，刻在自己身上，并继续执行这项任务，而不知道那是他们强迫我们拥有的身份。这种身份刻在我们的脸上、皮肤上。不知道我们的身体已经变成了"用人的肉制成的纸"，我们塞满自己的身体，把它们变成剧场，上演种种文化的符号或抑制了的符号。禁忌被刻写在女性身体上，只有当这个过程中女性所经历的痛苦得到人们的共情，才可能解释女性诗歌。在这一点上，女性的语言是屠夫的语言，卖的是自己的身体。这是荒诞而悲惨的。女诗人只有在穿越这条怪诞的河之后才可以进入语言世界。只有当她们越过尖叫之河，你能在那里像目睹日常事务一样目睹死亡，言词才能从她们的嘴里喷涌而出。

我也接触到了专制统治下的父权文化中的怪诞语言。被打成碎片的身体是病态的身体。我把这个世界的疾病和我生病的身体放在一起。我诗歌中的怪诞是我用来将自己和怪诞世界放在一起的动作。所以我在诗歌中使用的悲惨形象与我寄往悲惨世界的信件是一样的。

我最近去了荷兰鹿特丹的一个国际诗歌节。我听到有位诗人说诗人都是健康人，通过他们的健康与世界交谈。听到他们这么说，我不知道谁来判断哪一个是健康的？

在我看来，诗人通过病症与人交谈。这些病症就是预言、尖叫和歌曲。

格尔尼卡：你能举出诗人通过病症说话的例子吗？

金惠善：我参加过反政府的烛光游行。（这种示威在2008年反对美国牛肉出口的抗议活动在韩国流行起来。）我觉得身体的盖子打开了。虽然我喉咙被堵住，但毫无缘由地，我觉得我的声音正传到我身体之外。可以说我不是被恶魔附身，而是被那里的许许多多声音附身。我回到家就写下了自己的感受。不久之后，一个凶手犯下了多起针对女性的连环杀人案，而他的脸看起来那么柔弱。我听到这些事件时，受害者就在我头脑中萦回不去，我还梦到受害者。

虽然那些尸体和我是不同的人，但我们都是由同一时期同一块布织出来的。就像你打开每个人头上的窨井盖，都会发现污水喷涌而出。我曾经深入这片污水，把自己当人质。我在污水里时，就想还能有什么比这个世界和我自己更怪诞呢。首尔时光与自我时光混在一起，同步流淌。时间就这么流逝了。早上醒来，起床吃早餐，上班（在首尔艺术学院），开车走路从未停下，不知道自己为什么要这样的生活，对将来的人生也没有什么打算。从那天起，我就认为控制我行动的就是一个空洞的东西，一种由洞建筑成的结构。我不知道我想做什么；洞知道。我的洞分布在污水中，我要做的任何事，它们都赶在前面做了。到最后，洞和污水都成了我；洞和污水就成了一首诗的主题，引导着故事线，隐藏在一首诗中。

格尔尼卡：人的身体在你诗歌中出场很多。女人的身体，可怕的病体，母亲的身体，呕吐的身体——你的诗充满了五脏六腑的意象。为什么身体对你的诗歌如此重要？

金惠顺：韩国传统抒情诗有一定的规则。我面对这些规则时，就得扭动身体，不知道该说什么、该怎么办。面对传统的抒情性，我是赤裸着身体说话的。讽刺的是，要想以没有文化纹身的裸体说话，你就需要一种新的说话方式。

有的日子比较特别，我会很想写诗。我的感官会变得非常敏锐，整个身体对缺席之母反应强烈。那样的日子里，我感觉自己好像被死亡的遗弃感淹没。然后，我赤身裸体的节奏和我的母语变成一样。正是在这种节奏中，我找到了圣洁，我可以回到宇宙中无处不在的母亲身边。节奏高于一切。能量随着一种流而运动。诗歌的主体不过是能量、波浪和节奏。节奏让我们赤裸裸地暴露我们的自我。诗歌是一种语言的舞蹈，当我的身体适应语言的节奏时就会跳出来。内容与形式的异化在我的诗歌中屡见不鲜，因为我固执地拆解着我的身体，这行为你也可以称为"拆解妄想"。我想，当我拆解了我的女性身体之后，我最终就会拆解抒情诗的规制。

格尔尼卡：我读你的诗时，我被你图像和文字所营造出的曝光运动所吸引。我的脑海中想到的是有一种软肋被揭示出来：压迫导致的丑陋后果，而这些可能是当权者试图压制的。你觉得你的作品是一种曝光吗？

金惠善：是的，诗歌就是表达你清楚记得你的死亡和坟墓的方式。我写诗时，会重温内心深处一个女人死了很多次的那些日子。我的身体充满了坟墓。一座墓穴挖开来，就会有一个少女流着泪钻出来，双手满是尘土。一个身为少女的女人同时又是一个大女孩，感受到那个少女的存在。我觉得15岁的我和50岁的我同时因为非法挖掘而从坟墓里爬出来。时间不是一条直线，而只是一个平坦的地狱，就像沙漠。我是盗墓贼，盗我自己的墓。我墓葬的东西展示在灿烂的阳光下。每次发生这种情况，我都觉得很粗鲁。

格尔尼卡：你觉得你的女性主义与你的诗歌有什么交集？两者相辅相成吗？

金惠顺：我参加了一个名为"另一种文化"的女性主义团体。我曾经带小学生去参加学习营，与其他学者一起进行女性研究小组会议，并将这些研究结果发表在杂志上。此外，我也在韩国发表过一些韩国女性诗歌的批评性评论，并进行女性神话的研究。我不知道这些作品是否有助于我的诗歌。具体来说，我认为写诗的自我不同于主张消除男女工资差异的自我。诗世界的边界是流动的，其中的语言也是流动的。因此，诗世界之外的语言，也就是不是诗歌语言的语言，是无法进入诗歌世界的。诗歌的语言不会故步自封，停在原地。什么都无法将语言归为己有。女性主义也差不多。不过，我认为，诗歌这一文类本身就是非常女性化和母性的。我曾在《作为女人而写作》一书中把诗歌比作母亲，因为我的母亲是一个把我俘获在她的身体里，出于欲望生下我，但把我生为诗人后甩手不管的人。我妈妈已不再存在，我无法在自己身上看到我母亲。对我而言，"母亲"这个词是"离别""分离"或"告别"的同义词。母亲是遗弃和死亡的同义词。把这个同义词比作水，那就是倒掉的水。我称它为妈妈，那就是一个我无法认同的身份。母亲不存在，就像浇花的水，浇了然后消失。母亲生下我们之后就住到某个地方去了。我们离去的母亲被埋葬在我们的身体里。可以说，我们生来就是身体含着死去的母亲的。

格尔尼卡：韩国女性主义的现状如何？

金惠善：目前，韩国女性主义正处于死亡边缘。与其他国家相比，韩国通俗文学和严肃文学之间的界限不太明确。我觉得女性主义像过时热销品一样被抛弃了。韩国女性主义已经被流行文化一扫而光，变成了一种过时的潮流或笑话。因此，如果你提出韩国存在女性主义问题，有人会指出你提的是过时问题。没人会承认对妇女的歧视仍然普遍存在。韩国女性似乎正享受着一种被动而脆弱的地位，都醉心于外表。在韩国，不仅女性主义，而且任何严肃的话语最终会被流行文化所扫荡。人们被肥皂剧或搞笑节目所吞噬。就妇女参与社会活动和就业的机会而言，我国是最糟糕的国家之一。我特别厌恶的是，在韩国的某些社群，你根本无法想象性别歧视有多严重。

格尔尼卡：韩国女性诗歌怎么样？

金惠顺：目前韩国诗歌界分为两个群体。一组遵循韩国刻板的传统诗歌语法。另一组正在努力寻找一种新的诗歌语法。我的看法是，你不能仅仅因为一首诗是女人写的就称它为女性主义的。尽管如此，我认为，所有在女性身体、生活和思维中寻找女性气质的努力，所有为女性找到一种言说方式的努力，都将在韩国得到广泛加强。

遗忘的场所：灾难组诗《在现实中》

王子瓜 ____ 译

让·波东特

  让·波东特生于卢森堡，现居巴黎。他写小说、戏剧、新闻报道和诗歌，他的《点明/擦除》(Point/Erasing)已广为译介，他也从事翻译，用法语翻译西班牙语、意大利语、英语和德语诗歌。他的小说同样已被译为多种语言，包括《哈罗依太太或鲸的回忆》等。他还是传记《艾伦·金斯堡：另一个美国》的作者。波东特的诗集《奇异的语言》于2003年在法国获得马拉美奖。2005年，出版诗选《语言的灰烬》。2008年他同诗人朋友共同创立了法语诗歌杂志《丛林中的因纽特人》。2011年他因一生的工作被授予卢森堡每三年举办一届的巴蒂·韦伯国家奖。

  他在亲历大地震后，写作诗集《在现实中》《再造遗忘》。

P14

我的母亲告诉我　　我曾将它放在哪儿
月亮
她将月亮放在水槽中

接着她说月亮从我的头脑中滑走
并消逝，我不知道哪里才是内部

接着她如此坚决地停止了言说，我告诉自己
她已说出了一切和那终极、寂静的存在

接着水槽中的月亮
如此坚决地进入我的精神
我对自己说它同样已说出了一切
和那终极、寂静的存在。

P43

你，在春天

当大自然仍旧

沉浸在雪带来的震惊之中

尽管早已不下雪了

你，当你反复数着

墙上的裂纹

又或者，当你反复数着

你皮肤的裂纹

或者当你像一座星星的玫瑰园

从宇宙的祈祷中被撕下

你历数着

地壳的皱纹

或者那乌鸦的脚爪

关闭你的双眼

当你重述所有这些

山脉

——不再是一片颠倒的湖的那个

天空也不再倒映其中

而是裂纹纯粹的凝结——

开始计算流云能够支撑

多少过去的士兵

春天仍然震惊于这么多

震惊于冬天的会计学

开始让面前的

军队的分裂依次

增加，然后减少。

P45

雨下了一整天

晚上，当云

变得干燥而悲惨

我遇到了

我的记忆酒徒

他说干燥亏欠了他太多

淡水的渔夫

撒网的时候

不信任精细的网眼

他们常常望着

天空，他们的河

似乎是如此的易于遗忘

他们甚至相信记忆

当它蒸发

移动到那偶然

路过那儿的云里

但我们是否仍可以将云

称为一朵被记忆胀满的云

Transboundary　越界　遗忘的场所：灾难组诗《在现实中》

看见渔夫撒着网

一座城镇能够思考什么

当它的天空中，所有纪念碑

一闪而过，仿佛一群敌方的空军舰队

它从未被建立在那儿

记忆的蒸发

它很可能是一个科学上

悲剧性的运动

记忆会效仿一场

从未落在地面的雨

它们本可以从那里开始它们的上升

推动它们的将会是风

但我们是否仍可以将风称为

推动记忆的风

不是吗，因为风

不再是风

他们抛出他们的网

朝向那不再是云的云

渔夫们

在他们不再是船的

船下面

记忆吞咽者

享用他们的宴会

不是吗，因为我思考云

少于思考云在那儿攀爬着什么

在这个不再是

晚上的晚上

我遇见了我的记忆食客。

P61

在秋天的鸟儿的眼中

结束之前

这一天看起来那么长

而且周围的呼吸

看起来也很长

尽管我们已不再知道它

那呼吸将蜡烛掐灭又重新点燃

我们在它们的蜡里面

挖掘隧道

挖到云端为止

这些云的边缘失去了色彩

然而

如此多的光

进来

一切都向着缺席运动

有着清晰的路径

现在遗留下的事物

看起来像是秋天的鸟儿

准备好飞走

我们看着它

栖息在从前我们都见过的

老而黑的杆子上

我们喜欢对自己说

在那从秋天中离去的

与那将在春天里到来的之间

不再有任何相似之处

旅途并非在其中熄灭

遗忘的长蜡烛

并非在遗忘的长蜡烛之上

正如在一根老而黑的杆子上

在春天的鸟儿飞走之前

秋天将它藏在它们的眼中

那儿,它悬挂着。

Transboundary　越界　遗忘的场所:灾难组诗《在现实中》

P67

这是一片荒漠,有时没有沙漏

一大群遗迹
压在耗尽的水源上

空气中有一道乘法
当头顶上
飞翔的花园
低低飞过

那里一切都在翻倍

种在那儿的事物从未被浇灌
聚集在那儿的事物被触摸
埋在那儿的事物被隐藏

那里一切都在翻倍

就像这双倍的厚度
突然滑动,在生命
和我的死亡之间。

P75

记住在黎明，你为

老迈的月亮

上的尘埃带去的事物，

它本可能是**夜晚的逃亡**

的最后一道庇护

如果，在从如此遥远的地方

回到这扇被急促敲击的门的途中

它没有忘记从锁里　　　　　被敲击的门那早熟的庇护

带上那把钥匙　　　　　　　当一个人说道钥匙

　　　　　　　　　　　　　或者锁

为什么为它羞惭　　　　　　他知道月亮正像它的年龄将拒绝

既然回到土地的

那一小时在靠近　　　　　　对月亮而言，一个人躺得更久

　　　　　　　　　　　　　也无关紧要，当夜晚回来

他，不同于它

从未逃离过　　　　　　　　又一个庇护对于尘埃而言

他应抛出第一把钥匙　　　　也无关紧要

他应当记住从月亮上　　　　记住你将为尘埃

一个人能够为尘埃带去的事物　带去什么

往往不会多于一扇　　　　　在老迈的月亮上

　　　　　　　　　　　　　当夜晚回来

　　　　　　　　　　　　　它或许将是你会想念的

　　　　　　　　　　　　　唯一一点儿泥土。

Transboundary　越界　　遗忘的场所：灾难组诗《在现实中》

P77

如果每天我们都将忘记一个词

或者在忘记之前
将它扔进箱子
词的箱子

你要从你忘记的什么
开始

告诉我你将从哪一处边缘开始
擦除这宇宙。

P83

很久前

苍蝇们

在厨房里到处定居

在一片片面包上或者

在盘子的边缘或者桌布上的蜡

它们中至少有一个不会

玩这个游戏

它是一个黑色的污点拒绝在

遗忘和记忆之间选择

除此它同它们没有什么区别

我告诉自己它一定来自附近

同遗忘相比,这污点的命运带有的雨意

无论如何要更少

我那已知晓了一切的母亲

同它有关

手中握着海绵,她转向桌子

在那污点和苍蝇之间

她不会选择

当最后一把泥土盖上了

我父亲的棺材,一两滴雨

已从云朵中落下

在想念

假如我们停留在同一个地方

这就会继续

后来在厨房里任何人只要敢于

数数这些污点,就能轻易

理解这联系

但有一个不会玩这个游戏

它的命运更加世俗

我的母亲会转向桌子

在海绵和桌子之间

她不会选择。

P91

当风停息，没有什么仍再
朝它的命令鞠躬了。我不禁在你耳中
低语着弯曲的词，匆忙地聚集在
风暴前。

接着我再次思考**气象学家**。

除了湿度曾教导他们的，他们对于我们
一无所知。

这样更好。

风暴前：我是说：在开始的
伟大的梯子前，风正将最勇敢的芳香
拖曳在我的窗上。

一切都在其中湿透了，就像我们最爱的花
在宇宙的花园里为我们制作绝望的信号
在它们的消散之前。

然后没有什么再朝向风的命令鞠躬了
根据寓言，房前伟大的橡树
断成了两截：我是说：二是事物之中
最少的：我是说你看见了没有，在那里
那两棵树干是那伟大的梯子最后的梯级。

P93

你的脸上有宇宙尘埃,好像

起始的陨星

在你那里停留。

这将浩瀚空间的宁静赋予了你的呼吸
使我再一次想起由牛牵拉的马车
或在我童年的斜坡上疾驰的铁环。

黑色的玫瑰已经被种下:我是说:在一切
之前,有人已为元素制作了一个符号
来伪装他们自己。

他们中的一个仍被称为火,记得
他的前世。

另一辆马车楔入第一条铁路的轨道里
已为它带来灾难:我是说:那些我曾来自
和我正去往的人们,被刻在死者墓碑的
大理石板上。

他们的名字上有些灰尘:我是说:在那个世纪
喂养一个人的从不是面包和洋葱,而是
心灵汇聚起来的祖先原始的金子。

P99

在那染红了你的头发的日暮，**地平线之蛇**
纠缠在彼此的皮肤中：我是说：
那儿你正蛇行于炽热的空气，制造
昼夜的事物中没有什么能够将你浪费。

因此我一再梦见你
直到基本元素加入我安静而隐秘的
工作中，在我私人的图书馆。

这做起来不容易。

在固态的楼群和液体之间，几乎没有
竞争：我是说：成为某一个或另一个并非一种选择。

但是当夏末，一个缓慢的夜里，它是
肉体展露在灵魂中，当那同一只手
用外界曾从其中剥夺的事物，重漆着内在
就如同从泥土到水，又一次更远
内在的发言者雕着塑像，在云的
空洞中的塑像之后：我是说：在肉身
和骨骼之间，比起蛇，我们的爱更像是
那制造又销毁了地平线的炽热仪式。

语言的多元与鲸鱼之肺：一位复合民族诗人

左易·斯克鲁丁 _____ 撰文　　王子瓜 _____ 译

  译者的任务，诚如本雅明那篇著名文章所阐释的那样，是将自己的语言外语化，于是乎观察它对英语的所作所为，自然成为了翻译工作的激动人心之处。英语这一语言在世界上是如此地具有统治地位，以至于它需要被尽可能多的奇袭，好抵消它同质化的危险趋势。

  如果语言本身遭受一场地震会引发什么？基于2009年圣德梅特里奥遭受的灾害，让·波东特的十四行诗系列《什么发生而什么没有》提出了这样一个问题。

  意大利的圣德梅特里奥是波东特的故乡，他在临近那里的拉奎拉度过了部分童年时光。地震之后，大部分房屋依然矗立着，从外表看去，它们古老的石材结构似乎仍很坚固。但它们其实一点也不安全；那里禁止居民入内，他们已被迁移到横跨山谷的临时住房里。波东特的诗歌，并非以他的母语——意大利语写就，而是以收养了他的语言——法语，创造出了一种破碎的结构，正如那些灾后的建筑。它们充盈着抒情性的记忆，但不提供任何途径以供人返回某个熟悉的原点，诗中只存在一个充满了回声的"我"。诗的行文好像从不精于自身，它那游移不居的品质专注于一种变异了的法语，这种变异是由其他外语同法语的结伴共处所造就。

  波东特十分多产，其作品已广为译介，不仅获得了法国和卢森堡的许多奖金奖项，也被全世界所认可。他的作品的感染力也许不仅在于它们充满活力的创造性，还在于同语言的关联。在只讲英语的单一语言环境之外，这种情况其实更常见。波东特出生于卢森堡迪弗当日的一座铁矿小镇,他的父母是意大利移民。他的成长历程不仅伴随着意大利语,还有卢森堡语、德语和他最终选择用以写作的法语。后来在古巴工作的时候,他也在西班牙语中生活了几年,并且已从英语和上述其他所有语言中翻译了一些诗歌。他的作品并不安适于任何单一民族传统——那种已被众多流变和翻译的形式所占据的传统——这一事实使他的诗歌一方面成为一套非常私人的文化坐标的体现,另一方面又是整个欧洲所容纳的众多语言之间的矛盾和复杂性之体现。而且,卢森堡本身就是多语言的国度,到处是来自意大利、葡萄牙和其他地方的移民,更别说那些每天穿行在其边界,从德国去法国上班的人。因此,荒诞的是,也许这场同民族认同之纹理的摩擦,正带有典型的卢森堡风格。

译者的任务,正如本雅明那篇著名的文章[1]所阐释的那样,是将自己的语言外语化,于是乎观察它对英语的所作所为,自然成为了翻译工作的激动人心之处。英语这一语言在世界上是如此地具有统治地位,以至于它需要被尽可能多的奇袭,好抵消它同质化的危险趋势。第一次遇见波东特的诗歌,我就被其中的反差所击中:在他的诗歌方法论中,抒情性被意料之外的语法瓦解,对日常事物的热切关注同客观冷静的神话文献并列。意象被压缩、增殖至不稳定的极点。名词拥有了它们自己的生命,尤其是当它们在没有冠词的情况下被使用——在法语中,这意味着它们得到了人格化。性别代词则加深了对这样一个世界的印象,在这里万物意味深长地活着,而这些诗里的"我"保留着难以捉摸和多重多元。这样的诗歌大概不会用英语写成,它的翻译也不能轻易征用当代英语诗歌中任何更明晰的模式。另一方面,过于直接地翻译出法语的回声,会创造出一种类似拉丁文的、过于正式的记录体,因为法语曾为英语带来过一货舱的"社团""协会"之类的词语(毕竟英语的文化曾一度被法国人和说拉丁语的精英阶层支配)。然而,波东特的工作浮现于一个产业工人的阶级斗争之中,他同拉丁美洲的联盟,视诗歌为语言的革命自由,而非学术专业。像波东特他自己经常强调的那样,诗人的任务不是用任何给定的语言,而是用他或她自己的语言来写作,那么以边缘或局外人身份占据一种语言的诗人,其处

---

[1] 译注:指本雅明写于1923年的序作《译者的任务》。

于语言之间的位置就丰富了写作的可能性。翻译一定程度上是从诗歌自身内部开始的，翻译成英语已经是这一持续进程中的另一步了。

这部选集中的诗歌选自波东特最近的四部诗集，依照由新及旧的时间顺序呈现，覆盖的时间跨度相对较短，但囊括了长久以来波东特的作品中那些重要的主题。《什么发生而什么没有》，于2010年由红狐狸出版，被罗伯特·布兰迪做成了一本艺术家的书（这本书的封面图就是从那里来的），固执地提出了一个涉及移民经验的核心问题：如何在一个遗失了共同体的记忆中幸存？这一问题同那些在拉奎拉地震中失去了家园的人相关，正如它也同贯穿20世纪上半叶那些离开意大利到卢森堡寻求工作的家庭相关。拉奎拉地区重建工程的拖延引发了深切的关注，因为耗时越久，共同体能同建筑一并得到修复的希望就越渺茫。当社会空间发生破裂，它的修补将难于砖石和灰浆，因为它仰赖丰富的习惯和记忆网络；它的损失是一次需要社会共同承担的文化损失。

波东特没有试图通过任何现实主义文档式的语言来保留地方性记忆。记忆一旦被放进词语就成为了虚构。《忘却的重塑》一诗就探索了记忆和忘却之间的对话关系：只有在忘却中记忆才能够保持完整；一旦得到明确的表达，一切都将被扭曲。诗歌成为操纵未言说之物的方法，而既然进入词语的总是虚构的（这几乎不可避免），这些诗歌也就提高并凸显了虚构那回响不已的神话。回首的俄耳浦斯，在这里被置换为一位移民[1]，记忆从不遥远，诗中古典文献与更多私人独特的意象编织在了一起。

翻译这些作品，意味着越过一种与众不同的混合物：栖身法语的形而上学和世俗世界（同英语中的情况相比这也许要更容易些）。"遗忘"这个词本身就是一个恰当的例子：英语中可供选择的词是"forgetting"或"oblivion"，它们在抽象和程度上有所区别，然而在法语中，某人对钥匙的遗忘，被遗忘的自我的深度健忘，它们都用这同一个单词来表达。我偏爱"forgetting"，以使翻译维持一种具体的感觉，尽管两者皆可。在别处，这一问题则正相反："mémoire"，记忆的能力，和

---

[1] 译注：此处引用希腊神话中俄耳浦斯的故事，大约是指就像地府中的俄耳浦斯一旦回首就会再次永远失去他救回的妻子那样，移居者不可能再通过回忆重建过去的经验，诗人也不可能通过诗歌保留客观真实的记忆。

"souvenir",一种特殊的记忆,在英语中相互重叠,而在法语中却不是。

"在现实中",徘徊于"现实"中的一处和一句话的转折之间[1],涵盖了波东特的写作在世界和词语之间的张力。他的写作从星体和物理原理中提取出了一种被发明的神话。在现代炼钢技术替代传统冶炼之前,通红、熔化的激涌的铁水曾是迪弗当日工业景观的一部分,地狱的影像曾无处不在,红色的粉尘落定于地表的每一角。然而,在诗歌唤起物理世界的地方,比方说在"手中粉碎的红色泥土"这一意象中,诗歌也唤起了一种变异了的景观,这里红色也成为了那"制造又销毁了地平线的炽热仪式"。它们提出了一项挑战,要"成为一个人自己的神话学的会计师",因为我们都是移居于语言之人,我们每个人创造我们自己临时的历史。这些诗歌中口头禅的重复,被翻译成它一般的意义"我的意思是",在法语中的字面意思则是"我想说",它更强烈地强调了那在词语和它们增殖的虚构之间未说之物的空间。

《肺的工作》是诗人出版的诗集中最早的一本,也是对词语本身压迫最为强烈的一个。《影子游泳员》一诗的某些部分里面,词语被分解为个人的字母编码。翻译在这些时刻是不可能的:第四章在"cerf"(牡鹿)"mort"(死亡)和"nord"(北方)之间的游戏,运作于一连串词语本身的声响上,将个人经验同迁徙的地理学链接起来;同样,第八章里,那区别了"mort"和"mot"的"狂热的辅音"顽固地保留在法语里,尽管这首诗坚持着语言"误会"的才能。

波东特以"鲸"的意象来表达他对流浪的敏感,他在小说《哈罗依太太或鲸的回忆》和其它诗歌中重复探寻过这一隐喻。鲸的进化史是一段从陆地到海洋的移民史,在它的环境中,它多余的肺制造了某种尴尬,这尴尬源自它对一种异化存在的隐秘记忆。正如作者所写的:

> ……我的写作中没有一种语言。你看见的是法语这一语言,这有点儿混乱但完全正确,我是说,从拼写上、词法上还有句法上来讲。那没有被看见的东西,那只存在于内部的东西,"肺",语言的多元,母语和其他语言,它们并没有揭示自身。
>
> (Poetry Wales 46.3, 2011, p.10)

---

1 译注:法语的"En réalité"除了"在现实之中"的含义意外,还有"实际上""其实"的意项,类似于英语的"in fact"或"in reality",有转折的意味。

他的法语因其呼吸之所另有他处，而变得曲折，有时是压缩和扭曲，有时一句的起始而非末尾会出现有韵律的、合乎句法的增强语气，那是意大利语的回响。诗中出现跨语言的双关语，正如波东特的笔记所说：

> 当我写"bougie（蜡烛）"并如此引来一些光亮，在内部，有着"谎言"含义的意大利语单词"bugia"，在"扑来"并吸引着注意，它的周围是一片更黑暗的语义场……有必要擦除人们看到的那种语言，以阅读语言的多元。
>
> （Poetry Wales 46.3,2011,p.11）

很明显，如此的微言大义不可能在英译后幸存，不过这也恰如意大利语翻译所遗失的那样。波东特的"effaçonnements"（他造的新词，意指"擦除—创造"）正是翻译这一过程本身的中心，它擦除了源语言，也重新创造了新文本。那贯穿这些遭遇战的事物是呼吸——一行诗的呼吸，在那儿，呼吸本身作为一个穿行于众多语言并将它们联合起来的有意识的行动，得到聆听和感受。它繁殖语言，世界因而有了栖居的可能。

Contemporary

当代国际诗坛

〔波兰〕安娜·卡明斯卡诗选

〔土耳其〕纽都然·杜门诗选

〔威尔士〕艾弗·格林诗选

〔英〕米歇尔·法伯诗选

〔匈牙利〕安德拉什·派特茨诗选

〔比利时〕威廉·罗格曼诗选

〔加拿大〕托德·斯威夫特诗选

〔德国〕罗恩·温克勒诗选

安娜·卡明斯卡诗选

李以亮 ____ 译

安娜·卡明斯卡（Anna Kamienska，1920—1986）

  波兰诗人、翻译家。她出生在波兰南部一个普通家庭，家里有四姐妹，因为父亲过早离世，她在外祖母身边长大。14岁时，她在著名诗人约瑟夫·切霍维奇的举荐下发表了最初的诗作。1937年到华沙就读一所师范学校。纳粹入侵波兰后，她回到卢布林，在地下学校教书。1945年后，她在卢布林天主教大学、洛兹大学学习古典哲学。毕业后在文化刊物《乡村》（1946—1953）和《新文化》（1950—1963）做编辑。"解冻"时期，任《工作》月刊编辑。1967年，她的丈夫——诗人与翻译家扬·斯皮瓦克（Jan Spiewak）病故给她带来了巨大影响，此后她的写作转向天主教信仰，现在她被视为波兰文学史上"书写宗教经验最重要的诗人之一"。她的一生创作有15部诗集、3部小说以及大量儿童文学作品。1986年，在华沙去世。米沃什对她的评价很高，并在《阅读安娜·卡明斯卡的日记》一诗里盛赞她的"富有"。

感激

暴风雨把彩虹投射在我脸上

所以我想在雨中低下身来

亲吻那个我把座位给了她的老女人的手

感谢每一个人因为

他们存在而且有时还像是在微笑这一事实

我感激每一片年轻的树叶因为它们愿意

向着太阳敞开

感激那些婴儿因为他们仍然

愿意来到这个世界

感激老者因为他们英雄般地

忍受到最后

我满心感激

仿佛星期天的一只施舍箱

我也许会拥抱死亡

如果她在附近驻足

感激是散落一地的

无家可归的爱

那些背负的人

那些背负大钢琴

背到十楼衣柜和棺材旁边的人

那个背负一捆木材蹒跚消失于地平线的男人

那个驮着一捆荨麻的女人

那个推着装满伏特加瓶子的

婴儿车的疯子

他们都将被举起

像一片海鸥的羽毛像一片干燥的叶子

像蛋壳像街头报纸的碎片

那些背负的人有福了

因为他们将会被举起

有趣

做一个人是什么样子呢

鸟问

我不知道

在企及无限时

像一个囚徒被拘禁在皮肤内

在触摸永恒时

像一个时间的俘虏

无助的疑惑

无助的希望

是一丝热力

漂浮在空气里

是无语地哽咽

是着火

是一只灰烬的巢

是吃下面包

填充饥饿

是无爱地死去

是穿过死亡地爱

有趣,鸟说

然后,轻盈地飞入空中

另一个世界

我不相信另一个世界

我也不相信这一个

除非它被光明穿透

我相信一个在大街上被汽车

撞倒的女人的身体

我相信身体

停在冲刺、推拽或其他

姿势的半途

仿佛等待已久的事情

正要开始

好像任何时候

"意义"都会

举起它的食指

我相信失明的眼

聋了的耳

瘸了的腿

乌鸦的脚

脸颊上红润的光

我相信沉睡在

深梦里的身体

我相信老年的耐心

在未诞生的虚弱里

我相信一个死去的男人留在

褐色帽子里的一丝头发

我相信一缕亮光

奇迹般地增强

照彻所有的事物

我不相信这个世界

空洞

甚至也会照在一只无助的

像黎明的车站

倒扣在地

所有的火车已开往

像小狗一样挣扎的甲壳虫身上

远方

我相信雨

世界是这样一个地方——

缝合天与地的雨

当它从露水里醒来

我相信雨中的天使

上帝却在用人和动物的梦

飞翔,他们就像

铺好的树叶间

长着翅膀的青蛙

悠悠地散步

闭上的眼睛

这个你无以逃脱的小宇宙

我们死亡的单身牢房

大地的癣痢皮

陷入油脂之海的天鹅的翅膀

谁还记得日落时的景象

谁还记得为了播种而翻开的泥土的气息

没有一扇门，敞向空茫的空间

也许，除了闭上的眼睛后面的那一扇

小杜丽

小杜丽在圣诞树下等着我,
她有崭新的印花布的气味。
她和我睡我的床
分享我的梦,
蜷伏在我的枕头上。
她后来她在战争中弄丢了,
没了光彩,像我别的东西一样。
但是,她的精神,童年的胜利女神
穿着她的连衣裙升腾
高过我们的烟囱和火焰。
她的软帽长长的丝带,
扣紧的靴子里的一双小脚
在我的头顶骤然下落,
"等等!"我大声喊,
她却已飞远,消失在
狄更斯时代的迷雾里,消失在
一只壁炉的魔口,
一片雪的毯子下。

宇宙的包裹

他们包裹在飞船的舱里
出现于电视屏幕
像死去多年的祖父母
从阴曹地府被叫了回来。
在那受限的空间里
手的移动令人惊讶;
如果,在时间的闪亮的宇宙
我们看见达·芬奇的手
握着画笔
悬在空中,
或者,布鲁诺的手指
从柴堆里伸出,
也不会比这更使我们惊讶。
播音员会说:
现在,你看见达·芬奇的手
抬起来了
准备好画《最后的晚餐》。
而现在,看看
布鲁诺的手指
在罗马被烧死前的手指。
谢谢您的关注。
休息之后,我们马上回来。

爱我的敌人

我终于有了一些真正的敌人
于是我应该开始爱他们;
我们甚至签署了一项有关分歧的秘密协议。
也许你将我们误以为
同一硬币的两面,
或者一根棍子的两端。
我们的上衣并排挂在衣帽间,
我们说着同样的话
虽然我们的语言大为不同,
"连词"使我们分开,而不是结合。

即便爱恶劣的天气也需要审慎,
因为,说到底它是某种的天气。
我在存在的地图上搜寻一个点,
好让两个人的灯,至少可在上面歇一歇。

在两道微弱的光束里
他们将会迟钝地屈服于爱。

主啊,你知道这有多难,
而最后,判决会通过。
公正贬值,在人们
彼此害怕这个事实面前。
如果他们是了不起的野兽
也许值得死于他们论点的巨爪。

但是
敌人必须被爱,直到我们
凡人之真理痛苦的终点。

历史

我们不再有历史

我们所有的，只不过

一些被浪费的生命的瞬间

四十八小时的模拟正义

这不是历史，这些都不是它的钟声

一日的流沙落下的声音

私语的树叶里，我们的葬礼

棺材上方的怀抱，眼睛

和我们头顶旋转的时间

将不会有历史的面孔

而只是一只狐狸

狡猾与奸诈的鼻子

青春

他的头在桌子上撞击,他尖叫

那些从未被记录的事物

记录在哪里

被浪费的生命

在哪里

那突然被折断的青春

悲剧不在于它是悲剧而在于它

已根植于我们的血液

是我们带在身体内的一切

是我们掩盖的东西

是我们在街上触碰手肘

交流的东西

是我们在拥挤的公交车上通过呼吸

交流的东西

见证人在哪里

记忆在哪里

为什么我们将失败世代相传

他以不断抬高的声音尖叫

所以我们只读无声的小说

小说充满皱纹、疲倦、无语

死亡和绝望

他拧紧双手,他被青春的

拒绝的面包噎住了

纽都然·杜门诗选

曹 谁 _____ 译

纽都然·杜门（Nurduran Duman，1974— ）

  土耳其当代著名女诗人、翻译家。1974年出生于土耳其海峡畔的恰纳卡莱古城，现居伊斯坦布尔。她在八岁时写作第一首诗。她喜欢诗歌，所以她就成为诗人。她热爱大海，所以在土耳其技术大学获得了海洋工程和造船学位。她的第一部诗集是《失败的游戏》，获得了 Cemal Süreya 诗歌奖。在2010 年，她出版了一本散文集《跟伊斯坦布尔对视》。她的第二部诗集是《咪降调》，出版于 2012 年。她同时是一个活跃的翻译家。她把阿尔玛·亚历山大的长篇小说《女书的秘密》翻译为土耳其语，出版于 2007 年，同时出版多部诗集，包括英文诗集《半圆人生》，马其顿文诗集《纽都然诗选》，中文诗集《伊斯坦布尔的脚步》。她被选为土耳其作家笔会主席团成员。她的诗歌已经被翻译为英文、中文、芬兰文、塞尔维亚文、保加利亚文、罗马尼亚文、斯洛伐克文、法文、德文、马其顿文等。

定居在湖上的天空

天空定居在湖上

云朵如同飞毯飘过

我们准备踏上月亮

我们的路途是围绕月亮的舞蹈

沿途泛起水雾和时光

沙沙作响的氢裙在飘荡

从我们的头顶和身边穿过

前方就是破晓

我们在伸展或者被伸展

从肉桂到蓝色来自钻石来自蜂群

全世界都在闪闪发光

我们回身看到地球的绸缎

那是恩赐我们的大地和花园

我们是在学习种植：光

世界的一半是水

在恰如其分的地方今天园主和仙女再次相遇
古老的漫步给我奇异的机缘
我看到了世界的一半是水

我俯下身啜饮扔在我手掌的欢笑
你的脸庞正在爱上我
你的手掌是无数的鸟

我看到你如同孩童奔跑般愉悦
你亲吻我额头上花瓣形的伤疤
每个字母写下的都是热烈的病

我打开我自己如同你在云中听到的
自从你身体中的镜子反射着我的眼神
我打扮自己如同你看到的样子

当故事结束后眼角的皱纹生出
云朵的脸庞也变老,推动着蕾丝的窗帘
大山是展开的双手,雾气是其他的东西

半圆人生

为了搜寻失去的线条
以一段弯曲的人生
我跟自己交易
从盐水中我建造围墙到大海
离我两间房子只有一步之遥

我变得一贫如洗却雕出真正的城堡
我把死亡在我的右眼埋葬
我无法适应大地上的生活

我饮用魔幻的水然后我开始游泳
所以我的意识变得日益支离破碎

为了写下消失的线条
我得到被诅咒的爱情
我成为了变形的午夜
我跟文字的垃圾交欢

我在纺织棉线的网格
我没有打断我画的任何人
凡是被我碰触的都是伤痕

在巨大的半圆形天空上
抵达大海深处爱的孤岛

所以我的人生永远都只是半圆形

以色彩纺织天空

从爱人的头发捕捉每一个早晨和日落
红色和光线在其间循环

因为每一枝箭都从黎明射出
夜晚从中午一直织出欢乐
从忧伤到夜晚，对面都是一张脸

每个人都知道分享是神圣的
如果树叶和誓言不会腐朽
那么死亡就成一座绿色的花园
上天的奖赏是无限的

人们都从滚烫的水中蒸发到天空的脸上
把天空画成蓝色，天空就开始下雨
种植树的人是无限的

有的人爱雨，而另一些人不知道如何去爱

爱人的气息洒满房间

搜寻我们的头发是没用的

在一段乱七八糟的爱情中

轻触我们的身体

一个细胞一个细胞

我们渴望地对视着

设置好相见的闹钟

千万声的时间度过

搜集从前的爱人气息非常不易

我们的爱洒满了整个房间

万物的能力

假如眼睛的颜色变化,光和花会相撞
假如没有眼睛,那就只有存在
变化在自己变化

假如没有耳朵就让叶子独自作响
只有声音存在,回声等着大山

香气渴望被吸入感知
神圣的名字就是名誉

人类是世界中的灵长
她是增加的价值
每一个人的天赋
都是同样的爱恋

伊斯坦布尔的脚步

一

我放弃达达尼尔的咽喉
我自己从中间的马尔马拉苏醒
现在卡在了伊斯坦布尔

从不能通过的大海
海豚流入我的路上
它是一条鱼还是一个诗人
或者我最初的爱人

我了解城市的爱恋
从纠结到分手都在海湾
所以当我来到贝伊奥卢
在我的包袱中是一个古老的孩童

二

抛开那所有的琐事
我把爱置于绣花的手扶椅中
狭窄的学生宿舍中

其他母亲的孩子
混合着我从远方带来的河水
他们是朋友还是敌人
或者是我曾经认识的外国人?

我爱男人如同爱女人
把颜色改变为他们适当的名称
喂养猫咪,听着狗吠
那玫瑰可以微笑一整个冬天

三

我在黑色的屋中过着五彩的生活
从马茨卡到土奈尔非常漫长
我用过往的钢铁建造船舶
从法提赫的脚步
一座城市走向人类的第一步

注:贝伊奥卢、马茨卡、土奈尔、法提赫都是伊斯坦布尔的城区名。

造梦师

假如我想朝着世界打开自己。去大笑。去欢呼。
假如我朗诵一首诗。假如我把舌头伸向遥远的国度
假如我磨平他的心脏,谁将会是那个空白的男人

假如我的大脑的齿轮停止一瞬间。假如我要刷掉。
假如你从我的心里离开。顺其自然。
假如你放弃什么地方。你会拥有心灵。你的双脚。

假如我从便笺上的语言消失,假如我不再长久地梦到你,
假如我不再去想猫在哪里是多么古怪
你。假如你要把你忘记,从我的记忆从我的心里

野马

我正在孤独地喃喃自语

我的半边耳朵突然听到

可是那生灵的森林并不在眼前

我聚集了三片平原

通过跟你握手我渡过三条河流

在它抵达的时候我又高举三片大海

我是一列灵魂的火车?

我是一列真正的火车?

我真的变成了火车?

把你的所有问题都置于我的轰炸之下

让它们飞翔在我的轨道上

但是我想把铁水再次倾倒

最后在我的身上钻一个洞

哀歌

然后孩子们跌落在宽广大地和红色天空之间
粉碎的盐粒,女人,男人,喷薄的大地
哦!好一个报复性的密探!——源泉从这里
肆意展示自己的力量
他选择忘记为自己创造水山的恩泽
他把自己的心灵之眼投向历史底部

理解万物

等到难题解决时你离开

当图画已经绘好

当诗歌已经写好

你松开绳索大水落下

泉水向廊柱前进

冰块把世界背起

然后在仙人掌中定居

右边滚向左边,方程式会平衡

左边可以比右边伟大或平等

你完成你的句子

你破解你的谜语

然后你走了

艾弗·格林诗选

杨 炼 ___ 译

艾弗·格林（Ifor ap Glyn）

威尔士语诗人，也是电视节目主持人、制片人、编剧、历史学家。他是 2008—2009 年度威尔士儿童诗人，也是 1999 年和 2013 年威尔士国家诗人及艺术家大会（National Eisteddfod of Wales）桂冠的摘取者。2016 年 3 月 1 日，艾弗·格林被任命为第四任威尔士国家诗人。

海拔

飞越威尔士，悬停
其上，是学习
如何爱她；慢慢滑翔，
从这新角度了解她。

马尾云撩拨间，
她伸出半岛的手臂，
急切挽好袖子。

再看，她衣裙拼图下，
山之谜
优雅缝合的石墙。

那儿，祖露道道石板
如拖过细沙
梳理的手指，

湖小而亮
那奇妙的胎记
瞥见恋人锁。

今夜，鼻子抵着舷窗，
你的嘴唇喃喃复诵
一小串地名，

"戴菲墟，廓尔塘……"[1]

你的呼吸在她身上庄严推移，

"多莱斯，盆尔海斯，格尔法郭赫……"

当她用云纱轻裹她的羞怯，
飞机之影
掷下一横，

一个情书上无尽的吻，
一张踌躇着投给她未来的票。

---

1 艾弗·格林在这使用了一串威尔士地名，翻译借中国方言，译"Junction"（原意为"路口"）为"墟"，译"Fochno"（原意为"沼泽"）为"塘"，略似其味。

米歇尔·法伯诗选

陈永财 ____ 译

米歇尔·法伯（Michel Faber）

　　生于荷兰，在澳洲长大，现居于英国，著有几本小说，在 2015 年赢得圣安德鲁十字年度好书奖（Saltire Book of the Year Award）。他很少写诗，曾经开玩笑说，以他写诗的速度，他要到九十多岁才能出版诗集。但在他太太患癌和去世期间，他却写了很多诗，结集成《不死之诗：一个爱情故事》（2016）。

幸运

1988 年底，不知道我多么幸运，
我遇到一个会死于癌症的女子。
我看着她的眼睛，看不见
在血小板都耗尽时
充满其中的深色血液。
我只见到淡褐色的虹膜，敏锐的智力，
她将会失去的睫毛中有一抹睫毛膏。
我因为痛楚会消除的欢笑而高兴，
在苗条的颈部肿胀前欣赏它，
而，当她将自己交给我时，
我将脸颊贴在仍未因为静脉导管
而留下疤痕的乳沟。
我温柔地抚摸那些头发
在那个阶段，头发仍然是属于她的。
我张开她双腿，压着她的胸腔，
毫不担心会压碎她的骨头。
我着迷地凝视她赤裸的颈项，那是
后来活组织检查的所在。
赶到街上见她，
我带着简单的快乐微笑，只想一瞥
我的爱人，她会乐意地吞下
杀虫剂作为她将来的药物。
我跑最后几步去拥抱她，
紧握着她的手臂，施加压力，

LIGHT YEAR 光年

不知道有天这样会
令她瘀伤。
我们手牵手走着,我因为有这个
注定会受癌症伤害的人在身旁而感自豪。
我亲吻她,只尝到
甜美、无瑕的应允。
她也是幸运的,早在1988年。
只要她活着,她便爱我的身体,
不知道它抱持什么,以及它
为我预备什么。她抚摸的皮肤
有怜悯,没有给她它最邪恶的秘密,
(现在)仍然没有给她,
保持那平滑的表面
在其上,在我们第一晚,她害羞地放下
她的手掌、她的嘴唇、她的乳房、她的眼眉。

他双手在颤抖

他双手在颤抖。
那个撩起你的裙,
从你的脊柱抽取样本
的血液学家。
而且,他太频密地眨眼。
你想告诉他:看,这样眨眼
没有帮助。要不闭上眼
要不就睁大眼。
想到他的颤抖是
因为为这样漂亮又处于盛年
的人带来痛楚而感到苦恼,
而不是因为喝了酒,
会是好的。

随着时间过去,当这些安排变成例行公事时,
你会祈求人手轮值表
会编派团队中另一人给你。
随着时间过去,那颤抖眨眼的人会退休,
不通知地在一夜之间消失,
你永不需要叫他坐下
说,喂,听着,我在想
那颤抖和眨眼,
或许你和我
并不适合
对方。

倒数第二次

我们永不知道
什么时候会是
最后一次。
重要的是
不知道。

我们做爱
倒数第二次,
总是倒数第二次,
在时间许可下
尽量多次。

我们会上床
将我们的头放在
一起,尝试找出
你去了哪里。

你的病是巨大的
领域,但不知怎的
一次又一次
我们找到你。

医院中的老人

他们自己,只拥有

一支牙擦和一把梳,

好像地震、火灾或水灾的受害人

逃避死亡或血液的威胁

他们来到

要得到准许回家,恢复过来。

相反,沉闷地

他们躺在指定给他们的小床

等候最终得医治,并死去。

逃走的尝试

监狱下的隧道

以调羹掘出。

完成了。

不要告诉我未曾完成。

让我替你穿上拖鞋。

我们会送你回家。

将一只脚放在这梯级上。

一只手放在扶手上。

弯起膝头（较强壮的一边）。

上升十五厘米。

做得到的。

曾经做到。

假装你双腿在意外中

折断，现在

正在康复。

这不是关于癌症。

这是关于跟腱。

这是关于比目鱼肌和胫骨神经。

这是例行的康复。

这是普通的物理治疗。

抓着我的手臂，让我们走。

今天，两级楼梯。

明天，三级。

二十级可以走到飞机。

我们会带你回家。

我们会令你健康。

我们会令你恢复状态。

你终于会自行

穿衣，穿鞋，真正的鞋，

你的头发会长出来。

一切都始于一步。

一切都取决于你有多大决心

想逃走。

假装你双腿折断。

几级楼梯，我便会让你睡。

会比以前更容易，

你会看到。相信我。求求你。

抓着我的手臂。

或者让我抓着你的手臂。

让我们完成这事。

不要

这样。

瑞士

你尝试打电话,但
尊严¹正忙着。
你求我,于是我写信。
我打字的手指在你床上
产生震动。
但瑞士没有回复。

---

1 译注:尊严是瑞士一个安乐死组织。

另一个季节

在你的床头柜:

一只腕表有非常安静的滴答。

你病得太重,不能再戴它。

那是古老的款式。

它不知道它被遗忘了。

它几乎不占地方。

它的表面向着窗口。

它看到树的缩影。

你完全看不到树。

那时是春天,你最后戴这只表的时候。

现在是夏天,但你不知道。

你的表为你记录时间。

在你预备好时,它小小的指针

会显示它们永不停止

完全

忠诚。

牛仔

小时候，在电视看西部片，
我知道牛仔
可以被枪击而不会
死去。
只有当一滴血
在他们口边出现，
滴到脸颊时，
他们才会死。
那一滴血表示
完了。

现在看着你睡
在你嘴角，
有同样深色的附加物。
昨晚我们一起
努力清洁你的牙齿。
你以你无力的双手，
我以牙擦和胶牙签。
你臼齿之间有鸡肉残渣
顽固地停留作你的癌症。
最终
我们赢了
但抟斗得有点
太努力。

安德拉什·派特茨诗选

罗 曼 ____译

安德拉什·派特茨（András Petőcz, 1959— ）

  比利时作家、诗人。1959年8月27日出生于布达佩斯。1981年，派特茨开始文学生涯，任匈牙利罗兰大学人类学系主办的《存在》杂志主编，1986年毕业于罗兰大学匈牙利语言文学专业。此后，他担任高尔基州图书馆助理，后来在文学杂志工作过一段时间，自此开始成为一名作家。

  80年代，派特茨是匈牙利先锋诗歌的"领袖"之一，他的视觉诗和具象诗非常著名。Béla Vilcsek对他评价道："在派特茨的家乡，人们信奉传说和极端，因此派特茨也总持一种二元对立的态度，要么遵循古典主义，要么坚持现代性；要么保守，要么先锋；要么十四行，要么自由体；要么传统，要么新潮。"

  派特茨曾出版多部诗歌、散文、小说和评论集，诗集包括《赞美大海》(*A tenger dícsérete*, 1994)、《美杜莎》(*Meduza*, 2000)、《一道阳光》(*A napsütötte sávban*, 2001)、《几乎所有》(*Almost everything*, 2002)等。

纽约,麦迪逊大街

假如你想聊聊纽约,我会说起
麦迪逊大街。那是一个夜晚,我朝着
市中心 31 号走去,我在找
三明治或别的什么,我不知道
此刻怎么从被垃圾袋绊倒的地方
找到一条回家的路。我跟一个阿拉伯人在一块儿
他叫穆罕默德,"我的名字是穆罕默德",
他说,"穆罕默德·舒齐尔",
"我是来自耶路撒冷的巴勒斯坦人。"
他边说边笑,雨水顺着我们倾泻而下
累了我俩躲进快餐店,他总在笑,我真的
蛮喜欢这个阿拉伯人,我心想,我永不
伤害他。这时,伊格尔·萨尔纳来了
我有些年头没见他,"我是伊格尔
萨尔纳",很多年前他也是这么说的,"我是伊格尔
萨尔纳",他说道。当时在特拉维夫,而现在
他正拥抱那个巴勒斯坦人,出乎意料,我盯着
眼前场景,些许陌生又似曾相识
我被什么击中了。"你认识他?",我问,"你俩
相互认识?",有点惊讶。
就在那儿,纽约
街头,在夜里,　　　　　刹那间,我孤身一人,在麦迪逊大街
　　　　　　　　　　　　31 号的某个角落,我不介意
　　　　　　　　　　　　大雨仿佛洪水从我脸上汹涌而过

爱荷华城

沿着陌生街道走到尽头,为了

找寻一处陌生房屋,是夜晚,我身旁

走着一位年轻的陌生女子,戴紫色假发

我们用英语交谈,是夜,一个

炎热的八月末的夜晚,我并不觉得这场

行走会有结束的一刻,也不觉得我想

终结这个晚上,在夏天的末尾

什么也没有发生,简直不可思议

我在这儿,在这片遥远的土地上,遥远的

荒凉之中,不可思议的是每件事物

却如此熟悉,万事万物

皆如此,陌生的街道,在我看来

如此熟悉,陌生的城市,也是,以及这个夜晚

凯伦

凯伦,

凯伦说,

她的名字是凯伦,

别人就这么称呼她,然后我

立即想到安娜·卡列尼娜,

并非因为她是俄罗斯人,她是个中国人。

一个伟大的、很大的、加拿大籍华裔女孩,

身为中国人而自豪,为自己生于加拿大,如今

在美国学习而自豪,

她能够,代表中国

以及代表加拿大那些叫凯伦的女人,

就像她一样,她们在美国学习,在爱荷华

就像她一样,她们心满意足,

租一间小公寓,就在那儿,在小小的

租来的公寓里,她们感觉良好,她们

在爱荷华一间咖啡店坐下,给自己

点杯中国茶,吃中国菜,

她们穿中国衣服在城里东奔西跑,

为能在美国的任何地方买到

中国的小摆设而开心,

旧金山、纽约、芝加哥的中国纪念品

他们感到自豪,因为每一个

小小的塑料的三分钱的帝国大厦上,都印着跳蚤大小的字样,

"*中国制造*",

这就是民族认同如何在凯伦身上生根发芽的
因为她接触的所有东西都是中国的，她摸摸
她自己，也是中国的。她享受这一切，非常享受
她很乐意如此

玛丽说

玛丽说过,彼得,也这么讲
罗威娜来自菲律宾
群岛,是个菲律宾人,写诗,
她真的挺可爱,把自己的诗
贴到网上,这样全世界的人
就能从网络认识她,他们会
读到她的诗,感受
这些诗,体会写得多好
多有活力,这种感觉来自
他们内心,对每个人来说
都是件挺不错的事,是啊,
对她来说,也是好事
她真令人羡慕,很甜
喜欢笑,有时她的牙齿
出问题了,那就不笑,但是
真的,她始终在笑,因为她
知道笑是件好事,如果
你微笑,整个世界
也会对你微笑,当你面带笑容,
每个人都觉得你
很酷。所以,朝罗威娜微笑吧,她准会
报以微笑,准没错
呃……玛丽还说罗威娜和莱姆
就是在爱荷华遇到的,他们拿了奖学金

LIGHT YEAR　光年

他俩一个是墨西哥—印第安人，另一个来自
很远的地方，菲律宾岛，
诧异的是，他俩恰巧在这儿
相遇，克服了重重
困难在一起，令人难以置信，
我们应当尊重他们，
菲律宾人很为自己祖国骄傲
值得一提的是，罗威娜会上传
自己的诗歌，是的，从一个
文件夹上传，那些可怜的老乡
在家也可以读到这些诗，他们
至少可以看看罗威娜写了什么
在遥远的爱荷华，对她而言
远离家乡何其艰辛，只能啃
汉堡，一个贫穷女孩，在遥远的美国

我已经可以说

我已经可以说我见过

密西西比河了，见鬼，我还在里面游过泳，

我乘一艘船，横穿密西西比河，望向

对岸，始终无法将哈克

从我脑海清除，你知道的，就是

《汤姆·索亚历险记》里的人物，还有那个黑奴

吉米，我一直在岸上

寻找他们，但哪儿也找不到

生活还要继续，我走了，去晒日光浴，我躺在

密西西比河沙滩上，享受

倾泻而下的烈日，伯恩、

阿尔多和伊高尔也在晒太阳，康涵和

艾耶塔碰巧也在，艾耶塔没跟我们

在一块儿晒太久，她是第一个逃到

阴凉地的人，非洲的黑皮肤禁不起

太强的日照，她说，好晒，受不了，

我很意外，我问她，略带天真的反讽，

乌干达不是比这边还冷吗？

她非常严肃地答道

是的，事实上那边雨水过于充沛以至

气温从未超过30度，在她看来

烈日当空无法忍受，也不健康

她只是无法理解为什么

白人要晒这么久的日光浴，也许

还挺冒险的，这就是艾耶塔

在密西西比岸上说的，就在那儿

小哈克曾经跑下河，

游了起来——

我亲爱的朋友赫尔曼

"你有点儿发疯

赫尔曼，我亲爱的朋友"，我朝

这个智利诗人说道，他激动地

在走廊跑来跑去，高呼"给我空气！

我缺氧！"他大口喘气

推开窗子，为了呼吸

他不顾一切，他的呼吸，（看起来）完全正常

我不明白他为什么需要如此频繁地

吸气，无论如何，他惊慌失措

无法平静，双手颤抖着，汗水

不住地往下淌，他面色苍白，就像

心脏病发作了似的

与此同时，他点了根烟

现在又喝了口伏特加

这种酒在美国相当流行

是的，美国人爱喝俄罗斯酒

他们就喜欢伏特加

赫尔曼像是喝了伏特加，那个智利

诗人，他想冷静点，我不知道

是什么让他失控，他感觉孤独，的确，

在美国，没什么让他心神不宁的，

在遥远的美国，他想家，私下里他跟我讲，

他有足够的道德感

足够丰厚的物质，但是他孤独

他说女人总是忽视他

没有一个女人真心对他

这个年轻的智利诗人,每个人都彻头彻尾地

孤独,沉浸在自己的世界,他讨厌

每个人都那么坚强,是的他完全可以

在某天爆发,作为某种终极应对,他完全可以

在一分钟之内抛开这一切

遥远而陌生的事物

我要去卡罗纳

那个美国小城市

阿米什人[1]的居所,我这就回

十八世纪去,看人们

身穿十八世纪的盛装,坐在马车上

那种两轮马车,乘着小马车从一个农场

辗转另一个农场,不用

电,不看电视,不用

洗衣机,不坐汽车

不热爱任何与二十世纪

相关的事物,他们依照

祖辈的方式生活

他们跟不上时代,不想

与新世纪接轨,他们厌恶所有

新事物,他们不上网,不打电话

聊天,不收电报,他们

不拍照,我猜是不想看到自己的

孩子一天天长大,成为青少年

未婚的人,有家室的人,直到垂垂老矣

他们排斥任何新鲜事物,和起初不一样的东西

他们与外界失去联系,但他们

有孩子,按上述方式抚养孩子,我见过,就是那样

---

1 Amish:阿米什人,是美国和加拿大安大略省的一群基督新教再洗礼派门诺会信徒,以拒绝汽车及电力等现代设施,过着简朴的生活而闻名。

就像汤姆·索亚似的，他们穿得差不多
乘一辆小马车，他们的父亲
优雅地坐在驴子上，手握缰绳
指挥一匹悲伤的马，迷你巴士载着我们
一晃而过，他们没看到我们，只是
坚定地注视前方，路上扬起的尘土
笼罩着他们，其中有个十岁的小孩
也没发现我们，他们不愿去考虑
自身之外还有一个世界在运转，
就在他们周围，无所不在
我们途径他们就像 UFO
掠过，真的我感觉他们才是真实的存在
而我们是遥远、陌生的事物

在晨曦中

天亮了,我正失眠,
不知道接下来该做什么,伊戈尔
在厨房翻箱倒柜,他想让我
起床,但我不太想
早上六点钟
与他交谈,有点吵,叮铃咚隆
后来听着好些了,忽然
我又睡着了,梦中,我在特拉维夫
四处闲逛,在海滩上,散步时柔软和暖意
吮着裸露的双足,
感觉真不错,我听见,mazl tov(希伯来语:恭喜),原来是
伊戈尔,手拿一瓶酒,别再
喝了,我对他说,可是今天过节啊,伊戈尔说
今天是你的节日,
运气真不赖,大概说了这些
你真走运什么的,他以前没说过
我也,从没见过他情绪如此激动
我惊呆了,他拿酒瓶向四周
倾洒,朝我挥动一顶宽檐的
黑帽子,不知怎么,我
开始发笑,我仍在不住地笑
就当,我睁开眼
环顾房间,
笼罩于一种极熹微的光线

那些我不知道的事

我真的不知道

自己在多大程度上

被美国发生的事情

所改变，

一觉醒来，一切都不同了

我看见周遭的事物

变成了另外一些东西

我变得

更坚强也更勇敢，有时候

我假装自己还在美国，

假装自己在去 Java 咖啡馆的路上

假装在泡花旗参茶，假装

尝一口酥皮甜点，不必太多，

碳水化合物已经足够，

我想减减肥，

我担心生病，

担心

自己回不了家，那就麻烦了，我不想惹麻烦

在这之后我假装

自己在去米奇家的路上，我想

多来点鸡肉三明治

想吃炸薯条

涂满番茄酱，搭配橙汁

那就太完美了，

我偏爱那种浓稠

多汁的橘子榨出的汁，我永远不会

忘掉那滋味，有机会你也尝尝，

想吃小橘子，

是的我

贪恋橘子的味道，一<u>丝丝</u>

甜，再一次，

就一次，我想

再尝尝爱荷华的果汁

在米奇家，

我得多来点鸡肉三明治，配着薯条和番茄酱慢慢享用，

涂很多很多番茄酱，如果可以。

假如问我

假如他们问我

在美国都做些啥

我不会告诉他们我做了什么

因为

如果我回答什么也没干

会比较诡异

我在美国睡觉

睡在宿舍楼八层

一个有空调的

房间

空调始终运行良好

没出毛病

没噪声也没老化

是的

一切正常

我只是睡觉，我有钱

不必像在家那样

担心哪天穷了，每周五

面包车会过来，那就是

我们去巨鹰¹的时候，就像是

在家乡去 SPAR² 一样，

在那儿我买糙米，

---

1 巨鹰：Giant Eagle，是一家遍布美国马里兰、俄亥俄、宾夕法尼亚和西维吉尼亚的连锁超市。
2 SPAR：荷兰人创办的连锁超市，目前在全球 35 个国家经营 1.5 万家超市，是世界最大的超市连锁组织。

LIGHT YEAR 光年

买些冻鱼、苹果、西红柿，

以及一加仑，也就是四升的

橙汁，

糙米够我吃一周的

我喝橙汁，然后睡觉

有时出去慢跑

和那些我不认识

但每次都跟我打招呼的人

他们经过我，有时

还会说"嗨"

于是我们就一起慢跑，很快活

在公园，彼此擦肩

跑过，笑一笑，因为，你知道

我们都是普通人，我们大家，只是碰巧

此刻身在美国，我们

想要健康，他妈的健康

我们养生健身，饕餮美食，

努力确保

一切都好，事事顺利

威廉·罗格曼诗选

李　凯　　译

威廉·罗格曼（willem Roggeman，1935—　）

　　比利时诗人、小说家、艺术评论家，1935年生于布鲁塞尔。1985年前的诗歌收录于诗集《记忆》，2000年出综合诗选集《时间在镜中踯躅》。自21岁起获得多项文学奖，1988年因其文化事业获利奥波德二世勋章。从中世纪起，佛兰德斯就以盛产画家著称。凡·艾克、梅姆林、布勒哲尔、鲁本斯、詹姆斯·恩索尔以及当今的罗杰·拉威尔和吕克·图伊曼斯都是这个16世纪以来被西班牙、奥地利、法国和德国军队占领过的小地方的形象大使。佛兰德斯为保留它自身的荷兰语做过不懈斗争，特别是当1830年比利时成立之后，它被并入其中之时。佛兰德斯的许多诗人就鲜为人知了，包括19世纪的圭多·哥塞尔，还有雨果·克劳斯，后者多年来一直是诺贝尔文学奖的候选人。

　　生于布鲁塞尔的佛兰德斯诗人威廉·罗格曼，被安特卫普的著名佛兰德斯批评家保罗·德·弗利称作"文字画家"。绘画对他的诗而言的确影响最大。罗格曼有很长一段时期在一家日报《最新新闻报》担任专业记者和艺术批评家，为阿姆斯特丹和布鲁塞尔的艺术杂志写过有关画家和雕刻家的文章。他曾执掌阿姆斯特丹的佛兰德文化中心长达约13年，负责文学和绘画作品。他的诗由意象打造，每当谈及如何描述他的创作方式时，他都自动地引用阿尔贝·加缪："我是形象思维"。他的风格在奇异之余，兼具感官性与幽默感，混合讽刺与温和、明朗与幻觉、思想与感情。他的诗集有三种主题栖居其中。首先，了解现实有多不可能。我们对现实的觉知受限于我们感官的缺陷，罗格曼说，也受限于社会的制约，我们的主观性，以及同语言的内在矛盾，文字表示事物和世界，但我们决计不能从中榨出全部的意义。每一个人创造他自身的现实，如同现象学告诉我们的那样。我们也通过别的方式获取信息，比如说媒体，那是不可控的，且可能提供对现实的错误报导；两个目击者对他们目击的同一件事情不会有相同的说法。罗格曼解释说，通过我们的想象力，也许比我们的知觉官能更易于了解现实。无疑，浪漫主义和超现实主义影响连同现象学的重要性构成这第一种主题解读的基础。罗格曼作品中的第二种主题是时间。时间本身并不存在。它是人的一项发明，是为了安排人的日常实际生活，使之正常运转。如果我们离开地球，罗格曼说，时间就不再存在。我们测量时间的方式直接关系到地球尺度。在太空中，就没有时间了。我们各人的生活也带有各人的主观性，时间过得或慢或快，取决于我们是感到厌倦还是愉悦。联系上他的悖论式风格及其镜子的概念，时间主题之于罗格曼，非常接近豪尔赫·路易斯·博尔赫斯的时间观。最后，第三主题，同时也是每个诗人的主题：爱情这一母能。有几个象征以使人心迷的方式回归诗人笔下，而且常常是以无意识的方式：超现实主义的影响也是存在的。然而，对于罗格曼，这种超现实主义总是或多或少地受到控制。其主要象征之一，便是镜子，对于旁人它可以联系上那耳喀索斯的那种凝视，但在这里涉及时间的主题性和流动性，涉及想象和现实的问题，从而涉及现象学的影响。

　　威廉·罗格曼是一个沸点上的诗人，总在演变，不断试验。他尝试新技术，处理新主题，创造新风格。他喜欢混合抒情体和散文，带有多种元素，包括科幻、爵士、古典神话、传说、还有寓言故事。这便是罗格曼早期的一本诗选集《诗人的变形》的标题之所指。诗人总在变化。他的作品集每增添一件新作，他就变成另一个诗人，因为，他说，他的全部作品都已在他的最新诗作的影响下发生改变。但他所有的诗首先是审美的，具有绝佳的造型品质。它们是一个"文字画家"的诗。

肢体语言

我搬张椅子,
你坐了上去。

我提到太阳,
你眨眨眼睛。

我梦见餐桌,
你和我共餐。

我说个水字,
你用它漱口。

我编个讲爱情的玩意儿,
你报以一笑。

我指指没人睡过的床,
你抑制住一个哈欠。

我仰天长啸,
你临风展翅。

我用相机给你抓拍,
时间捕捉在你的眼里。

我偷偷凑近你睡着的身体,
你的呼吸俘获了我。

我读一本书,在每一页上,
字母都拼出你的名字。

我对白天纵声谈论你,
你从黑夜里悄然消失。

我把你藏在一张阴暗的风景画里,
你变成一条光河。

我举头望月,
看见你的容颜。

夏尔·波德莱尔在布鲁塞尔

携一箱子燃烧的忧郁,

波德莱尔1864四月二十四动身前往布鲁塞尔,

为躲避他的债主,

也期待为他眼见在每一个街角

爆炸的他那些诗

找到一家出版商。

他梦见一位黑女神,

那是在山岳街28号大镜子酒店的一个房间里,

酒店内庭设有一座金色的喷泉,

喷涌着时间。

他的记忆的地狱

带他回到他的加尔各答之旅,

那时,他几遭溶解,

行将化入死域,

幸经毛里求斯而走。

一种令人毛骨悚然的本能纠缠着他,

就像热带季风下的梦,

轻柔的责备在床上回响。

诗人想逃,却为他那镜中的像

所牵挂。他的灵魂是雨。

在他眼里的深处形成一面湖。

每只手五指坠落。

在一个强烈的时刻,他发现了
大麻制剂的人造天国。
他一匕首捅向黑夜,
因其自己的光而依旧目盲。
他撕扯他自己的身体,
要造就飞天的文字。

他穿越想象的街道,
触摸早晨的意识,
激起梦中女人的香气,
爱抚情妇的黑檀而意乱情迷。
同时,城市在他的指间爆裂。

缓缓移步纳德门,
他踩着华丽的、几乎女性化的步态,
走过地上的一道斜坡。
穿戴鲜亮的白衣领,
他立即变身牧师和演员。
他以漆革皮鞋的脚尖轻点,
优雅地跳过水坑。
他被映在所有商店的橱窗,
用可恶的文字寻找恶,
就像开在纸上的花。

他画一道穿过痛苦的斜线,

创造出卖淫之美,
老女人的皱皮之美,
她们从她们的爱人,她们的孩子,
或者她们自己的错误身上受苦良多。

他的身体,毁于梅毒,
生出某些奇怪病魔的铜绿,
诸如瘫痪和失语。
当他的记忆失色,
他的脸在一个点亮的商店橱窗里解构,
变成马蒂斯的一幅画。

城市在隐褪的建筑立面背后猖吠,
显露有关不幸的另一种透视。
光线不足的房间里,衰颓唱得多么伤悲,
独居的诗人躺在空瓶子中间,
想到残忍的克里奥耳人,让娜·杜瓦尔,
她那柔软的黑乳房,
是她的悲哀的聋源。
他轻抚她的伤疤的美,
成为她的幽灵的最亲密的朋友。

LIGHT YEAR 光年

在那慕尔的圣－鲁教堂，

他看见他的朋友费利西安·罗普斯变得模糊，

然后没入夜的塞窄。

他死在他母亲的怀里，

她从没理解过他。

在蒙帕尔纳斯，人们有时听见

他还在墓里呻吟、诅咒。

而每一次生出一朵野花，

它都道出恶的新名。

一件物品的孤独

聚会结束,
留下物品,
每一件都落上沉默,
空前沉重,何其明显。
人已各自回家,
它却搁在那里,孤独无用,
无人还在周围看它,
碰它,用它,发觉它
或雅,或俗。

每件物品自有它独特的空间,
由此它便渐渐附着于时间。
当它被弃置不顾,它的意义
便消失,它的效能被剥夺,
无动于衷,无能为力。

为时间所遗,
孤零零,被丢在一方空间,
处在一个房间,了无意义,
直到有人将其重拾,
重赋效用,以名相称,
如此将其复原,完好如初。

没有什么孤独可比

一件被遗弃的物品。
一切事物都依赖我们而存在。
我们注视它们,它们便存在。
我们闭上眼睛,它们便不在。

我们所见的方为存在。
我们所触或所握的每一件事物
都在准备,准备面对
等着它的孤独。

只有画家才看见的

这些是最初的迹象：

林间的月亮受惊。

动物开始走走停停。

花从噩梦中苏醒。

人对未来恐惧，

疾步返回树林。

夜朝黑暗目瞪口呆。

一切发生过的都退出时间。

沉默偷偷袭来。

老人退化成光。

守夜的人，徒然

保留着他梦里悲哀的格子花架。

睡眠不知不觉离开人眼。

我们的恐惧尖叫得越来越激烈。

春天穿上它的新装。

太阳滑向海的远方。

黄昏进入未被日光

认出的每一户家门。

又一日，又一瞬。

看哪，灯光，有人又说了一遍。

人生之惑

他在去往神明的路上走到半途。
明月注视着他而漠不关心。
眼前忽地豁然开朗,有风景如画,
于是百兽归林,乐而不疑。

既而美好的时光再次消失不见。
唯有焦虑牵扯我们的衣袖。
有些野兽在菜园呼唤我们的姓名。
后来大雨冲走那里被毁的文字。

要而言之一日的时光仍旧空虚,
一如刚刚睡醒的人眼惝恍迷离。
我们这才第一次听见母亲说话,
并感到行健的日子催我们前行。

托德·斯威夫特诗选

俞心樵 ____ 译

托德·斯威夫特（Todd Swift，1966— ）

1966年出生于加拿大蒙特利尔，他的名字来源于他英国祖父斯坦利·斯威夫特，而托德是电视剧《66号公路》中的角色。托德是剑桥彭布罗克学院2017—2018年访问学者，担任驻校作家，已经出版了20多本诗集，由加拿大、美国、爱尔兰和英国的出版社出版。他在伦敦拜阿尔瓦雷斯[1]为导师，从此认为自己是一位自白派诗人。他获得东安格利亚大学的创造性和批判性写作博士学位，他的导师包括乔治·斯泽尔特斯、丹尼斯·赖利和乔恩·库克。另外他还曾经为派拉蒙、加拿大广播公司、福克斯、CINAR、迪斯尼和HBO撰写了超过100小时的电视剧本，还担任了经典动画《美少女战士》的编辑。伦敦大学学院的马克·福特教授称他为"当代诗坛的奥森·威尔斯[2]"。

---

1 阿尔瓦雷斯（A. Alvarez）诗人，文学批评家，著名心理学家。瓦雷斯年轻时，与举世闻名的女诗人西尔维娅·普拉斯是好友，在有关泰德·休斯和普拉斯的电影中他是重要的次要人物之一。
2 奥森·威尔斯（Orson Welles，1915—1985），是美国电影导演、编剧和演员。他最著名的三个作品，分别是1937年的《恺撒》，改编自威廉·莎士比亚的凯撒大帝的百老汇舞台剧，1938年《世界大战》的电台广播剧，以及1941年的电影《公民凯恩》，这部电影被一致排名为史上最伟大电影之一。

送给皮埃尔·拉波特[1]
50 年前被谋杀

写作,对你有什么帮助?
在另一种官方语言中,
它的形式是权力,或权力的展示,
或权力的潮涨潮落,或是权力的变动。
我认识你,那时候你还未,

被谋杀,或者那时候你还没有
同恐怖行动紧密相连。诗人告诉
我们,我们所说的可以低,也可更高,
可以放慢恐怖的微妙之处,
或者推迟或抵消其影响。

机智和紧张,一寸一寸压下来。
那是 10 月份,我 4 岁。
作为父亲,你和你的家人
在你家门前的草坪上玩耍,
在初秋的空气中扔球。

叶子是金灿灿的;大河离这儿只有
几英尺或几米远;田园诗
虽不完全正确,但比谎言更接近事实。

---

1 皮埃尔·拉波特,加拿大一位政治活动家。

小说里说我去过那儿；事实是

我当时就在附近，和我的父亲在一起，

玩我们自己的游戏；但还是在相同的

南岸帕特尼大道（他们的房子

在较高的拐角处）。事件发生时人们

用不同的语言，政府部长

用法语，我和我爸爸汤姆

用英语。他们那天把他带走了。

几天后，当他在车里被发现时，

相反，他们以为他是英国外交官。

这名法国魁北克人死亡后，甚至无法

在第一时间就确认身份。很快，他就被宣布

失踪了。没有人，即使是现在，能说，

在任何方言或时尚中，无论你想尝试

什么语言方法，死亡之握

是如何运用的，这使他成为一个事实

你可以上网查。除了玩耍和感恩，

还有空气中燃烧的树叶的味道。

遥远的过去的痛苦，怀旧的咀嚼，复仇的

欲望或回忆的事物；50年

对残存的大脑造成了严重破坏；时间

吹灭了蜡烛，而时间又不太明显，但是，

不是为了生日；矫揉造作，或者约束，两者
都是主动去发音的，诗歌最后一次和
蒙特利尔有关系是什么时候，真正的关系？
即使是在这种看似荒唐、艰难的时刻，
也会求助于 A.M. 克莱因，我们的国际术语

交错大师，从乔伊斯的奔流城到伊阿古？
诗歌数不清，就像群岛上包含漂浮物，
投弃货物，一两只疯狂的乌龟；事实上，
混乱和无序仍然是标准的图书管理员。
我发现，在大量图书馆的研究中，与世隔绝，

温文尔雅，有心灵的咖啡馆，有头脑的礼品店，
遗失的战利品众目之下被埋藏在纸上。
太阳底下没有人会去觊觎或崇拜的
盗版诗歌。我是说，这里的我是真心
想跟你说话，如果你在那里，不只

是一个封闭的链接或封面，一页又一页令人窒息，
他被铁链勒死，脖子上挂着一个十字架，
这个形象太完美了，不可能为了审美快感而虚构出来。
被蹂躏了，或者只是莫名其妙地塞进了后备箱，
然后被遗弃，等着被发现，就像一首诗，或是为愚人的使命

而制作的无用的珍宝；是过失杀人，还是冷血杀人，
还是中间的意外操纵？具有象征意义的是，
这样的恐怖事件，时代失去纯真，

这个事件限定了，你的死，那个死，他的死，我父亲
的反应，直到永远；我想，我的也是如此；他再也

睡不好觉了，晚上醒来，惊恐万分，检查
我们的门窗和床铺；以为有人来了。
他们来了，他们从不列颠随员克罗斯到
拉波特，挂在他的十字架上，在保罗·罗斯的车里。
我是路，是门，对任何纪念碑来说都太

整洁了，那些名字拖着我们前进，拖着我们后退。
半个世纪以来，演员们都不为人所知。
并不是说我们中的任何人都是，或曾经是，真正的表演，或演员，
尽管莎士比亚这么说过。我昨天读到，这是 2020 年，
甚至连诗人都被围攻，被质问，被要求解释

他的政治活动，他的观点。再也没有神圣的经文了，如果
有的话，历史就像洪流，或者一瓶凯歌香槟[1]，一个寡妇或影子，一个行进。
没什么东西是要大水来冲刷或者筛选的；我的天赋在四岁时
就被你那令人震惊的谋杀吓得说不出话来了，我的家人也被吓坏，
我们的想象力，从单纯的观点，僵化的观念，塑造了

身份和摩擦。我每天都得带着你的屠杀
就像噩梦般的葬礼，一种仪式，或是它引发的焦虑。
恐惧之战也袭击了我的房子，就在这条相同的街上。
如果我们有机会见面，能不能请你帮个简单的忙，如果理想的话？
十月里，皮埃尔，不要出去玩；待在家里，治愈我们所有人。

---

1 凯歌香槟（veuve）是创立于 1984 年的知名法国香槟品牌，总部设在汉斯，由新店富豪林家持有，隶属于奢
侈品集团 LVMH。凯歌香槟是全球最畅销的香槟之一。

秋天,风暴亚历克斯

致 w·史蒂文斯

那种崇高的多愁善感,像柯勒律治一样
被亚马逊的快递及时中断,经过消毒的
箱子里装着关闭的书店里的书
在法国风暴命名为,亚历克斯
我的教子,不需要性别说明,立刻
毁了夏天,在其他地方也同样发生。

我们开始了四季轮回
回到我们黑暗的世界,回到世俗享乐
的尽头,放纵地上下忽悠
放弃,六月不需要做出决定
七月无法掌握。十月是悲哀
的化身,如果树木是众人

他们是,他们是众神具备了人性,
众神承受像我们一样的压力
像我们一样着装,然后像我们一样卸妆
秋天是一个残酷的舞台,一出最终会杀死
所有角色的戏,只有冬天幸存,
冬天在十二月进入天堂享乐。

为什么是数轴,为什么是顺序诗节,
为什么要寻求控制,或否认混乱,

不可否认的是星星,是原子?
科学漫不经心地扼杀了艺术和宗教信仰,
看着它带着押韵的复仇和匕首
归来。科学对鲜血一无所知

但是鲜血愿意说什么呢。
我看见星星今晚在谈论,丰收
然后进而谈论寒冬,越过冰雪,在冰的彼岸
时间在变得稀薄,就像古老的记忆在流逝。
只有作为人类是悲哀的,只有郁闷地
聆听,花园关闭的声音

花正凋谢的声音,南瓜在探索的声音
它们腐烂的声音,寒冷来到这个世界
总是无精打采的,又一次,像蛇蝎
一样阴险的骗局,但是寒冷总是一个说谎者
即使它让你躺下来并让你感到温暖。
寒冷总是不能取代阳光温暖的月份

它只能诋毁它们,诽谤它们。
寒冷是我们无助而选出的完美
政治家,我们能寻觅到的都投掷过去,
扔一个披肩,毛皮,人造毛皮,皮肤,人造皮肤
秋天只在人类的心中出现。
在人们的思维范围之外,还有另一个故事

正在引起人们的关注。只是没有人讲述。

这是一个被遗忘的故事，一个从未被提及
的故事。它是一个装订前后的图书馆，
印刷前后的图书馆，最后，更远的地方
有风和无风，声音很大，也最寂静，
他们部署像诱饵一样悲惨的领地，

涌动着无休止的冷静，没有建筑师绘制过的
一座建筑物凝固的湍流，从来没有见过一张
宽宽的桌子在纸上展开。意外的转换。
寒冷，所以点亮火焰！如果你手上有，就在手上吹燃。
接着是木头在痛苦中挣扎的声音。
我们正在衰落，而我们在衰落中徘徊，

就像观众观看自己扮演演员一样，
就像星星通过一只眼睛看到自己燃烧。
以前就有过悲伤；悲伤会再次降临。时间
会在自由意志决定的轨道上运行，
所有能被发现的东西都会像注册的维京海盗一样
在一个极不情愿的、被冒犯的、

与众不同的海岸上登陆。一排排，
又一排排的冷杉对抗着入侵，
在寒冷的，凝霜的海滩上，幽灵在那里逗留。
知道有法律并不会使人服从。
战斧和血矛互相撞击，最终的胜利者是栖息在树上的。
即使在恒星旅行的最后深度，也会有停靠的

港湾，和一些石头一样冷酷而不凑巧的时刻，以及，惊骇的
圣像的面孔长期被冷落，但能听到同样强烈的声音。
风让我们为被扑灭的大火做好了准备，
防冰冻技术随之衰退，空白的成果
在这古老森林的绿色黑暗中伸展着死去的手臂，
一片枯叶会在你的身上掠过，然后飞向更荒芜的真理。

六法则

一个抒情的独白

"你是想在你的立体声音响里寻找一些美好又美好的爱情吗?"——威利·J. 希利

你寻找一个敏捷的爱

或是更像一个混凝土一样坚固的爱?

是弹性网络一样的爱,还是有机玻璃一样的?

他们写道,反常行为正在上升

在新的邪恶系列。我在寻找

更多我负担不起的爱,

比我达成交易的还要多。我现在知道

机器人现在可以像电子人一样行动

一个超大的大脑被植入猪的心脏

然后,嗯,他们驾驶齐柏林飞艇,也被称为

飞行物,或飞艇,也叫气球——

甚至比飞机拥有的名字还多!

是时候说我是顺性人了,我没有超越

人类命名的法则。甚至暴力

也可以进行语言学地辩论。打是一个词吗

还是一刀刺进内脏?我喜欢《双重沉重》黑胶唱片专辑

是千禧一代威利·J. 希利的作品,他听起来像

保罗·麦卡特尼和鲍伊合体

以及和霸王龙的混音。那时我还活着。70年代油禁运

经济滞胀，尼克松，河内，直升机，还有一个因为善良

而遭人憎恨的卑微好总统。

我的童年是种族主义的，我想，全是白的，

我们游行到当地的游泳池扔漂白剂。

谎言就像沉没的潜艇上的血迹一样横越波涛。

诗歌中的小说，怪异的故事，这种感觉是错误的，

为什么不承认我们作曲的方式

与记录在我们精神脊骨上的，

内心独白有关呢？如果我在10点被击中，

20点我就还击。发生了大量乳胶投资性行为，

并摄入了热带麻醉剂。很好，很精彩。

我会引用蒲团，阁楼，避孕套和乳头乳霜。

是时候承认我写的东西没有一点不同了

都是一模一样的像沙漠中的沙子。

它被残忍，摧毁了，殖民地，和起义。

没有什么好事发生。我想回到原罪。

在那里把责任推到我身上。

我想在另一边找个性伴侣，在港口，像法国人那样，有个整洁的飞行员。

她可能是他；我分析的时候从不质疑水手们。

弗洛伊德知道，他知道，是的，他知道。弗洛伊德了解我。

我陷入一场历时7年的沙发会谈，辛巴达

坐在汗流浃背的沙发上，我自己的，儿童虐待冒险。

这一切都让我感到痛苦，但也有所帮助。我变成了一个自恋式的杀手。

我在约翰·多恩的书里杀了跳蚤。任何人都不允许

拥有一座岛屿。这是不良的行为。这不是对政治和道德的

攻击。虚无主义比清教主义允许的更多

然而更有趣和刺激。你的政见取决于

你想用什么样的性爱娃娃。如果没有，移动一个方块。

我是一个高级物种。我没有欲望，也没有攻击性。

我在臀部曲线上快速点击；要找一个

开着白色货车的人，因为一个下午的发烧传递。

在幼儿园附近卖鸦片，在那些花园里

我自己被疯子揍得稀里糊涂的。

弗洛伊德知道。弗洛伊德和他女儿知道了。哦，他们知道。

原谅我，我来这里是为了建造、焚烧教堂，重建

灌木丛的。当我们摧毁了塔，

终结了文明，哪一种动物会成为国王？

豹子会吃掉我们剩下的心，冷的还是热的？

复调爱情会付出代价，单音婚姻

很糟糕，但这是命令法则。我想做一个杂食的人；

外出吃饭来摆脱困境。我的"六法则"导致了低保真度的下降。

邪恶的事情

我做了坏事,
坏事找上了我。
当我们试图解释我们获得自由的
理由时,我们是在说邪恶的东西。
当他们哭泣的时候哭泣是邪恶的。
我们应该打开通道把我们的邪恶
思想,传达给山之王。

我们做的好事是偶然的。
其余的都是邪恶的,从太阳到星星。
爱过又残忍是邪恶的,想要法律
所禁止的东西也是邪恶的。
历史是邪恶的,它是由一种
难以制止或不得不向所有死者
道歉的罪行所书写的

为什么有时候,我们试图制服恶魔
但更多时候,我们只是撒谎。
所有的恶都是在恶中,朝着上帝裸奔。
上帝在伤口上颤抖,一定会退缩。
在腐烂的树冠散发的气味盖住
芳香之前,寻求妥协是必要的。
我是说,接受所有生物的邪恶,

从戴胜鸟到斑马，从大象到瞪羚

都是食草动物或捕猎者的——生命的脉搏

所有蜷伏着的，或者蹲着的，要么飞奔，要么一动不动

要么坦然面对注定的死亡，要么冷静地吃着同样的猎物。

在野外或灌木丛中，看到每一个造物

如何将在烧焦的发生淋溶作用的弹坑或

心灵污点一样的洪水底部爬行并不奇怪。

争论野蛮的食肉动物、谴责赤道

或处决维多利亚瀑布都没有好处。

我们像我们的造物主一样，高高在上

来到这个世界，为了作恶，毫无例外，因为我们有能力。

这就是生活，学会在警句、营地、线路中看到寓意。

拿着卡宾枪的人说话最直白，从不打算解释。

黑暗

黑暗正在升起，但它总是
一个暴发户，因为这
就是黑暗所做的。
我们要关注地平线

这样高的博福特[1]（风级）
就不会再让我们生病了。
握紧你的冰锥，准备
在冰上摔跤。适者
生存，其余的则被隔离在
小镇的沉沦之地。
扛起你的温彻斯特
我们现在都要求行动一致，

现在到处都是重复
控制杆的枪。闻着封闭日常
空气的灰烬。冬天来了它就像
一个道歉的收票员，

它知道你没带票，
就得把你推下火车。
让我们面对现实吧，你会坚持住
莫名其妙地，被绑在车尾，
用皮革套索。亮出
你闪亮的手术刀，医生
的新奇怪的限制，
开始切割和撕裂那些错误的东西

永远不会有光，而且钱花光了，
但我们的人比他们多，
我们可以哼唱雪莱的歌。
把假面具戴上，无政府主义者！

---

1 博福特（风暴）：一种将风速与海上或陆地上的观测情况联系起来的经验测量方法，它的全称是蒲福风级。

菲利克斯

解除隔离状态,我在想印度支那

尽管它的名字是东方主义的,是有史以来最好的

乐队,这对我的朋友们来说是个新闻,在那里,

如果他们在乎的话,但我又一次兴高采烈地

侧手翻,那种感觉,就像那些,内在的

一切都逃脱了,我们挺过来了,

不是真的,如果你算上所有的战争死亡人数

如果你算这是一场战争,如果你认为这是一场战争。

受尊重的佩里·梅森来了,非常可怕,

就像安达卢西亚狗一样,眼睛很残忍,

有一个令人难以忘怀的纵横比,大萧条时期的

退伍老兵,萨斯喀彻温省的传教士,

洛杉矶的黑人警察。这跟我们自己的场合古怪的相像。

我坦白,很高兴能听法国流行音乐。

我不能停止播放法国流行音乐网站13,循环!

陀思妥耶夫斯基沉迷于轮盘赌差不多就是这个样子

我爱我的宠物,爱我的站姿,我的发型。

每一天,每一周,每一个月,每一年,打破常规。

黛拉在节目中说:不忠不是谋杀。

我认识黛拉,我知道那个男孩。但角色扮演失败

当一个戒指可以随意乱投给老人

这可能是过失杀人,不是吗?

夏季教育类户外集会做得更好。

就一个想法，佩里先生[1]，就一个想法。

---

1 佩里先生（Mister Perry）是电影《死亡诗社》（Dead Poets Society）角色，严厉苛求的父亲，他的首要任务是让儿子在学校取得成功。佩里对儿子尼尔的业余爱好持怀疑态度，因为他认为尼尔的人生目标应该是成为一名医生。当尼尔开始表现出对表演的兴趣时，佩里先生禁止他的儿子再次在任何舞台上表演——这一禁令直接导致了尼尔的自杀。

试着在这些复杂的日子里想象一首情诗

为我所有的前女友,无论何时,无论何地

我爱你,我原谅你,

你用你的马和绳子

把我拉过沙漠,

你把我的脑子在石头上砸出来,

你拔掉了我的一颗好牙,

然后丢下我一个人;

我原谅你,我爱你,

你用你的变态程度暴露了

我所有的设计缺陷,

你像在母体里一样剪断了我的神经键,

你实现了又否认了我的超修复能力;

我爱你,我原谅你,

你用你精准邪恶的触摸

取出了我所有的大头针和缝衣针,

你廉价出售了我收藏的漫画,

你舌吻了我的亲密槽,

抛弃了我的阴森忧郁;

我爱你,也原谅了你;

我爱你,也早就原谅了你;

现在，欲望的刺激像夏天

在隔离后肆意蔓延，不顾一切，

我是一个荒凉的空军基地，缓慢生锈，

核爆之后几乎美丽的光晕，

失去了结构的结构法则，

我早就原谅了你，我爱你，

在你千年的光辉荣耀里，

在你变态扭曲甚至是虚构的背景故事里，

甚至当你背弃我的圣经，

紧致的乳胶刀锋芒一样的白痴病患者，

你的身体像水银一样在我的床上蜿蜒；

你潜入了水银球，滚动着我的记忆，

你是纵火犯，一个燃烧着的公寓与你有关；一个压缩空间

年代二万二千零七年，

你是吞噬了天堂的巴比伦；

我还是会看到你一边大胆地享受着一支钢笔，

一边跳舞就像卡里古拉的女儿

它是在我的餐桌上的幻想电视节目

所有的好人都被金箭射中。

施虐是我们这个时代的流行形式，

因为我们无能为力，而权力重演

是我们最接近政府的方式。

我原谅我的爱，我爱我的宽恕，

但它旋转，你曾经进入的每一个房间；

这一切都是由 CamelPhat 在声破天音乐平台上
的一首新歌引起的；你是一个鬼，
就像他们在每一部间谍电影里说的那样，
就像每一个黑客都会说
"我加入"或"我们加入"一样；
这是不现实的，我们生活在一个世界里

想想吧，因为它本不应该是这样的，
我们的身体每天都遭受着仇恨，
或者有些身体是，而有些则相反，仇恨他人；
你把我首尾相接地挂在地牢的墙上
你知道我鄙视个人的顺从，
却让我向你鲁莽的暴君致敬，

我这样做是因为你穿着紧身的制服
恋物癖是我的克星；我每晚都为之倾倒；
但是你们的制度是残酷的，无情的，最终是暗淡的；
你说的更多的是一种漠不关心的说法
但我仍然对国王王后的到来抱有希望
拯救我们的是平装书，和一头秃头的狮子

在我身边，或者一只会说话的俄罗斯猫，但与此同时，
在中国，在美国，或在我们居住的王国，
有些人不被原谅，不被爱，死去，被坦克

压扁，警察，缺乏抑制，因为不是

所有的关系都是真正的爱或关心；那些

欲望既是碾碎，也是摇篮。或者征服我们的欲望。

回到故乡帕特尼大道

我永远不会有足够的时间陪我的家人。
我已经离开了。我总是在家里
进进出出。当到达时,

我的头发要么很短,像士兵一样,
要么很长,就像被囚禁在塔里一样。
我走进我的家,瘦得像侧着身子一样,像基督徒

一样在凡尔登的荒野里,没有面包
饿得发晕,或者喝着啤酒,回家时正发胖。我生活在
一群最孤独的人中间。我的酗酒是个问题,

但现在我安然无恙地站在这里,走路
不会被地板绊倒,我还记得
你们每一个人的名字:妈妈,爸爸,乔丹兄弟。

我的旧床还是像往常一样又直又窄又可爱。
有多少人跟我一起毁了我的床
我们留下了多少印象?

如果墙壁因曾经带来的狂喜而颤抖,
如果我能偷偷溜回她那里,她是多么喜欢接受
我,她的手放在我的屁股上,她的眼神,那双眼睛,

这个星球上最严肃的。现在看来，发生

在这里的这些事情几乎没有把床单

弄皱。我睡了，又醒了，饭都

准备好了，心存感激的儿子却不敢离开，

或者自己摸自己——独自一人——或者刮胡子。我们看

录像，每晚至少租三部电影。我在这里

是成年人了，就像失去了一切一样。他们会知道我真正的

悲伤吗，还是会纠正我的偏差？不，只有一部分

是我的，我永远不会有足够的时间告诉

我的家人我爱他们——它们是我穿过光圈时

弯曲的原因吗——为什么入口使我乞讨，

为什么我肯定会死——如果不是更早的话，至少是现在。使我如此爱恋。

罪犯辩白
或者我写的每首诗都被揉成一团

坐在办公室里自拍带着绿色的阴影，军衔罗杰死了，双音奇迹已经消失了；这是我一年一度的生日诗，无用的偏爱；我是一个瘾君子，一个忘恩负义的人，一个债务人和蹩脚的模仿者；一个没有人认为有价值的艺术迷；收集纸张的人，你可以说，除了它们是书。书的尽头。我在土地的尽头，智慧的尽头，苍白的，是没有鞭子，没有锁链，没有血统的斯温伯恩[1]。可能是用心态作为软弱的借口。

我已经一个星期没用过了。一个谎言。过去的就让它像男孩一样过去吧。我想当牧师，然后是骗子，然后是尼克松，最后是波德莱尔的黑猫。我还缺什么呢，除了进取心和一个用来铲东西的桶。当我说我的时候，我指的也是你。我是说肯定比我多。我的手势远远超过了我的目标。生活是一棵山毛榉树。是拿钉枪指着墙，不是你的头。我的叔叔弗雷德死了。还有杰克叔叔和艾德叔叔。数量多得无法提及，正式从记录中删除。做得更好。这是教练和心理医生的口头禅。他们会认为有人醒来后会变得更糟吗？

戒酒阶层的诅咒是口渴。我渴望我不能拥有的东西。即使我有了它，也一直是这样。我一直在羡慕自己。运用了很多莱斯利[2]的语言，最容易激怒的那种。我

---

[1] 阿尔加侬·查尔斯·斯温伯恩（Algernon Charles Swinburne, 1837—1909 年），英国诗人、剧作家和文学评论家。他以音调优美的抒情诗闻名，并发明了一种小节形式的抒情诗。然而，他的大部分诗歌都因过度押韵和千篇一律的音调和旋律而失去魅力。《卡里顿的阿塔兰达》是一部以希腊古典悲剧为主题的诗歌剧，被认为是斯温伯恩的代表作。这部忧伤中的抒情诗篇是斯温伯恩语言驾驭最熟练、表达最有效果的作品。作为一名评论家，斯温伯恩显示出了良好的判断力，但是在赞美他所喜爱的作品方面往往过于热情。
[2] 莱斯利·芭芭拉是一个虚构的人物，和公园和娱乐的主要主角 NBC 的情景喜剧。由艾米·波勒（Amy Poehler）扮演。

很难过那个伟大的比特[1]乐队成员，斯卡天才，要被埋葬了。我们都已经死了，很是时候，有个出租车司机一直叫我伙计。是的，也许吧，但我也想把自己定义为其他两性，性别和部落。我有一部分因纽特人血统。

我因为直觉。我颤抖着站起来，准备参加一个失去的周末聚会，这是在火山爆发的一周中非常正常的一周。我不想麻烦你，先生，但这个混蛋需要喝醉。醉心于生活或放荡；马或骡子。你选稀粥，我来喝。科恩在开玩笑，约书亚。他是在开玩笑，约书亚。我们现在承认纳博科夫是个卑鄙小人了吗？我们如何耗尽体力解决这个问题？

我不能忍受像胖小精灵一样长得这么帅。看我把心都喊出来，像个艺术家。我接受痛苦，就像耶稣接受钉子一样，这也是痛苦。将你的抱怨汇编成三部曲，它们将是巨大的。你觉得如果实验假人的尺寸适合女性我们会活得更久吗？嗯，女人会的。这个世界是为男性宇航员和杀手设计的。他们很少有相同的组合，但当他们维恩[2]的时候，休斯顿的情况尤其糟糕。我等一部像《戈多》这么好的剧已经等了半个多世纪了。

我不想自吹自擂，但如果我的诗是小说，你早就读过了。我是说有声书。我不在的时候，你有几个叔叔死了？这是一个正在消亡的时代，就像所有痛苦的共和国一样。我向后一靠，拍了一张角度恰到好处的自拍照，以突出我的锁骨，我脑海中一个调音良好的键盘乐器被打断了。我是一个在约会时被强奸过几次的富家子弟。我是战争新娘，被双方抢着拍照。

---

1 比特（Beat）是一支 1978 年在英国伯明翰成立的乐队。他们的音乐融合了拉丁、斯卡、流行、灵魂、雷鬼音乐和庞克摇滚。斯卡起源于牙买加，是一种混合了爵士乐和加勒比曼托的音乐流派。斯卡的特点是一个行走的低音线强调非节拍的节奏。
2 维恩（VENN）是一种面向流媒体一代（the streaming generation）的新型电视网络，面向游戏、流行文化和电子竞技观众。

如果没有精神疾病诊断与统计手册[1]就不是双相障碍。或贮物箱。煮熟的活着！摇滚龙虾在一个爱的小屋和 52 个女孩漫游当他们想要的时候。我对像政府这样的板条箱有琼斯博士从戴手套的疯子手中救出的遗物感到遗憾。当你拍摄《圣经》中的圣物时你的脸会融化。有一种东西叫庄严，叫敬畏。被称为流行 Kulchur – 来自上面的父亲。以及男性达达主义者，都是父权集团的坏分子。

我们已经放弃了太多。我记得我 17 岁的时候，背着他喝了一杯伏特加橙汁；他那瘦削的脸，那些鱼的画，他有才华，但从来没有吻过我，所以我还是喝醉了，然后回到家，永远也不会忘记那个初春的日子，那是在一本由一个二流的帕尔纳斯老兵精心策划的回忆录中。不是这样的，只是自体性欲性的厌恶。有害的欲望，或者无害的欲望。余烬是一场大火，就像柏林被摧毁了一样。我死去的梦想是，这是怎么回事——80 年代的斯大林格勒，新浪潮？

溺水的人没有一个能成功获救。基督升起来了，他像不明飞行物一样飞出了冰面，在穆德给史高丽看之前。

对我来说，都是怀旧，电视和灰尘对我的迷恋。

有人说，要么优雅地变老，要么根本不显老。

柏洛兹[2]挖掘得不够深，他沉迷于自己

无休止的咆哮；但是他喜欢猫。杀妻者可为圣人吗？

1《精神疾病诊断与统计手册》（第五版）是在 2013 年对精神疾病诊断与统计手册的更新。这是由美国精神医学学会出版的分类学和诊断工具。
2 威廉·柏洛兹（William S. Burroughs）是一位美国小说家、散文家、社会评论家以及说故事表演者。身为垮掉的一代的主要成员，他是影响流行文化以及文学的前卫作家。他被认为是"最会挖苦政治、最具文化影响力和最具创新力的 20 世纪艺术家之一"。

别碰那种垮掉的油漆，它永远不会干。西蒙？西缅吗？ 仁慈的医生，在你去性奴宫的路上，把我从阴沟里拉出来吧。我们不存在，除了在漫威宇宙[1]里，那是一种浪费和悲哀。不是你的错，但外科医生在这条街上都被称为先生。我会骑着哈雷摩托车去听范·埃顿[2]的演唱会。这种漫步，它不是一首诗，它只是一个游戏，忧郁，自足。这里没有任何意义，没有指责。就像德尼罗一样用手指指着我唯一的神庙，子弹射入空穴的地方。

---

1 漫威电影宇宙（Marvel Cinematic Universe，简称 MCU）是由漫威漫画工作室基于漫威漫画出版物中的角色独立制作的一系列电影所构成的架空世界和共同世界。
2 莎朗·凯瑟琳·范·埃滕（Sharon Katharine Van Etten）是美国创作歌手兼女演员。她发行了 5 张录音室专辑，其中最新的一张是 Remind Me Tomorrow。

和一个被关禁闭的人说话

以前犯过严重的错误,希望下次再犯。

这些墙对一个脑子里有想法的人来说

是个机会。像我。名字是

J.L. 小利维。像其他商店行窃一样夺走了很多人的生命。

当然,这是错误的。诗歌是偶然发生的

事情,就像谋杀一样。我的意思是,这种行为

充满了激情和命运,

就好像你是一个盘旋的天使。

我爱那些被我影响过的人。

我像爱耶稣一样爱他们。他也被父亲伤害过。

他们打断了我的下巴后,我说得好多了。

在这个房间里,白天和黑夜就像是亚里士多德的思想。

很少发生,但想想还是不错的。

女人现在是我手上的气味

和影子,有时是梦中的呜咽。

下次我在这个世界上行走,我会

向你展示如何成为一个神。它就像一只被关在铁栏后的

黑豹,瘦削,突然释放出——力量。

体现在运动的可爱和动物的魄力。

有一次一只猫从动物园出来，咬掉了一个孩子的胳膊。

这是美丽的，残酷的，有点像上帝自己的真理。

罗恩·温克勒诗选

李　栋　　译

罗恩·温克勒（Ron Winkler，1973—　）

　　德国著名诗人、作家、编辑、评论家、美国当代诗歌最重要的德语译者之一。生于1973年，毕业于德国耶拿大学日耳曼语言文学与历史系硕士，现居柏林。出版诗集、极短篇小说等多部，曾获"雷昂斯与蕾娜""月湖""慕尼黑""巴塞尔""图林根"等诸多诗歌大奖，曾任阿根廷科尔多瓦及意大利威尼斯驻市作家，并荣获瑞典维斯比"波罗的海作家与翻译家中心"驻留奖学金。诗作已被翻译成21种语言，其中英语、西语和乌克兰语译本已结集出版。创办并编辑诗歌杂志《趋势》，编有美国和德国年轻诗人选集多部，并翻译了多位美国重要诗人、散文及小说家的作品。罗恩·温克勒是德国当代鲜有的既打破德国诗歌传统又有国际视野和开放度的作家，其作品幽默而含蓄，新颖而有张力，在轻快灵动又深含激情的语言中传递了悲悯的人性关怀。

眠

悬在我眼前的几个画面:闪烁着

近乎行为艺术的天体。疼痛中的诸神,

他们握紧的拳头鲜红

像黏膜炎手中的口腔。流星交易商

为了扩大视野,花半天

在灵魂断层扫描中度过并按协议

即兴谱写抒情曲。参观博览会

亲身体验宠爱动物的新方式。

关于蝴蝶型建筑时代抽象的梦。

秘鲁妇女(毛氏星座)想从秘鲁

再造出一个秘鲁。长胡子的电子先祖

像是对英式草坪、美式前院、挪威苔藓

发表着爱情演说。给人的印象是

从另一个时空被抓了出来。

影子是自己的影子。梦。时髦的画廊女

其职业就好比把祖母的天鹅

发挥到极致。林间

缀满梦的灰烬,梦里

我从无神论到伊甸园跑完

上百条路径。两侧

梦的敌人,在独特的同一性里

欢乐地消逝。他们窸窣作响

或放出一丝暗光

就像奇妙的词语。他们盯着地上

就像被人剥去了面具。

我醒来前,雪早已染白了

天空。

柏林

你躺在草丛里。

你躺在街边的草丛里。

乱蓬蓬的草看起来很温柔。

在草丛里,草叶触摸着草的绿,

感觉异样的舒服。

你躺在草丛里,一场倒计时

停留在1。

你看见游客登陆,草坪专家们

抹去被拖进草丛里

他们东西上的杂草。

你躺在草丛里,小草像舞者

相互爱抚。

草丛里有警察

管制着风向。

暖暖的草丛边有小孩

排着队等着买热食,

尽管天还不冷。

你把耳朵贴在草上,小草

蔓延开去。

单调的草,无限的变调。

你躺在

草丛里,因为你问自己

危急时刻能否用混凝土治疗。

你躺在草丛里,就那么躺在草丛里。

每片草叶吞咽这泥土。

每根草茎吞咽这城市，吞咽

沙砾的声音，像彩色纸屑

被城市清洁工

扫到下一片草丛里。那声音，

躺在草里的声音，又融进了草丛。

那轻微的声音所发出的

响声。

你躺在草丛里，像昆虫侦察兵。仿佛自

睡意中苏醒。像往常一样

你躺在草丛里——草的一种——在散穗的花序

和新生的草茎之间。

你的眼睛瞥见一簇

新千年。

草丛，第十三号城市的第七重后院。

你躺在狼和蜜蜂的草丛里。

你躺在草丛里，草已

成为你的部分。

你躺在草丛里。

而我躺在你身边。

第二号城市指路牌

给 Tom Schulz

说上,说下,说城市。说,你看到了

什么。说镜像中的出租车,

来回于建筑与命名建筑之间

迂回的空气。快点说孩子,

形形色色他人监督下,

雌雄分体的基本元素

不得不化解。说孩子看起来

就像他们的父母或是尚存的单亲崇拜

弗朗西斯·培根。说弗朗西斯·卡斯帕尔·培根·卡洛。

说收银的姑娘们,休息时

在超市后房翩翩起舞

像没有制定分工的舞蹈

女神。说毫不自愿的客户

成了印象农夫的受害者。也对他们自己

说。说,我们在大西北星上

有过符号式性关系,现在或过去人称那星球为

半黄星。说,我们同时来自不同的三个

大陆。说,每个人从出生起

就占有一部电话机。还别说那一小区

单身汉。小区呈杏形。差不多

像你在我的公园里搭起的公园。一个

超级公园,那里瞅不见几个

能参考的建筑物。说崇尚埃及

祈祷会，他们争取把我们的存在
单峰驼化。说心上人的酒神乳房
在温柔的夏夜。说秋天除去双塔。
说公务员，说冬天，油漆画布。
说，我们被刷上了电子漆。没有
安哥拉—混凝土。只有爱，安排在
情感的皑皑白雪里。还有恶魔，需要
恶魔。说，一百场社保单位的
演说后，拿到了一张免费演讲券。说：云
从来都是从天而降。说：每两个
奥德修斯中就有一个拿起塞任机放在耳边。
说芭蕾舞女，她们每个人整个团都
叫欧律狄克。因为她们在主干道上
擦拭逃逸车辆的窗玻璃。
因为如此。因为天注定。因为这
展示了现代的鼻窦侧影。说这。也许。

吉萨，我的宝贝

给 Christiane Wohlrab

金字塔看起来

像是从一本美学教科书上剪下的。

溜溜转的小贩们吆喝着

抛售美形成的概念。

斯多葛主义的象形文字

一定是一头骆驼。

最终人很快会屈从于

太阳的针灸。

去找别的古老的诸神

得买门票。狮身人面像

或许在传递着一幅

完全错误的画面。

"之后呼吸着抛物面上的苹果"
给 Emily Dickinson

花园之下。专业的
森林。天上是太阳无尽的 π。

还有美，不可名状。
是云。只要有云。

其间是炼狱之果。是
炼狱之果。

难道那些不是灰熊兔子？
也在那里？ 在栅栏边？

还有丛林般的骰子
就像朝地面嘶鸣的飞鸟？

在这极度漂泊的环境里
有人按下他的黑克勒 & 科赫

机枪。不是我。是另一个
团队在那里

聚精会神。

小径之六

我们并未想过要互相爱抚

但发生了。

无光的一闪。

还有画眉。

一到达我们便登上

特别号。

我们自娱自乐。

救生索又扫过

一次激光。

和我们说话时,

别人的口吻现在变了。

不再像是和小孩说话。

海像阳光抹平的一座山。

游过的地方,

间隙泉打开。

还有画眉。

海平线让我们

感到完全变了。

随即意识到:

电视机怀疑地

落下了泪。

还有画眉,展翅如一窝

蜜蜂。

小径之八

从合欢树往下看
是一片明亮的海。动物们
却没有尾巴。夜里，
它们奇迹般地变形
到处活动。爱抚就像
梦中的激流，
深深进入内陆。
有人顺着水流
跟着植物的残茎败叶，千里
又千里远的住宅工地掠过身旁—
齐肩，那肮脏的一抹。
花儿，买来就直接被
慢悠悠地送进彩屑机。
总感觉
透过一只过大昆虫的
复眼，被人
监视着。为此
人冰凉如利维坦之夜的
一块鲜肉。

小径之三十

给 Björn Kuhligk

集装箱货轮每天都是一片别样的
陆地。我们站在港口,迎着太阳
点了点头,看周围的事物。潮
涨了,自然的脾气,卸下一丝白雾。
斯特拉瓦里琴烧得比我们想象的糟糕。
海鸥没拉来适宜的环境。
即便如此,却也需要一定的技艺。
一片嗡嗡持续着。我们喝自由的甘露,
又返回自我。少年们在引桥边
搭便车穿过停车库。随心所欲。说着
支离破碎的德语。又怎样。我不愿和同道人
进同一家医院。

科尔多瓦

给 Lara Crespo

我睡遍城市，呵护橘子
还看到阿尔戈船英雄们
满载圣贤和一瓶瓶
空气清醒剂，我口袋里
满是冰块，我留下
一片片惊跑的
云，把驴子搁在奶里，
向牛群公布切尔诺夫策，
牛吃光了潘帕草原的
信号，留给我微笑，我
黄金时间收视率猛然上升，
我对本地的几个熟人而言
就像是一家蝉噪的杂货铺：
十字军天文学家，
在天上捕捉我心的
吹泡泡专家，
除了邮票有点儿
沉重，附近也没邮局，街上
到处都是斑纹
绣到天边，尽管我们还
徙居在这甜半球，妇女
戴十副眼镜做成的冕状头饰，
正襟危坐，在桑树点缀的

公交里，通读
塑封包皮的报纸。
在普鲁斯特海岸她们酷酷地
献上了玛德琳蛋糕，
我神射她们的照片，
她们挤出母牛的微笑，
她们说我的发型让我
贴金过量，
光夹在中间
来自形形色色的
透明，我抛下了梦的锚——
那里是氯分配器、
脚趾同长有蹄的巡警的领地，
还有未作的笔记——
乳雪粉戴着小小的翅膀
（不再能飞了）
浇在龙舌兰上
在我睡意惺忪间
摔下一句话给报亭：
你们中还会有很多拉斯塔法里信徒，
走着瞧吧。

Drama

诗剧

双方偿付

双方偿付

W.H. 奥登 _____ 著　　连晗生 _____ 译

引言

《双方偿付》(*Paid on Both Sides: a Charade*)完成于1928年,是奥登的第一部戏剧,它有两个版本,简短的版本在他离世后才出版;此次所译的是更长的版本,这个版本在1930年发表于艾略特主编的杂志《标准》(这是奥登第一次在学校杂志之外发表),艾略特在1930年1月6日给E·麦克奈特·考夫(E. McKnight Kauffer)的信中说到它:"我已寄给你新一期的《标准》,请你读一部诗剧《双方偿付》,它是我认识的一个年轻人写的,对我来说,这是一部相当杰出的作品……这家伙大概是近年来我发现的最好的诗人。"

诗人批评家兰德尔·贾雷尔认为,《双方偿付》"是一部非常严肃的戏剧或冰岛英雄传奇(表面上乔装为打哑谜猜字游戏)",在它之中"几乎没有基督教或马克思主义的影响;基本上是精神分析学的……"。贾雷尔在他关于奥登的演讲中,详细分析了这部作品,并惋惜奥登本人对这部作品整体价值的忽视,他说,在奥登自文学生涯始初起许多类型的长作及1940年代所写的短诗中,"作为一件艺术作品,《双方偿付》是唯一真正成功的",在他看来,这部作品的价值,"似乎已渐渐地成为一种不能被识破的力量、真实和必然性……",而在这诗剧里的诗,"在最佳状态下,可能是奥登曾写下的最好诗行"。

《双方偿付》也曾收在奥登1930年的《诗篇》(*Poems*)中,后来在1991年的《诗集》(*Colleted Poems*, ed., Edaward Mendelson, Vintage)中,在个别字词和标点符号上略有改动,本中译根据1991年的版本译出。

林茨加思树　　　　　　　　　纳特拉斯村

约翰·诺沃　　　　　　　　　艾伦·肖

迪克　　　　　　　　　　　　塞斯·肖

乔治　　　　　　　　　　　　探子——塞斯的兄弟

沃尔特　　　　　　　　　　　伯纳尔德

库尔特　　　　　　　　　　　塞斯的母亲

卡利　　　　　　　　　　　　安妮·肖

斯蒂芬

泽派尔——约翰·诺沃的仆人

六号

斯特顿

琼——约翰·诺沃的母亲

特鲁迪

　　　　　　圣诞老人
　　　　　　医生
　　　　　　波
　　　　　　坡
　　　　　　双性人
　　　　　　医生的男仆
　　　　　　摄影师
　　　　　　宣礼者
　　　　　　主客
　　　　　　男管家
　　　　　　合唱队

Drama　诗剧　双方偿付

（不需要舞台布景。舞台应有一个以帘子隔开的隐蔽处。敌对双方之间的差别应以不同颜色的臂带标示。合唱队不应超过三人，穿类似而有差别的衣服。）

（特鲁迪和沃尔特入场）

特鲁迪：你只是听到？

沃尔特：是的。发生在工厂的一处倒塌需要处理，耽搁我整个早上，我猜没有伤害。但后来，闲暇骑马时，迪克遇见我，喘着气告诉了灾祸。我马上到这里了。他们是怎样杀害他的？

特鲁迪：在凯特达尔，道路经过的科勒芳斯上方，那里的高堤便于伏击，比较危险。不得不去科勒芳斯，要和莱亚德谈话，只有杰利、亨特和他。他们必定窃听到消息，因为红肖[1]带着十个人等待，杰利这么说的，直到最后一刻才意识到。亨特在首次射击就被杀了。他们战斗着，耗尽了弹药，一次勇敢防卫，但已停战。

沃尔特：已经告知了琼？

特鲁迪：告知了。没用。震惊，引起分娩阵痛，导致早产。

沃尔特：她现在怎样了？

特鲁迪：情况不好，我相信。但有个医生在这儿。

（医生入场）

噢，医生，情况怎么样了？

医生：很好，谢谢。我们已努力，但会好的。她将顺利生产，会有一个健康婴儿。上帝，我渴了。我能在哪里喝一杯？

特鲁迪：在隔壁房间，医生。

---

[1] 据学者爱德华·门德尔松，"红肖"（Red Shaw）的"红"（"red"）指的是肖的气色（血色）。（Edward Mendelson, *Early Auden*, Faber and Faber, 1999, p.48）。

（退场。后幕拉开。琼伴随小孩和尸体。）

琼：

  没来自今生的，没什么来自今生的

  能保留；睡眠、日子和游戏在那里于事无补[1]

  对新魂灵危险；新魂灵从许多东西

  从老监犯得知死为何物，在何处？

  其嫉妒他最近的伙伴，[2]

  在我们（一个变化者）终结性的

  每一天，会用悲哀否认

  悲哀，替代死亡？于是悲哀在睡眠。

  不忘记，不是今天对昨天的

  忘记，不是卧床不起者的蔑视，

  而是一次新的生育[3]，

  一个绝不宽恕的早晨。

（婴儿尖叫）

  哦，看，他急于

  越过这机灵的牙牙学语时期：

  在他到那里之时，会有某种喊叫。

---

1 依照原文，这里也可译为"睡眠、日子和戏剧在那里于事无补"。
2 此文原文为"Who's jealous of his latest company"，据学者富勒的评注，"his latest company"（"最近的伙伴"）是指"youth"（见 John Fuller, *W.H. Auden: A Commentary*, Faber and Faber, 1998, p.22）。因"jealous of"也有"唯恐失掉""过于爱护"之意，这里也可译为"其唯恐失掉（过于爱护）他最近的伙伴"。
3 此处原文为"begetting"，有双关义，既指"诱因"又指"生育"。

（后幕拉上）

合唱：

  可以谈谈麻烦事，人身上的压力

  时时都在产生，向前被带进光中

  寻找温暖黑暗的呻吟。尽管

  心害怕所有心哭着索求，以终有一死的搏动

  坚拒天幕坠落，大腿在下方被吮吸，蜷蛇的噬咬。

  那奖赏遥不可及

  引领不情愿的步履，

  央求的呼吸，

  直到在陪伴的床榻，或

  未被追索的耻辱中，自然的死亡

  莅临每个人身上。

  我们消度时日，

  说话，个人对众人，示意，学会指点，

  在女人们前跳跃，显示我们的伤疤：

  但不，

  我们错了，这些脸不属于我们。

  它们不再微笑，当我们回以微笑之时：

  眼睛，耳朵，舌头，鼻孔带来

  反叛的讯息，不适当的建议

  给予一个虚弱之王。

  哦，黑暗中的观察者，你唤醒

  我们的梦，我们感觉

你的手指在肌肤相覆的肉体上，

借助你明媚的白昼

清楚看到我们过去所为，我们的粗鄙。

你兀然之手

将驯服顽固的

傲慢，击碎它，将等候最后海侵[1]的

旧体制耗损为残余。

（约翰和迪克入场）

约翰：　如果你真正下了决心，迪克，我不会尝试说服你留下。但失去你我会很遗憾。

迪克：　我想了很多次，我想，这样做是最对的。我的堂哥写信说，大农场是一个非常好的事业。我不知道我将会怎样喜欢殖民地，但我感觉我必须离开这里。没回旋余地了……但实际上动身是不愉快的。

约翰：　我理解。你想什么时候上船。

迪克：　我的堂哥明天启航。如果我在码头加入他们。

约翰：　好。叫一个人去邮局，为你发份电报。如果你想要别的，告诉我。

迪克：　谢谢你。

（迪克退场。泽派尔入场。）

泽派尔：六号想来见您，先生。

约翰：　好，带他进来。

---

1 海侵（transgression）：又称海进，指在相对短的地史时期内，因海面上升或陆地下降，造成海水对大陆区侵进的地质现象。

（六号入场）

	你，有什么事？
六号：	我负责的区域是路克霍普[1]。昨晚，在"马和蹄铁匠"酒馆，有个人独自喝酒，他是肖的人，我在旁边友好地坐下，直到喝得大醉，后来他泄密了。红肖今天，去布兰顿墙[2]，探访一个女人。
约翰：	他一个人？
六号：	不，先生。他带几个人。我不知道多少人。
约翰：	这是个好消息。给你一英镑。
六号：	非常感谢您，先生。

（六号退场）

约翰：　泽派尔。

泽派尔：先生。

约翰：　叫乔治马上到这里来。

泽派尔：好的，先生。

（约翰拿出一幅地图。乔治入场。）

约翰：　红肖在布兰顿墙要过一天。我们得逮住他。你很了解地形，不是吗，乔治？

乔治：　很了解。让我看看地图。距离这房子一百码有一座谷仓。是的，就是它。如果我们能不被注意地占据它，它会成为动手的好据点，控制房子和道

---

1 路克霍普（Rookhope）：现实中的路克霍普，是英国达勒姆郡的一个村庄，位于奔宁山脉附近，遗留了很多旧时的矿井遗迹。——据上海译文出版社《奥登诗选》（2014）注释。

2 地名。

路。如果我没记错，在溪流另一边是一个陡峭的河岸。是的，从略图你可以看到。他们不能从那里逃脱，但下去是沼泽地，可以逃。你要布置一些人在那里，抓住想逃的人。

约翰：很好。你建议谁带领那次行动？

乔治：派斯特顿去。他蒙着眼也了解整个地区。我们少年时一起在那些溪流钓鱼。

约翰：我将和你一起。让我们看看：现在天大概五点就暗了。幸运的是没月亮，多云。大概半小时后出发。带上你的人，弄些厨房做的三明治。我会安排弹药，如果你记得带一个指南针。一刻钟后我们在外面见。

（退场。库尔特和卡利入场。）

库尔特：事情变化前有时间来一杯。你要什么？

卡利：我要一杯"赛德卡"[1]，谢谢！

库尔特：泽派尔，一杯"赛德卡"和一杯 C.P.S.。我听说查普曼在湖中游了八圈。

卡利：是的，他正练出一种非常漂亮的样式。可是我不确定佩皮斯明年会不会击败他，如果他能避免那种双踢。谢谢。祝健康！

库尔特：干杯！

（沃尔特和特鲁迪入场。）

沃尔特：2 品脱半，泽派尔，拜托！（对库尔特）你能给我根火柴吗？英式橄榄球怎样了？

库尔特：很好，谢谢。我们这个季节有一个好的团队。

沃尔特：你在哪个位置玩？

库尔特：边锋 3Q。

---

[1] 赛德卡（sidecar）：用白兰地、橘子酒和柠檬汁调制而成的鸡尾酒。

沃尔特：你曾经看过沃纳？不，在你玩之前他已那儿了。你记得他，不是吗，特鲁迪。

特鲁迪：他在科勒芳斯的战斗被杀，不是吗？

沃尔特：你把他和亨特搞混了。他是我见过的最好的中后卫。他的弹跳看起来太棒了。

泽派尔（拿出圣诞火鸡）：不错吧，嗯？

特鲁迪（感受了一下）：哦，好东西。为了明天的正餐？

泽派尔：是的。来这里，猫咪……火鸡咯咯叫，咯咯叫……。

特鲁迪（对沃尔特）：你给英戈什么过圣诞节？

沃尔特：一个吊车模型。你认为他会喜欢它？

特鲁迪：他喜欢机械的东西。他激动得睡不着觉。

库尔特：来，卡利，喝完。我们必须走了。（对沃尔特）周三你一定要来运动场看我们。

沃尔特：如果我能来，我会来。

（库尔特和卡利退场。）

特鲁迪：还没有消息？

沃尔特：如果事情顺利，他们或许现在就回来了。

特鲁迪：你猜想他们杀了他？

沃尔特：几乎可以肯定。诺沃已等了够久了。

特鲁迪：我已厌倦这种世仇。我们持续相杀究竟为了什么？我们都一样。他是废物，然而如果我把我手指砍断，它也会像他的手指一样流血。但他很棒，他让两班人在照明中整夜轮流工作；他曲身出世时，他母亲猪一样尖叫。

有时我们读懂一个征兆，天空的云，
　　一只野兔的湿迹，加快脚步

许诺最好之日。但此处无疗救之方
被想及，无消息，只有新的死亡；
一个诺沃晚上被拖出，一个肖
墙后被伏击。地上的鲜血
会欢迎战士们。昨晚在汉蒙吉尔
一个男孩出生，带着尖牙，如同鼬鼠。我已衰老，
将死于明冬。但更多的人会听到
萦绕屋子的呼救声，射击声。

沃尔特：

最好的东西已消逝

经常，人闭门独处，会寻思
过往冬天的杀戮，朋友们的死。
与陌生人同坐于事无益。

春天来临，催促出海，解缆放船，
但有人愿停留，复仇未完成；似乎
他们不信他们会重逢。

在寒冷的日子涉水，他们乘船
为了年末相见于十字路口：
布罗迪已逝，莫尔也身亡。

我将准确无误，言说这些；我已看到
义者与不义者死于白天，
所有人，情愿或不情愿，而一些人情愿。

他们来了。

（诺沃、乔治、斯特顿和其他人入场。三人轮流说。）[1]

    白日已经消逝 夜幕遮住天穹
    黑暗笼罩大地 我们奔赴彼处
    抵达布兰顿墙 逐步接近红肖
    可怕睡眠之所 不友好的拜访
    我希冀着复仇 那撒手人寰者
    即是我的父亲 科勒芳斯峡谷
    惨遭伏击中枪 息气横尸于地
    一命要还一命

    于是守夜者 目察被攻击
    恐惧地高叫 一夜的警报
    熟睡者震惊 必死者醒来
    摸索着枪管 跑向了门口
    又唤醒主人 其与女同寝
    共眠于楼顶 欢爱后疲惫
    此下他目睹 彼处之杀戮
    鏖战正酣

    射击回应射击 子弹嘶嘶尖叫
    枪管颤动不已 握在手中发烫

---

[1] 下面三人的台词，奥登模仿中世纪的英雄史诗《奥贝武甫》写成。

　　　　战士们卧躺 呻吟于地面

　　　　失去了性命 爱德华倒下

　　　　子弹洞穿胸膛 我们首个不幸者

　　　　斯蒂芬真好样 决不怯战畏斗

　　　　偌大场面初遇 没有丝毫畏惧

　　　　击伤了多人

　　　　此时肖已心明 我们膂强有力

　　　　只得四处奔逃 惶惶旷野之上

　　　　企图夺路回程 却在渡口发现

　　　　斯特顿已久等 启动最大火力

　　　　肖即横尸彼地 其余人等没来

　　　　战士齐齐返家 妻子静候太久

　　　　悄然微笑上床 他们不再吹牛 [1]

（斯蒂芬突然上来）

斯蒂芬：一个前冲的前锋不可能是一个后退的后卫。

乔治：　来人，帮我把斯蒂芬放上床。他回来时有点过于紧张。喔，他们抓住了一个探子。

场外音：看。他在那儿。抓住他。抓住你了。

（库尔特和其他人带着被捕者入场）

---

[1] 这里对《奥贝武甫》相关细节（"耶特特族武士 / 英雄奥贝武甫，睡前夸口吹嘘：/……// 奥贝武甫说完，弯身上床躺卧；/ 他的战友搭档，纷纷躺倒睡下；/……"（范守义译，见王佐良编《英国诗选》，上海译文出版社，2011年12月，第4、5页）的回应。

库尔特：我们发现这个人藏在一个外屋。

约翰：带他来这里。你是谁？

斯蒂芬：我认识他。我在埃克汉姆见到他一次。他是塞斯·肖的兄弟。

约翰：是他，是他。你来这里干什么？你明白我们是怎样对探子的。我会让你死得好看，带他出去。

探子：你或许看起很大块，但我们有一天会抓到你，诺沃。

（除了约翰，所有人出场，斯蒂芬跟随着。）

斯蒂芬：别走，亲爱的。

（约翰坐下。外面一声射击声，随后是欢呼声。）

（泽派尔入场。）

泽派尔：今晚您还想做其他事情吗？先生。

约翰：不，要做的都已做了，谢谢你。

泽派尔：晚安，先生。

约翰·诺沃：

一直以来，历史的顺风，他人智慧之风

产生一种轻快空气，直到

我们骤然来临，在穴阱，那里

除了我们无响声之物；那里声音

似乎古怪，未经训练，不与我们父辈

一度大声说出的谎言相争。他们教我们鏖战，

追逐心爱之人，爬上山丘，

远离软弱，发现自己

是空荡海湾惬意的征服者：

但从未告诉我们这些，留予每人获知，

聆听即来之日的某物，当

更长久凝视及欣喜于一张脸

或一个意念并不可能。

我能否，是个傻子，活在灾难遣其

信使莅临此处之前；

幼于蠕虫，蠕虫有太多东西要背负。

是的，矿物最好：我能否只观看

这些树林，这些绿野，这贫瘠如月的

活力世界？

合唱队：

春天扰动睡眠的伙伴关系，

铸造厂改良它们的铸造工序，商店

张开一只另外的、赊账到

冬季的侧翼。夏日男孩随赛跑

而长高，在潮湿起泡的沙地，

战争在那里宣告，此处一个合约已签署；

此处缠斗引爆如炸弹，那里他们军队

展开若鸟群。但至傲者落入陷阱

已倒下。这些齿轮上了机油

按周跑了一周，无须照看，而今再不运行；

那些庄园为了爱两次抵押，

去另一座吧。

哦，人将如何存活？

某个荒唐夜之子，其意识生为

识察衰老。身体温暖但非己所择，他

梦见民间音乐回荡于跳舞人群，

梦见酸酒溢于自制长凳，

在那儿他知晓，某物被撕开，一种秘密意志

复苏了死者；但因而来到一堵墙前。

外面冻土卧躺着被杀死的军队

其似曾面熟但已冰冷。

而今他竭力保存的最恒固的心愿

始终显于双手；他永不会仰望，

说"我很好"了。在他身上，不幸降落

无以复加。没人感知之处最好，

视野外的东西，比茎杆埋得还深。

（圣诞老人进场。他对着观众说话。）

圣诞老人：女士们先生们：我非常感谢您们今晚来到这里。现在我们有一个小小的惊喜给您们。当您们回家时，我希望您们告诉您们的朋友们，来带一些小山羊，但请您们记住，把它作为一个秘密，拜托了！谢谢您们。现在我不会让您们等得更久。

（灯光。一场审判。约翰作为原告。探子作为被告。约翰的母亲，作为他的照看者，揣着一个巨大的婴儿奶瓶，圣诞老人是主持人，其他人作为陪审团，戴着学校帽子。）

圣诞老人：还有更多证据吗？

约翰：是的。我知道，我们已产生并且正在产生可怕的牺牲品，但我们不能放弃。

我们不能背叛死者。当我们经过他们的坟墓,我们难道能无视他们的碑文简洁的雄辩?在早年的光荣中,他们为了我们放弃了生命。不,我们必须战斗到最后。

圣诞老人:非常好。召证人。

(波进入)

波:
在移居迁徙的这些日子,以

传闻的山雨濯洗清新之日,

失去记忆我们重生,

因记忆是死亡;起身辞别,

愤怒分离,而乐于奔赴

仍对我们无情之地,假若我们点数

潮汐内洗的死者,只为了给敌人

划切伤痕。在北方山脊

旗子飘扬、眼望而消失之处,拒绝流言

我们挡住证据,有一根根怪舌头的言谈者。

(探子呻吟。他的哭叫声由后台的爵士乐器产生。琼挥舞她的瓶子)

琼:　　安静,要不我给你一点尝尝。

圣诞老人:请下一个。

(坡进入)

坡：
　　　　以前的胜利是荣誉，为了接受

　　　　一个岛的统治，回到

　　　　如孩童被开发的庄园；最终到爱

　　　　公开失去，又被秘密发现

　　　　在私人公寓，承认一个手势。

　　　　一个有理解力的悲哀不再明白，

　　　　坐等着灯，远离那些小山，在裂口豁开

　　　　无围护之处，隐现一个瀑布，

　　　　而雪片轻轻落下，轻轻地

　　　　越来越深地埋下她的爱子。

（探子呻吟。约翰拿出一把左轮枪。）

约翰：　最好了结他。

琼：　　这方法为了安宁天使。

圣诞老人：别管他。这家伙病得非常非常重，但他会变好。

（双性人，作为一个战俘出现，那次战役发生在有倒钩的铁丝网后，在雪中。）

双性人：

　　　　因为我来并非想要举行

　　　　一场周年纪念，认为病已医治，

　　　　至于重新出租，想想荒芜海岸

　　　　废弃的铸铁厂的费用吧。

　　　　对于你爱非爱，它是插曲，

　　　　回忆录中的往来，不同角度的视域；

你把誓言喻为纽带，

而即使你接到命令要解散，

也拒绝聆听，但仍留于树林，

可怜地隐藏填料下的收益。

都没用；因而我离去

听到你索取往日不想要之物。

我与你同寝；你使它成为

托辞而自娱，但因你母亲告知你

那是花儿所为而想家，

又思忖自你厌倦你活着，没死去，

又不能停止。因此我冷淡于

无分彼此，但你瞬息驯服，

委曲求全。我于是试图要求

往昔的自负，对你反复声明

以表示这属例外，可是

你过于激动，误会，

崇仰我以求机遇。最终我尝试

教你行动，但你却一直大胆地

畏于履行，如一些人怕刀子。

现在我要走了。不，如果你来

将不会愉快，因为我所在之处

一切谈话都被禁止……[1]

（探子呻吟。）

---

[1] 学者爱德华·门德尔松说："双性人的言辞是这部剧最为晦涩以致声名不佳的时刻，但它的晦涩正好适用于一种来自潜意识深处的语言——只有在梦中、在屏障后、在诺厄心灵的最深处才能听到。"（Edward Mendelson, *Early Auden*, p.51）。

约翰：　我不能忍受了。

（射杀了它。灯熄灭）

声音：　快，叫医生。

　　　　十镑给医生。

　　　　十镑让他离开。

　　　　过来，过来。

（灯光。圣诞老人，约翰和探子尸体。陪审团已离开，但有一个摄影师。）

圣诞老人：站回那里，医生到这儿。

（医生和他的男仆进入。）

男仆：　用一片羽毛搔痒您屁股，先生。
医生：　你说什么？
男仆：　特别讨厌的天气[1]，医生。
医生：　是的。告诉我，我的头发整齐吗？要一直认真对待新顾客。
男仆：　这都是虱子，医生。
医生：　你说什么？
男仆：　看上去很好，医生。（男仆在这一幕其余时间处处愚弄）
圣诞老人：你是医生？
医生：　我是。

---

[1] 此处有双关之意，"nasty"除了"令人讨厌的""恶劣的"，也有"下流的""肮脏的"等意。

圣诞老人：你能医治什么？

医　　生：　网球肘[1]，格雷夫氏症[2]，

德贝郡脖子[3]和女佣膝盖[4]。

圣诞老人：那是你所有能治的病？

医　　生：　不，我已发现了生命的起源。在总结这种诊断前，我十四个月在犹豫。因为这我接收晨星。我死后我的脑袋留作研究聪明人的医学分析。笑声将消失而细菌被控制。

圣诞老人：好了，让我们看看你能做什么？

（医生从袋中拿出圆锯、自行车打气泵，等等。）

男　　仆：　您需要一粒药丸，先生。

医　　生：　你说什么？

男　　仆：　您将需要您的技术，医生。哦医生，您在害人。

（男仆被撵出。）

（约翰试图看一下。）

医　　生：　走开。战争罪犯受审时，会需要你出现在苏格兰场，但不需要你的证据。它没价值。笼子们将可以作为一些更有趣的样本。（检查身体。）嗯，是的。非常有趣。大脑神志清醒，正常，除了在感情控制下。想象一下。魔鬼不会那样。这个东西在控制中进和退，毒害它周围的每件东西。我的诊断是：意志僵硬，大脑太凉，精神痴笑。喂，这是什么？（拿出一大

---

1 网球肘：胳膊经常扭动引起的肘部肿痛。
2 格里夫氏症（Graves' disease）：又称"弥漫性毒性甲状腺肿"，是一种主要侵犯甲状腺的自体免疫性疾病。
3 德贝郡脖子：由于土壤和水中缺碘，常在德贝郡（英格兰中部的郡）发现的地方性甲状腺肿。
4 女佣膝盖：也被称为"髌前滑囊炎"，常见于长时间工作膝关节过度劳累的人。

钳子并从尸体拔出一颗巨大的牙齿。）来，就这样，很好。女士们先生们，您们明白，我的袖中没有东西。这颗牙在他祖父出生前长了九十九年。今天它没有拔掉，昨天他就会死去。现在你可以起来了。

（探子起来。摄影师准备。）

摄影师：请等一会儿。更亮一点，更亮一点。不，润湿嘴唇，重新开始，保持表情。

（摄影师关掉闪光灯。灯光熄灭。圣诞老人吹了一声口哨。）

圣诞老人：一切都变了。

（灯光。探子在一扇门后，被圣诞老人守护。约翰跑进来。）

约翰：　我来迟了，我来迟了。往哪边走？我得赶快。
圣诞老人：没有通行证，你不能进来这里。

（约翰翻了翻他的外套领子）

圣诞老人：哦请原谅，先生。往这边，先生。

（圣诞老人退场。原告和被告植一棵树。）

约翰：
　　　同一房子某时的共用者，
　　　我们不知建造者及其子之名。

现在对他们不重要；男孩的声音，在不光彩的肖像中，

通过电线对码头酒吧

女招待道歉，假言假意。

探子：　逃脱了

军队的追赶，反叛和日食

同在一辆大车，

所有的旅程之后

我们停留而不为人所知。

（灯光熄灭）

同一个房子的共用者，

同一台机器的照看者，

近于无言，无声中被理解。

（灯光。约翰独自在椅上。迪克入场）

迪克：　喂。我来告别。

昨天我们共坐一桌，

并肩与敌人交战，面对面相斗。

今天我们离开，是时候出发了。

对不起。

约翰：　给我，把你的刀子给我，拿我的刀子。借此

我们或许彼此记得。

有两种机遇，但一方

永别了，不会听见另一方的讯息，

尽管他需要帮助。

你已经拿了你要的东西吗?

迪克: 是的,谢谢!再见,约翰。

约翰: 再见。

(迪克退场)

约翰:

有城市,

一度光亮干净,对建造者们是快乐,

而我,

租给更低贱的承租者,造了一个贫民窟,

这些房子,旅客在那里

晃动拳头,记住邪恶。

骄傲和冷漠,和我一起分享,而我

在黑暗中亲吻它们,因心有黑暗,

暗影中的纪念物,午夜事件

在后代们可以进餐的街道。

但爱,被送往东方寻求安宁

此刻在爆炸中离开

那些地道,经过

更破旧的城区的支架

一种噪音和闪光的玻璃。

感到早晨流动,

雪中吹来的风,

绝不因畏惧怀疑而退缩

也不为信仰的牢固凸缘而加入何物,

振作者看到一切,

被用力拉扯的奶头,

漏斗稳定的喂送,起泡的水沟。

泽派尔。

(泽派尔入场。)

泽派尔:先生。

约翰:请马上备好我的马。

(退场。)

合唱:

扔掉钥匙而离去,

不是突兀的放逐,邻居们询问缘由,

而顺沿一条左右不定之路,

一个变动的坡,有另一种速度,

其比石灰墙的地图,比举起

询问的手了解更多;又让我们好转,

没有病者的悔言。所有过去

而今是单一古老的过去,然而一些邮件

向前传送,携带着观望一种新风景;

未来将履行一个更确定的誓约,

不在玻璃杯沿上对女王微笑，

不在顶房制造炸药，

不像鸥鸟朝水面持续的俯冲

而将随长久的溺水长出鱼鳃。

但那里仍在诱惑；地域没看到

因为暴风雪或一个错误指示，

其猜想的奇观，值得断言，

又谎称一夜住宿的费用；

旅行者们或许相遇于小旅馆[1]，但没贴身；

他们一夜同眠，没请求触摸，

接受正常的欢迎，不是紧压的嘴唇，

孩子们举高，不是平缓的膝头。

涌起的溪流越过隘口顺势而下，

太疲惫而不能听到，除了脉搏的轻奏，

抵达乡村，为了一张空床，

岩石遮拒天空于外，往昔生活已经终结。

（卡利从右边入场，蹲在舞台中央，用望远镜往左边看。传来几声枪声又消失，乔治和柯特入场。）

乔治： 你受了很重的伤吗？

库尔特： 不是很重，先生。只有一点点皮肉伤。您干掉他了吗，先生。

---

[1] 据学者爱德华·门德尔松说："这部诗剧的所有印刷版本都是'travelers may sleep at inns'，而伯格藏品中奥登一个笔记本所显示的作者的零散手稿，和1928年版的 *Poems* 都为'travelers may meet'，可能是打字员的错误，其从后面的一行挑出这个词。"（见 Auden and Christopher Isherwood, *Plays and Other Dramatic Writings, 1928–1938*, Princeton University Press, 1988, p.529）。本中译采纳了这位学者的说法。

乔治： 在隘谷上面边上，瞄准，看到在走动，倒下了；往下看，躺在溪流中了。

柯特： 太棒了。他去年复活节做掉可怜的比利，比利骑马去弗拉什。

乔治： 在我的干粮袋里有一些软麻布和绷带，这里有血涌出。我来包扎你的胳膊。

（塞斯和伯尔纳德入场，从左边。）

塞斯： 你发现汤姆的尸体吗？

伯尔纳德：是的，先生。他躺在隘谷底。

塞斯： 他们怎么样过来的？

伯尔纳德：沿着那边，先生。

（卡利观察他们并跑向右边）

卡利： 从纳特拉斯来了二十人，先生，那个豁口上面，马上就来。

乔治： 他们看到我们了？

卡利： 还没有。

乔治： 我们必须出去了。你下去，到杂树林，然后往巴本道走。我们将沿着旧索道走。低下身，拼命跑。

（往右边退场。塞斯用望远镜看。）

塞斯： 好。不。不。好，我能看到他们。他们正朝巴本路走。下去，切断他们。桥旁有合适的遮盖物。我们现在发现他们了。

（一个口哨声。后幕拉开，展现约翰、安妮、艾伦和宣礼者聚在一起。双方从左右进入。）

艾伦： 和平有定时；过于频繁

我们在寒冷中行进，夺人性命，

直至过失滋生如苍蝇；做梦者醒来

拍打平滑的门，脚步声后，左边

尖锐的手指，难忍的砰砰声，

听到马匹被盗或房子烧起，

而今这些，随应有的婚礼终结：

爱转变风向，携来盐的气息，

鸥鸟之影在奔赴大海的路上。

宣礼者：宣告婚约，约翰·诺沃，路克霍普的林茨加思已故的乔治·诺沃夫妇的长子，和安妮·肖，卡里格利尔的纳特拉斯已故的约瑟夫·肖夫妇的独女，喜结良缘。

所有人：庆祝！

（乔治和塞斯上前走到中央，握手并穿过舞台，走向他们的对面。后幕拉上。他们边走边谈，从不同方向退场。）

乔治：　那是一次贴面战。我们幸运逃脱了。你现在感觉怎么样？

库尔特：　胳膊有点痛。为此我欠伯纳尔德一个人情。

伯纳尔德：真丢人。那时我们已控制了他们。

塞斯：　你别着急。会有机会的。

伯纳尔德：但这次和平会怎么样？

塞斯：　还有待观察。等等吧。

（退场。后幕拉开。约翰和安妮单独在一起。约翰手指间有片草叶，他吹起并聆听。）

约翰：　在柯特利一只游隼已筑巢。结冰的石南伤害了脚踝。被骤然扑倒在球上，前锋停住。再见了,他说,打开了回转门……这些我记得,但直到此刻才喜欢。我们不能说出我们将在哪里找到它,尽管我们在找到之前都在找它,而别人告诉我们的对我们没用。

有人说,那英俊的袭击者仍在逃,
一种对沼泽地的恐惧,其实是爱;
而我们必须聆听这些信使
每天告诉我们:"今日一个圣徒来祝福
这些小屋。""最近在各地被看到
在一棵树后面宣读,而人们经过。"
但爱返回;
所有的头即刻转过来,而爱
呼唤秩序——平息愤怒的儿子们——
迈步,向前,问候,重述
其所闻所见,细细描摹,字字不差。

安妮:

是的,我很高兴今晚我们在一起。
从未这么静寂,死亡似乎是
  一把斧子的回声

夏天复苏了一切
散播它的承诺
竟给你和我
但谁也不能强迫。

约翰：
>持续这一年的愿望，
>
>最长久的生存渴望，
>
>迫切的词留存
>
>于空气的流动。

安妮：
>但此刻，爱没让人
>
>想到分裂的日子
>
>当我们选择道路
>
>所有的都不祥，都一样。

约翰：
>眉头更紧袖手旁观
>
>被洗劫而燃烧的城镇，
>
>冰层向下移动，
>
>一座旧房子倒塌。

安妮：
>约翰，我让一辆车等着，有时间在船启航前加入迪克的行列。我们睡在人们哀号死去的床上。

约翰：
>你也许是对的，但我们将留下。

安妮：
>今晚许多东西抵达内心，融雪中
>
>随渴求的活力向前，因
>
>如此事物此时归来，一张苍白的脸，
>
>一个半亮的图像，凝止在门口，
>
>所有人中，更不凡又不幸的那个；
>
>回到家，没有惊奇——

摩根，干净地死于北方

在风中呼喊，或多兹堂姐，

在椅上昏厥，雪在降落——

被爱得太深的黏土[1]，被次次漂移运送，

落在所有欢娱的远端，

不能更接近，其将不会步出坟墓

言说，不过于严峻；

足以轻触那无价值之物。

约翰： 我们还活着。

安妮： 但在死者身上，发生了什么？他们忘记了。

约翰： 这些人。微笑者，所有站在岬角的人，潜逃者，耳语者，从容的接近，回声，时间，怜悯的许诺，那梦想或伪装的，失败的拥抱，不充分的证据，旧伤口的触碰。

但让我们别想起我们希望之物将很久才来。

合唱：

春天将会到来，

不因一个雇主而犹豫——

他就快躺下，尽管晴朗之日和只只

滑轮仍在奔跑；亦莫能拯救被追缉的那人——

他，奔逃中受伤，游于湖中

安全抵达芦苇丛，蜷卧在浅滩。

你品尝了美好，而它为何物？因为你，

患病于绿原，痊愈于冻土带，将会从

---

1 原文为"clays"，有"黏土""肉体"等意。

　　　　　你单独的成功归还，转向西方，

　　　　　在缓缓降下的高山下看见你的朋友们

　　　　　割下小麦。

约翰：　亲爱的，现在天气变凉了，让我们进去吧。

（退场。后幕拉上。）

合唱：　赢了十里赛跑 [1] 的巴斯莱去了哪里，

　　　　　宅院旁花里胡哨的迪肯，

　　　　　养一只雀隼的托马斯呢？

　　　　　钟已敲响，是时候走了，

　　　　　舌头害羞，受握手欺骗。

（婚礼团队从左边进场，客人们从右边）

客人们：嘘。

（主客走上前，给新娘一束花。）

主客：　从邻近农场

　　　　　手中携带礼品

　　　　　我们以美酒相祝

　　　　　男方和女方

　　　　　命定的姻缘；

---

[1] 据学者富勒，奥登在此参照了塞德伯中学的十英里越野赛。（John Fuller, *W.H. Auden: A Commentary*, p.34）。

愿他们的爱

开花结果，

阖家安祥人人称羡。

而今泯饮宿仇，

悉弃怨怒；

灵魂归返自身，

禽兽欢怡嬉戏。

（所有人拍掌。主客对观众讲话）

主客：　有哪位女士赏脸给我们表演一段舞蹈？……非常感谢您……这边，小姐……您喜欢什么曲调？

（留声机响起。一段舞蹈。当舞蹈结束，后幕拉开，男管家走到中央。）

男管家：正餐准备好了。

（艾伦走向舞蹈者。）

艾伦：　你与我们一起进餐，好吗？

（所有人退场，除了塞斯和他的母亲）

客人们（边走出）：

我想，对于他们，这将是一个好年。

你的意思是他没……好吧，你了解情况。

近来有点偏离他的做法。

采石场的矿脉不错。

爱德华的一个朋友。

哪天你得来看看养狗场。

这似乎的确不错。

（等等，等等）

（后幕拉上。）

母亲： 塞斯。

塞斯： 母亲，您说。

母亲： 约翰·诺沃在这里。

塞斯： 我知道。您想要我做什么？

母亲： 杀掉他。

塞斯： 我不能这么做。现在已讲和；另外，他是我们家的一位客人。

母亲： 你是否忘了你兄弟的死……被带出去杀掉，像狗一样？听到人们说我儿子是个懦夫，对我是件好事。我感谢你父亲没在这儿看到。

塞斯： 我不怕任何事或任何人，但我不想这样。

母亲： 我必须行动。

塞斯： 事情会如您所愿。不过我想许多东西将从之而来，主要是伤害。

母亲： 那些我已想到。（退场。）

塞斯： 小小的畏缩。阳光投在闪光的水面，它的影子消融，重组，虚幻的行为，其他人在那里欢笑着但他哭着要抱抱，想要回家，发育不良的样子。我会做的。往后人们指指点点。他过去一直这样。但这错了。他挣扎又克服了，一个严厉的自律者。你没有听说。听说他们难为情而迟于伸手相握。当然，我会做。（退场。）

（一声射击。更多射击。叫喊声。）

场外音： 一个陷阱。我就知道。

该死，你真该死。

开窗。

你这猪。

吉米，哦，上帝。

（塞斯和伯纳尔德进场）

伯纳尔德： 头领被杀了。约翰·诺沃被杀，但他们一些人跑了，正找来帮手，会在一个钟头内攻击。

塞斯： 看看所有的门拴了没有。

（从左和右退场。后幕拉开。安妮伴随着死者。）

安妮：

如今我们看到这故事趋近终结。

要帮助的手不会抬起，

糟又更糟的状况留予我们的是泪水，

一张空床，不高贵的人的希望。

我看到了欢乐

接受和给予，在两边，多年来。

现在没了。

合唱：

虽然他相信，但没人够刚强。

他想被称为幸运者，

娶个妻子回家，活得久长。

但他失败了；勒令儿子
卖掉农场以免山峦塌落：
他的母亲和她的母亲已胜利。

鼹鼠到访之处，他的田地枯竭，
轮廓磨平；如果哪儿
水渠淙淙而流，他将错过：

离弃他的气息，他的女人，他的团队；
再无生命可触碰，即便以后
果实累累，溪流上鹰隼旋飞。

幕落

1928 年 1—12 月

Poetics

诗学

感谢所有的赐予
扎加耶夫斯基论诗歌艺术

感谢所有的赐予

谢默斯·希尼 _____ 撰文　　杨东伟 _____ 译

> 他的头脑就像一座文艺复兴时期的记忆剧院。拉丁文学、托马斯主义神学、俄罗斯哲学、世界诗歌、20世纪历史、时代人物，这些他都烂熟于心——你只需读几页他的丰饶的散文就能明白世界的一切对他而言是什么样子，你就能明白原来那些陈词滥调是如此的脆弱和单薄……

很久以来，那些了解米沃什的人总是会禁不住好奇：当米沃什离去之后，事情会变成什么样子？与此同时，在克拉科夫，米沃什不仅只是在竭力地坚守自我，还将一切都献给了写作。90年代初以后，我有幸在他的公寓里见过他两次。一次是在他的卧室里，那时他身体不适，不愿出席特意为他举办的一次会议。第二次他则坐在客厅里，与第二任妻子卡萝尔的青铜塑像相对而视（2002年，比米沃什约年轻30岁的卡萝尔死于一场迅猛而残酷的癌症）。当米沃什坐在房间的一侧，望着对面的雕像时，这位老诗人似乎是从另一片海岸凝视她和余下的一切。那一次是他的女儿服侍他，也许正是她的局促不安让我想起了年迈的俄狄浦斯——在科罗诺斯的树林里，这位被女儿们殷勤照料的老国王知道自己将去往葬身之地。虽然科罗诺斯并不是俄狄浦斯的出生地，但正是在那儿，他回到了自己的家园，回到了世界的怀抱，抵达了他的来世。对米沃什而言，克拉科夫也是这样一个地方。

米沃什曾写道："我们体内的那个孩子始终坚信在世界的某处，存在着知晓真相的智者。"而在他的许多朋友眼里，米沃什自己就是这样一位智者。他的这句话常常被引用,甚至是被当作俏皮话而非智慧之语。在他去世的前几天,我收到罗伯特·品斯基[1]的来信,他告诉我:上个月他去了切斯瓦夫住的那家医院。品斯基问他:"你感觉怎么样?"米沃什答道:"还活着",接着又说:"我的脑子里塞满了荒唐的小玩意儿。"这是我第一次发现米沃什说出如此颓丧的话语,而在这之前他从不这样讲话。比如几年前,品斯基的朋友翻译家罗伯特·哈斯[2]也有过类似的询问,他回答说:"我在咒语中幸存。"——这才更像他。他的全部生命和作品都建立在对"那死去的双唇唤醒一个词"(《意义》)的信仰之上。这置于首义的艺术法显然与弥撒的最后一个福音密切相关,因为在圣约翰的表述中"太初有言"。他终其一生都在追寻一种诗歌使命,并深入探寻这种神圣使命所蕴含的全部能量,他既高产且坚持不懈地创作,这一切都使得他对自己诗歌艺术的神圣力量产生了强烈的信念感,他知道诗歌该如何被召唤出来与死亡和虚无搏斗,成为"一个不知疲倦的信使不停地奔跑/穿过星际间的旷野,穿过旋转的星系/并呼唤、抗议、尖叫着"(《意义》)。随着米沃什的离去,这个世界失去了一个可信的见证者,他曾见证了诗歌具有拯救之力这一古老的信仰。

米沃什过去值得信赖,现在依旧值得信赖。他对他所信仰的诗歌使命没有丝毫的虚伪之心。他曾称诗歌是哲学"为善服务的盟友""是被一只独角兽和一种回声带到山上"的信息。他曾付出巨大的代价,为了获取直接的生命经验和知识,正是建立在这之上的坚固堡垒,捍卫了他对艺术与智力特有的愉悦和潜能的绝对信任。换言之,他的思想曾是一个花园和一座城堡——而现在是一个修道院的花园,一个尘世之上快乐的花园。围绕花园的堡垒坐落在高山之巅,从那里他能俯瞰整个世界,认清它们的诱惑和灾难,能向他的读者传达他所处的位置赋予他的空虚和洞见。在某些时候,他将诗比喻成在空中架起的桥梁。他作品的最伟大之处是能从头脑清晰的角度审视现实,并把我们解放出来,深入我们自身存在的最真实的孤独之

---

1 罗伯特·品斯基(Robert Pinsky,1940—),美国著名诗人、批评家和翻译家,曾连续三年获得"桂冠诗人"的称号(1997—2000),翻译过米沃什的《拆散的笔记簿》等作品。
2 罗伯特·哈斯(Robert Hass,1941—),美国著名诗人和翻译家,曾获"桂冠诗人"称号(1995—1997),诗集曾获得美国国家图书奖和普利策奖,是米沃什诗歌的主要英译者。

中，并给予我们满意的精神伴侣，以至于让我们轻易就能说出："我们在这里很好。"

米沃什清楚地意识到他的作品的这一层面，并明确指出他希望诗歌能提供这种崇高的境界。然而，W.B.叶芝的观点——"没有矛盾就没有发展"——似乎也被证明是正确的。米沃什同样也强调：诗歌需要从它的制高点下降到低处，甚至能潜入平原之上的游牧民族中。诗人应像奥登的诗歌《阿喀琉斯之盾》中的维纳斯女神，能从高远处全景的视野中，从阿喀琉斯之肩的方向上，纵览包括从厨房喜剧到种族灭绝在内的一切风景，但这却远远不够。诗人必须从高处走下来跟普通人待在一起，平视躺在火车站地面上的难民家庭，与他们一起分享苦难的滋味，因为在那里，衣衫褴褛的母亲正用腐烂的糕饼酥皮救济她年幼的儿女，而巡逻士兵的靴子正践踏着他们，城市正在被轰炸，地图和回忆正从大火中升起。诗人应该意识到生活的陈腐和苦难也需要人性之歌。仅仅参加先锋派的沙龙是远远不够的，正如他在诗歌《1945》中所说，某些事情不能学习"阿波利奈尔 / 或者立体派宣言，或者巴黎街巷的节庆"。米沃什深刻理解并十分赞同约翰·济慈（John Keats）[1]的观点：充分运用一个充满痛苦和麻烦的世界就是培育智慧，并使之成为幽灵。而"1945"年的退伍兵刚刚受过这样的教育：

> 在草原上，当他用破布包裹自己流血的双脚时
> 他理解了那高傲的世代虚妄的骄傲。
> 他极目所见，一片平展而不得救赎的土地

在这暴烈的现实中，诗人究竟何为？只有通过风俗和仪式，通过文明，才能给他带来一切：

> 我眨着眼，荒谬而叛逆，
> 和我的耶稣玛丽一起对抗那无可反抗的强力，
> 一个继承了虔诚祈祷、镀金雕塑和奇迹的后代。

---

1 约翰·济慈（John Keats，1795—1821），英国著名的浪漫主义诗人，主要代表作有《夜莺颂》《希腊古瓮颂》等。

温和地对待无辜者，坚强地面对野蛮和不公，米沃什可能在一瞬间非常多愁善感，而在另一些时刻也冷酷无情。现在他挑起了在立陶宛人的庄园之中追逐嬉闹的年轻少女们湿漉漉的情欲，现在他正剖析着人物的性格特征，并解析着引领当代人进入马克思主义之网的错误思想。在米沃什的作品中，从开始到结束，无情的剖析力量与无助的感官享受始终共存着。他有时忆起巴黎街道上新鲜面包的香味，那时他还是一个学生，几乎是在同一时刻他又想起了他那些印度支那同学的脸庞，那些年轻的革命者们准备夺取政权并以"普遍美好的思想"为名义杀人。

毫无疑问，是他早年高强度的宗教训练造就了他能让永恒的光芒普照平凡日常的能力，然而，更精确地讲，这位宗教诗人的内心居住着另外一个世俗的米沃什，他遭遇着他注定要经历的"世纪之恶"的残暴折磨，"世纪"一词通常由定冠词或所有格代词组成，而第一人称单数重复、回旋和贯穿在他所有的写作中。就好像他哪儿也去不了，什么也没遇见一样，正如他在《诗的条约》（"A Treaty on Poetry"）一诗中所说，"历史的精神"……走出去，脖子上戴着"一长串被砍下的头颅"。正是与这个"次等的神"（"inferior god"）面对面的遭遇与争论使他的理解变得更加黑暗，并让他所写的一切都带有强烈而沉痛的力量。

他智慧的一生，可被视为与扭曲的谎言展开漫长对决的一生。建立在"新信仰"之上的政权像一个"海中的老人"，像一个凶恶而狡诈的普罗透斯（Proteus）[1]，你必须被它监视、扭打和压制，还必须服从于它。《被禁锢的头脑》一书中刨根究底式的争论与控诉就清晰地显示出他所拥有的坚强的毅力和无与伦比的精确性。这本书像横亘在他自己和那些屈从于马克思主义诱惑的当代波兰人之间的洪钟和蜡烛。他晚年养成的个人尊严感在很大程度上源于他禁受住了严峻的考验和磨难，而这也使他陷入了孤独，让他成为了一个流浪者，就像他曾被人指责一样，但那指责最终也被内化成了一种自我的追责。

---

[1] 普罗透斯（Proteus）是希腊神话中早期的海神，荷马称之为"海洋老人"，他有预知未来的能力，但经常变化外形使人无法捉到他，他只向逮到他的人预言未来。

曾经有一次，在哈佛大学的一场诗歌朗诵会上，他似乎把奥尔菲斯[1]和提瑞西阿斯[2]两个角色融合到了一起，会后他对我说："我感觉自己就像一个小男孩，正在河岸上玩耍。"他的诗能使你相信他那时就是在说真话。事实上，米沃什对 T.S. 艾略特的诗撒了谎：人不能承受太多的现实。当年轻的米沃什与他的同龄人从 1930 年的咖啡馆和有关华沙的论争中崛起之时，另外一些同辈的年轻诗人则死于"华沙起义"的炮火之中，而他们的纪念碑只不过是这座被摧毁的城市的废墟中的瓦砾和涂鸦。这位老人，伯克利熊峰路上的智者，冷战时期的老兵，组织的英雄，主教的朋友，立刻就变成了一个"在维尔纽斯领受第一次圣餐，然后喝下了热心的天主教女士们递过来的可可饮料"的孩子，变成了一个不断听到"特殊而巨大召唤"的诗人，"尽管世俗的法则已将记忆彻底毁灭"。

我只能通过译文来阅读米沃什，但它们在"目标语"中如此令人信服，使你忘记了它们的"第一生命"是在波兰。阅读英语中的他，你会被一种独特的声音，一种承载着高密度经验的诗歌所扼住，这种诗歌经验是诗人活生生经历过的，并被一种象征性的理解所辐射过。我们不仅相信诗人译者的耳朵和精确性，虽然他们在这方面的贡献是不可或缺的；更多的是，我们凭直觉就能感知到诗歌之中人类存在的绝对重量，散文的内容和音乐的传递，而这些必须在语言之外的原始和遥远处才能存活下来。他的诗歌作为一个整体很容易被理解和把握，同时也能完美地展现出一些令人惊异的和可供辨认的场景。它可以从美轮美奂的招魂术向独奏音乐转换，它如呼吸般舒展的节奏，它出人意料的简洁（像早期迷人的诗歌《相遇》那样）及其同样出人意料但极具说服力的倾角（如《远西》），这些都能够使你相信真实，相信米沃什经常声称的那样——"他的诗被一个恶魔所支配"，让你相信他仅仅只是一个"书记员"。另一种说法是：他已经学会了快速写作，学会了以一个跨栏运动员的速度进行跳跃式的联想。当他告诉我们他的《诗艺？》一诗是在 20 分钟中

---

1 奥尔菲斯（Orpheus），又译俄耳浦斯，希腊神话传说中著名的诗人与歌手，生来便具有非凡的艺术才能，他的琴声能使神与人闻而陶醉，就连凶神恶煞和洪水猛兽也会在瞬间变得温和柔顺，俯首帖耳。
2 提瑞西阿斯（Tiresias），希腊神话中一位盲人预言者。据荷马史诗《奥德赛》记载，他甚至在冥界仍有预言的才能，英雄奥德修斯曾被派往冥界请他预卜未来。

内完成的，我愿意相信他，并且感到非常高兴。

他诗歌的秘密和大部分的力量都源自他渊博的学识，他的头脑就像一座文艺复兴时期的记忆剧院。拉丁文学、托马斯主义神学、俄罗斯哲学、世界诗歌、20世纪历史、时代人物，这些他都烂熟于心——你只需读几页他的丰饶的散文就能明白世界的一切对他而言是什么样子，你就能明白原来那些陈词滥调是如此的脆弱和单薄，就能证明他确实拥有如此一颗"储藏丰富的头脑"。他的全部作品包含了自传、政治辩论、文学批评、个人随笔、小说、格言、回忆录，还有一些原创的、戏谑的和具有预见性的文本，这些都是他作品不可分割的一部分，其中的诗歌部分是最精致的花朵。其他写过大量散文的诗人，在他较近的同时代人中我们能联想到休·麦克迪尔米德（Hugh Macdiarmid）[1]和奥登，这两人才华横溢，都对秩序保持着激烈的批判。然而，相对于米沃什的简洁扼要，麦克迪尔米似乎抗议的过多。奥登则与他更接近，因为奥登也不得不审视人类的中间状态，也绝不会忘记野兽和天使的边界状态。然而，与米沃什相比，奥登倾向于不言说，他也似乎并没有因为偶然事件的复杂阻力而遭受同样的痛苦：从奥登的诗中你能够得到一些重要的推断，但它往往无法揭示出具体的人的陷落。我喜爱米沃什，是因为在他的语气中有一种强有力的保证，它确保了这位从事散文创作的诗人，一直处在他灵魂内部另一个更具忏悔精神和更具惩罚意识的自我的持续审视之中。正如在诗歌中一样，从他的散文中我们能获得的是整个人的言说。

然而，米沃什总是对"抒情的不足"感到不耐烦，正如诗人唐纳德·戴维（Donald Davie）[2]所说，这实际上是所有艺术的不足，米沃什深深地意识到我们周围的现实所具有的不可实现性。相对于人力可实现的那部分，他渴望更具包容性的表达方式——这是他反复回到的主题。"与那些需要被探索的事物相比，在画布上摆弄色彩是微不足道的事"。但同时他又坚信：他被称为"赞美事物的诗人，因为它们值得被赞颂"，并且坚持认为"诗人的理想生活是去思考'词语'是什么"。在追寻这理想的过程中，他将诗歌拽出了常规形式的密封圈，敞开了更加宽广的远

---

1 休·麦克迪尔米德（Hugh Macdiarmid，1892—1978），苏格兰著名诗人、记者和散文家。
2 唐纳德·戴维（Donald Davie，1922—1995），英国诗人，文学评论家。

景和更为精微的生活侧面：他的诗有时具有朝向儿童艺术那种令人惊叹的天真无邪（"哇，幸福！快看鸢尾花"），有时又有对宏观历史的沉思和全景式扫描，例如在《神的摄理》（"Oeconomia Divina"）中："我没预料到会生活在这种不寻常的时刻……/ 混凝土支柱撑起的道路，玻璃与铸铁的城市，/ 比部落领地面积还大的飞机场，/ 突然丧失了本质而土崩瓦解。……/ 从树中，野地的石头，甚至桌上的柠檬中，/ 本质逃逸。"通过判断这种"存在之轻"肇始，（米沃什为他的读者们有效地制止了它），他作为一个诗人的持久力将继续存在于他典范的顽强之中，他拒绝低估现实的厚度和我们所记住的那部分事物的至高无上的价值，"能被说出的在强化自己 / 未被说出的趋于空无"（《阅读日本诗人小林一茶》）。

  在过去的这几个月里，我对米沃什进行了持续思考，在我的脑海中，我看到他被困在病床上孤立无援，朋友们来探望他，但他却总是死死盯着他面前那面被生活磨灭的白墙。我也禁不住将两件艺术品和他联系到了一起，这两件作品都携带着典型的米沃什式的坚韧和精神力量。一件是收藏在大都会艺术博物馆的雅克-路易·大卫（Jacques Louis David）[1]的名画"苏格拉底之死"：坚毅且身段优美的哲学家笔直地坐在高床之上，赤裸上身，手在空中比划，正向他的朋友们阐述着灵魂不朽之说。这幅画可以有另一个标题："除了抱怨我什么都允许"——这是约瑟夫·布罗茨基的一句名言，米沃什高度赞同这句话，而这同样适用于米沃什本人。米沃什与他妻子卡萝尔的青铜塑像相对而视的画面，则让我想起了另外一幅作品——卢浮宫里伊特鲁里亚石棺：一对已婚夫妇巨大的赤陶雕像，女人被安置在男人的左侧，斜倚在他的手肘上，并与之平行靠近，他们都倍感轻松，凝视着前方。依据透视法的原则，他们能从男人伸出右手的方向看清视野中的一切，但那里没有什么可看。是一只飞过的鸟吗？还是一株被折断的花？或是一只正在接近的鸟？什么都没显示出来。然而，他们的目光之中充满了领悟，仿佛米沃什（在《不再》一诗中）向自己的生命所提出的问题，这对夫妇正在为那苦乐参半的答案而努力：

---

1 雅克·路易·大卫（Jacques-Louis David，1748—1825），法国著名画家，新古典主义画派的奠基人，代表画作有《马拉之死》《苏格拉底之死》等。

> 从不情愿的材料中
> 可以采集什么呢？什么也没有，至多是美。
> 因此，樱花对我们来说一定足够了，
> 还有菊花和满月。

那天，阳光和煦，我正在家里后花园的花丛中散步，电话来了。一个加利福尼亚人的声音充满了那个早晨。我一下子就回忆起了米沃什的诗《礼物》，这首诗写于伯克利，那时他正好60岁："如此幸福的一天／雾一早就散了，／我在花园里干活。／蜂鸟停在忍冬花上。"感恩和赞美在空气中弥漫，我轻易地就想起了米沃什在一次访谈中说过的那警句："他满怀感激，所以他不能不相信上帝"。最后，米沃什宣称："人们可以出于对所有赐予的感激而相信上帝"。因此，当电话响起，我听到杰吉·加尼耶茨（Jerzy Jarniewicz）[1]的声音，我就知道他带来了什么消息，我的心早已准备好，因而并没有感到格外震惊。相反，一种悲痛逐渐扩展到了诗歌所能企及的永恒。在都柏林的阳光下，在旧金山湾的上方，山坡花园中的米沃什已经与费力爬上树木繁茂的斜坡的俄狄浦斯合二为一，只在眨眼之间又消散于眼前：当我看着他时，他正在那儿，在人群之中，满怀信仰与虔诚，而当我再次凝望他时，他就不见了——但他并非永远消失。那么，在那里，我可以重复索福克勒斯的信使说过的话，因为他传达的信息所携带的一切神秘性都回荡着普遍真理的钟声：

> 他已从视线中离去
> 那就是我能看到的一切……
> 没有神曾驾驶雷霆战车
> 飞奔而过，没有飓风
> 曾扫过高山，如果你喜欢，就叫我疯子
> 或者轻信者，但那个人肯定已经离去了
> 与接引者一起，他坚定地走向那里
> 灯灭了，但门依然开着

---

[1] 杰吉·加尼耶茨（Jerzy Jarniewicz, 1958— ），波兰诗人、译者。

扎加耶夫斯基论诗歌艺术

扎加耶夫斯基 ____ 撰文 杨 靖 ____ 译

亚当·扎加耶夫斯基（Adam Zagajewski, 1945—2021）

亚当·扎加耶夫斯基，波兰诗人、小说家、散文家，"新浪潮"诗歌的代表人物。

1945年，扎加耶夫斯基生于波兰利沃夫（今属乌克兰），出生后即随全家迁居格维里策。1960年代成名，是新浪潮派诗歌的代表人物。1982年移居巴黎。主要作品有《公报》《肉铺》《画布》《炽烈的土地》《欲望》《尝试赞美这残缺的世界》等。

诗歌犹如人脸——你可以将人脸进行描摹、度量和分类，但它同时也能唤起同情。对此你可以加以留意或刻意忽略，但无论如何你无法度量它的深度。正如你无法用尺子度量火焰的高度。

※

秋日温暖而悠长，我时常漫步经过博古斯拉夫斯基大街。它的右边是圣塞巴斯蒂安大街，由此穿过一条小路，便可以将你从天主教城市中心带至卡其米日犹太人居住区。首先，你要经过高墙掩映的一座修道院花园。然后穿过迪特尔大街，大街建在维斯瓦河支流上，这条护城河将卡其米日居住地与克拉科夫城市分割开来——宛似两个不同的世界。我通常会经过切斯瓦夫·米沃什[1]居住过一段时间的橘黄色建筑物。建筑物有铭碑标记。切斯瓦夫住在那里时，还没悬挂铭牌。和他一起生活的还有他的妻子卡罗尔，她时常在庭院的花床照料花草。他们购买邻人地产时，公寓曾经扩建。在他去世后，作为地产的一部分，公寓的二楼又拆分成两个部分；博古斯拉夫斯基大街如今空空如也。一颗伟大的心灵、一个特立独行的人曾在那里生活，他从不肯流俗（谁说我们必须要随俗？），他试图将他所处时代的历史事件和观念全部融入他的写作。他也是我们所知的唯一一位对哈利·波特系列进行研究的严肃学者。这有什么意义？他说是为了研究儿童读物为什么吸引儿童，它如何描述当今变化的世界？他坦承《哈利·波特》的文学成就挺不错，他用浑厚的男中音说。相比于罗伯特·穆齐尔，他更像托马斯·曼：只有现实存在才能打动他，而不是什么或然性。他当然也具有神秘主义倾向，但这种神秘主义往往以丰厚的现实为基础。在长诗中，他像条鲨鱼，拼命地阅读，吞噬一切神学和哲学知识，以及诗歌和历史。当我与大西洋两岸的年轻诗人晤面时，我常常对此若有所思，年轻诗

---

[1] 切斯瓦夫·米沃什（Czeslaw Milosz，1911—2004），波兰当代伟大的诗人和翻译家，1980年获诺贝尔文学奖。——译注

人往往只对诗歌刊物上最新的潮流感兴趣。其实诗歌应该以千百种形态对我们生活的世界的状态做出回应——除了哲学论文和交响乐，我们也应关注春风荡漾的四月天，在公园长椅上独坐的失业男子的愁苦和悲戚。

※

1990年代后期，每年春天我都会在休斯顿呆上一阵子，像切斯瓦夫·米沃什一样——他在克拉科夫和加利福尼亚之间往返奔波，然后回到位于伯克利的格瑞兹里峰大道的一所小房子（房子坐落在小山上，现在已成为朝圣之地；游客纷纷来此拍照，以便向人炫耀已到过诗人故居）。每过一阵子，我和米沃什会通过电话交谈。有一天，米沃什给我打电话，声音低沉而忧伤。交谈不久我便意识到他的情绪极度沮丧，需要我的帮助。最后他问我，亚当（这是他一向对我使用的正式称谓），请老实告诉我，我这辈子有没有写过哪怕一首好诗？

※

最近几周我也写不出诗歌。这样的状况出现不止一次。任何努力都无济于事。因为没有什么值得去写。卡罗尔·伯杰[1]发现维克多·雨果[2]对此有过评述——我们在巴黎16大街散步时他告知我这一发现。有人问他"写诗有多难"，他回答说："当你有感而发时，很简单；当你无话可说时，则很难。"

---

1 卡罗尔·伯杰（Karol Berger，1947—　），美国当代音乐学家。——译注
2 维克多·雨果（Victor Hugo，1802—1885），法国作家，19世纪前期浪漫主义文学的代表作家。——译注

※

今天早晨收到费伯出版社[1]寄送的礼品——特德·休斯[2]《译作选》的编辑是丹尼尔·魏斯伯特——好多年前,一个初春时节,丹尼尔·魏斯伯特曾开车送我去艾奥瓦机场。一早我开始阅读休斯翻译的耶胡达·阿米亥[3]。阿米亥的诗歌意蕴深沉,似乎每一行都有寓意。诗歌涉及两种相反的文本"聚合":精心织造的诗歌——比如圣-琼·佩斯的诗,诗句自始至终紧紧围绕着一个看不见的中心——以及直陈式诗歌。阿米亥像赫伯特[4]一样,是第二种类型的代表人物。这两位伟大的诗人同样出生于1924年,但也同样不愿追随圣-琼·佩斯创作恢弘的史诗。两位诗人的共同之处在于受到他们崇信的经典影响,他们的诗歌想象力专注于战争和爱情(阿米亥更重爱情)。阿米亥阅读希伯来《圣经》,赫伯特则是希腊文《圣经》,二人心有灵犀,惺惺相惜。我只见过阿米亥一面,好像是在1983年度鹿特丹的诗歌节上。在酒店吃早餐时他告诉我他对1924年出生的诗人和艺术家尤为关注。由此我忽然意识到吾生也晚(当然现在我并不这样认为)。

※

诗歌犹如人脸——你可以将人脸进行描摹、度量和分类,但它同时也能唤起同情。对此你可以加以留意或刻意忽略,但无论如何你无法度量它的深度。正如你无法用尺子度量火焰的高度。

---

1 费伯出版社(Faber),英国著名出版社,曾出版多部高品位文学作品,对20世纪英国诗歌发展影响深远。——译注
2 特德·休斯(Ted Hughes,1930—1998),英国20世纪著名诗人。——译注
3 耶胡达·阿米亥(Yehuda Amichai,1924—2000),以色列诗人。——译注
4 赫伯特(Herbert,1924—1998),全名齐别根纽·赫伯特(Zbigniew Herbert),波兰诗人。——译注

※

学生和我一道阅读赖卡·莱塞翻译的瑞典诗人戈兰·松内维[1]诗歌——读的是手稿，因为这部杰作至今找不到一位出版者。这是精彩绝伦的诗作——充满哲理，将个人的体验与对现象和生物的观察结合在一起——宛如天籁。我的柏林朋友、德国作家哈特穆特·朗格[2]，也曾说过至美的音乐近乎上帝，尤其是马勒的《大地之歌》。尽管我喜欢音乐，也特别喜欢马勒的《大地之歌》，但我还是与他发生争辩。我争辩说我无法将音乐等同于上帝……诗人们越来越喜欢流行音乐，比如爵士乐，但这并不代表他们具有某种神秘倾向——我认为爵士乐并不能将人引向偶像崇拜。

※

我正在阅读切斯瓦夫·米沃什《最后的诗篇》，在他去世两年后由泽纳克出版社出版。时至今日，在这个小肚鸡肠并酷爱争论的国度，米沃什从不缺少对手。他的文学声望和地位确保他不至于沦为民主政体下的庸常之人。他的反对者声称诗人晚年已江郎才尽。但只要读上几行《俄尔甫斯和欧律狄刻》，就能明白他的批评者错误何在：

> 他歌唱亮丽的清晨和荡漾的碧波
> 他歌唱玫瑰色的拂晓和氤氲的水汽
> 歌唱朱砂红和胭脂红，赤赭色和宝蓝色
> 歌唱大理石崖边那畅游的海水的欢乐！

《第二空间》
切斯瓦夫·米沃什，赫伯特·哈斯译

---

[1] 戈兰·松内维（Goran Sonnevi，1939—　），瑞典诗人、翻译家。——译注
[2] 哈特穆特·朗格（Hartmut Lange，1937—　），德国当代戏剧制作人、小说家。——译注

米沃什在波兰的对手可归为以下几类：有一些人对诗歌根本不感兴趣，他们指控《被俘的心灵》的作者犯有叛国罪，因为他曾有数年时间从事共产主义外交活动（尽管他并不赞同虚无缥缈的空想，他从未写过一首诗能被斯大林主义的诗集收录）。另外一些人对诗人大为不满，因为他居然憎恶波兰的民族主义！在我看来，这一厌恶之情完全合情合理。葬礼之后不久，对米沃什的攻讦之声不绝于耳：他们声称诗人并非虔诚的天主教徒，因此不能进入克拉科夫圣保罗修道院的"诗人角"。而对诗歌稍加涉猎之人则时常攻击米沃什高高在上、悲天悯人的作派。当今时代充斥平庸可笑之作，对诗人客观的评价只能留待未来。

当我读到"歌唱大理石崖边那畅游海水的欢乐！"这一句时，我回忆起几年前与米沃什的一次谈话，那是 M 和我在托斯卡纳的卢卡与 C.K·威廉姆斯[1]一同度假以后。我们时常驱车前往博卡迪马格拉海滨，那是位于利古里亚区的一座小镇——在高速公路上你能瞥见广告牌上"雪莱[2]旅馆"的字样——诗人在那里溺水而亡（也正是在那里，马格拉河流汇入大海）。在那里，米沃什陷入了沉思，回想起过去的时光。在玛丽·麦卡锡、尼古拉·基亚罗蒙特[3]以及其他友人陪伴下，他在博卡迪马格拉度过好几个假期。在那里，他在水中畅游，并常记起仲夏时节大理石般的崖岸，有如白雪覆盖的山峦。但那显然不是白雪，而是大理石。在大理石峰峦的山脚下，便是以盛产雕刻家而著称的小城卡拉拉。温润咸湿的海水呈现出蔚蓝色，水波不兴；不规则的几何形体掠过天鹅绒般的海平面，倏尔又消失在海天相接之处。沙鸥在渔船四周翔集，上下翻飞。海岸边乱石嶙峋，这也是地中海的特色——因为水平的沙滩不合大海的脾性；如此会使得它失去大海深蓝的魅力，倒更接近波罗的海苍白凛冽的色调。

一直在思索、工作、创作诗歌的米沃什溘然长逝——仿佛驾舟远逝，去往卡提拉，追寻洁白的群[4]曾说过，"信仰从不犯错"。我时常咀嚼这一名言，尽管听起

1　C.K·威廉斯（C.K.Williams，1936—2015），美国诗人、批评家和翻译家。——译注
2　雪莱（Shelly，1792—1822），英国浪漫主义诗人。——译注
3　尼古拉·基亚罗蒙特（Nicola Chiaromonte，1905—1972），意大利作家，社会活动家。——译注
4　保罗·克洛岱尔（Paul Claudel，1868—1955），法国著名诗人、剧作家和外交官。——译注

来已然过时，亟待修正。但从根本上说，它告诫我们精神的直觉，如信仰和激情，比纯粹讽刺意义上的批评和嘲弄，价值更高。英语中叫作揭穿真相（debunking）。我们称之为解密——这也是当下多数报刊中常见的腔调。

※

年轻的曼德尔施塔姆[1]师从阿克梅派[2]并获益匪浅；同时，也像他的阿克梅派同仁一样拒绝象征主义——他称之为矫饰的象征派；他无法容忍一个幽暗晦冥的、朦胧晦涩的"他"世界。他更亲睐人类生活的具体可感的世界。他钦佩将内部世界和外部世界融为一体的高明的建筑师。他认为诗人不应像某些象征派宣称的那样成为教士，与此相反，诗人应当是简单的手艺人，或艺术家，是现实世界中可以掌握自己命运的脑力作者，而不是虚拟世界的主宰。在这一点上，奥西普·曼德尔施塔姆像其他阿克梅派诗人一样，在主张扩张"他"世界的象征派和好斗的未来派[3]论战中持中间立场。未来派对于即将到来的新世纪满怀憧憬，甚至出现幻觉——但他们很快意识到自己过于乐观，尤其在俄罗斯以及整个欧洲问题上——除非他们像马里内蒂一样甘愿投靠极权专制，为虎作伥。这也关乎现代性本质的争论：未来派痴迷于创新，象征派对新时代则充满厌恶、恐惧和抵触情绪。只有阿克梅派通过耐心找寻新时代缺乏的精神动力，才成功而不失精准地调和了现代性。时至今日，曼德尔施塔姆选择的视角和立场仍不失其思想价值。

※

---

1 曼德尔施塔姆（Mandelstam，1891—1938），俄罗斯白银时代著名诗人、散文家、诗歌理论家。——译注
2 阿克梅派（Acmeists），20世纪初俄国著名现代主义诗歌流派。——译注
3 未来派（Futurists），现代诗歌流派之一，源于意大利诗人马里内蒂（Marinetti）。——译注

在最亲密的朋友逝去之后，我们该如何继续生活？我们不得不继续活下去。在我们的好友、最亲密的友人逝去之后，我们必须努力将生活过好，说到底，我们的存在自身不就包括了一部分铁石心肠和泰然自若？我们放声大笑，我们大快朵颐，我们包揽与他们无缘的新书。在获悉亲友辞世的那一刻，充满悲伤，简直令人心痛欲绝。它甚至超越悲伤，成为纯粹的痛楚和反抗——悲伤一词自身便意味着隐忍退让，与眼前之事和解。但在悲哀来临的一刹那，你既不愿承认，也不愿和解。你存在的世界仿佛被撕开一个口子。地动山摇，而后出现万丈深渊。你痛哭流涕，痛不欲生，此时，逻各斯[1]根本无能为力。它只能悄然退居一旁。伤口愈合之后，进入绵长的哀悼期：你必须小心翼翼地踏过深谷，然后随着时间流逝，伤口处才会慢慢长出健康的皮肤。但也有一些死亡你永远无法接受。比如我小侄子马雷克的死，我永远也不会接受。他只有十岁，还是懵懂无知的年纪。他的一切都还尚未成形。这是一个长得乖巧、好看的男孩。我们波兰人喜欢用委婉语，我们常说——让我们来生再聚；或——我们会在另一个世界重逢；要不就是——他在天堂凝视我们。好像天堂便是我们透过厨房窗户看到的茵茵草坪——而我们眼角的余光才会关注到开心嬉戏的孩童和小狗，他们平安无虞。我们对待逝去之人的态度一如对待儿童。极其注重家庭人伦的天主教倡导这样一种无意的疏忽，借此来破除难以想象的神秘主义。我时常想起约瑟夫·布罗茨基[2]，他是我接触过的最为杰出之人，他的人格与众不同。有时，他是妙语连珠、高傲自负的知识分子，让一般人难以接近。但在他沉思默想的时候，他却更像推心置腹的朋友。我记得我们的谈话是这样的：他扮演发表长篇独白的角色，滔滔不绝地铺陈他疯狂的玄学理论，而我则扮演怀疑论者，对他的长篇大论的疏漏之处不时加以指斥。他的话题通常是他手头正在撰写的著作；通过高谈阔论，可以使得他的思路和文章成形。他酷爱探讨宗教话题，并宣称与伟大的自然宗教决裂之后，他的宗教包含更为宽广的无限性。来自家庭或社会

---

1 逻各斯（Logos），欧洲古代和中世纪常用的哲学概念。一般指世界的、可理解的规律，也可指语言或"理性"。——译注

2 约瑟夫·布罗茨基（Joseph Brodsky，1940—1996），俄裔美国诗人、散文家，1987 年获诺贝尔文学奖。——译注

传统的宗教观缺少这种无限性：它们过分注重其外表包裹的历史素材。对此，我反驳说，你不能像柴门霍甫[1]博士构建世界语那样创造一种新的宗教。事实上，他本人的目的正是如此，他深信，我们现行的宗教需要着力呵护，像篝火上跳跃的火苗，你要拨弄它，为它添加柴火，才能保证它愈烧愈旺。我猜他很喜欢我们这样的谈话，甚至也很喜欢我的怀疑论调。他需要这种怀疑，需要反对，需要抵抗。有一次我离开欧洲，告别家人和 M 去波士顿拜访他——改换寓所之后，其景况惨不忍睹。我原本指望能展开一场友好、温馨的对话来提振精神，来平复内心深处小小的忧伤和失望；结果事与愿违。约瑟夫要跟我谈贺拉斯[2]，我怀疑他当时正在写作有关诗人贺拉斯的文章。果不其然。于是只有贺拉斯差可慰藉。

※

在柏林市中心的一方小小墓园，是黑格尔[3]和费希特[4]以及布莱希特[5]和海伦娜·韦格尔夫妇的栖身之所。这里也是迪特里希·朋霍费尔[6]的墓地。一方墓园竟能容纳如此之多的英雄豪杰。假如他们从长眠中突然醒来，一定会相互争吵不已。鸟鸣啾啾，跟其他墓园并没有什么两样，它们并不知晓脚下长眠的是何许人氏，对在它们脚下安息的伟大思想家一无所知；黑格尔生前并无传记出版，朋霍费尔的传记被腰斩，贝托尔特·布莱希特是才华横溢的诗人，但性格并不讨人喜欢。他醉心于意识形态，堪称是黑格尔的衣钵传人（后者乃是他精神上的祖父）。许多年前，有一次在柏林，我和维克托·沃罗希尔斯基以及其他一些朋友去探访弗拉基米尔·纳博科夫[7]的父亲安葬的白俄墓地。我们最终找到了这一块墓园，破落不堪，顶上是

---

1 柴门霍甫（Zamenhof，1859—1917），波兰籍犹太人，世界语的创始人。——译注
2 贺拉斯（Horace，65BC—8BC），古罗马著名诗人。——译注
3 黑格尔（Hegel，1770—1831），德国哲学家，德国 19 世纪唯心论哲学的代表人物。——译注
4 费希特（Fichte，1762—1814），德国哲学家，古典主义哲学的代表人物之一。——译注
5 布莱希特（Brechte，1898—1956），德国诗人、戏剧家。——译注
6 迪特里希·朋霍费尔（Dietrich Bonhoeffer，1906—1945），20 世纪杰出的德国神学家。——译注
7 弗拉基米尔·纳博科夫（Vladimir Nabokov，1899—1977），俄裔美籍作家。——译注

高速公路的匝道，还有巍峨的哥特拱顶。

※

如何来描述这两种力量：梦想与现实的冲击波，相互缠绕，争斗，短暂结盟，瞬间又撕毁盟约？如何理解这两种力量，一早还虎视眈眈，一副老死不相往来模样，入夜却已暗渡陈仓，互通款曲。这一种激情交织着爱恨情仇，瞬间可迸发无比惊人的力量——唯有睡梦可以让它平息。在梦里，一条公路蜿蜒不知伸向何方。在筑堤旁，水草疯长，散发出醉人的芬芳。

※

司汤达[1]在《自我的回忆》中曾说，"天才诗人留下的空白，会被怀疑精神所取代。"是真的吗？是的，诗歌与怀疑精神从来不能相容，必须经过殊死搏斗——战败的一方被毫不留情地处决，根本无视日内瓦公约。而诗的精神却永远不会消亡，它可能会被削弱，或消失一段时日，但它从来不会弃我们而去……至少我是这么看的。这也是我的愿望——或许遥远的国度和远方的诗人不过是一道幻影，他们的节日、成就和荣耀不过是海市蜃楼。不，我并不这样认为。我认为精神世界的健康，以及未来的生活完全取决于我，取决于我们。每天我们都在做决断——决定向生活竖起投降的白旗，还是呈上一首锦绣诗篇。

※

---

1 司汤达（Stendhal，1783—1842），19世纪法国批判现实主义作家。——译注

我在某处读到席勒对斯塔尔夫人[1]的评判:"我们称之为诗的东西,她一无所知。"很有意思,关于德国和法国的古老争论:诗歌是不是应该晦涩难解,玄之又玄?或者可以运用严格的修辞手段加以界定?一旦定义成立,是不是仍有某种难以捉摸的东西在四下游荡,挥之不去?

※

写作——在阳光灿烂的日子满心愉悦、兴致盎然地写作,近乎创造另一个自我:你开始重新定义人生,规划未来——似乎之前的种种努力都不值一哂。在晦暗阴郁的日子里则是与沮丧绝望不停地作战,在至暗时刻,你只想拯救你自己。幸福日子里产生的伟大项目如今留下什么?烟消云散。那些伟大的计划,一开始一切都很新鲜,充满希望,但忽然之间一切转眼成空,计划又偃旗息鼓,你只能绝望地蜷缩在某个角落自怨自艾。仿佛一位伟大的君主,统治一个庞大的帝国,突然发现只有最少量的食物和水来保卫一座小小的边境要塞;支持不了不久……除非闪亮的日子再度降临,你庞大的计划重新激发你的想象力。作家、诗人、便是在这无尽的自我扩张与收缩,汹涌澎湃的激情和冷漠厌倦之间来回摆动。如果政客或法官们也屈从于这样的摇摆,社会将土崩瓦解,天下大乱,我们在夜里肯定不敢出门……

※

我记得有一则评论,是朱利恩·格林[2]日记里的一个假说(他是解析别人的理论):伊丽莎白时代诗歌和戏剧的繁荣源自对天主教的强烈反对和拒斥——寺庙被封闭,连同一些隐修院也在劫难逃。但潜心钻研的能量却不会轻易消失,它必须找

---

[1] 斯塔尔夫人(Madame de Stael,1766—1817),法国小说家、评论家。——译注
[2] 朱利恩·格林(Julien Green,1900—1998),美裔法国作家。——译注

到另外的出口，于是转向诗歌……我很赞同这一假说，尽管我那些满腹经纶的友人，文化史学家，文艺复兴专家——当我斗胆在学术研讨会上提出这一假说时一定会倍感震惊。

※

古代日本俳句[1]诗人在我们看来心如止水，似乎永远处于一种怡然自得的状态。但真正的情形或许恰巧相反，他们也会紧张，焦虑，充满疑虑——只是在他们作诗的一刹那——千百年来这些诗为我们所熟读——他们才表现得平静深沉，充满灵感，将艰难时事抛诸一旁。

※

伊瓦什凯维奇曾说他"讨厌加里西亚"（尽管他对克拉科夫印象很好，他喜欢到访此地）。他也说过他"讨厌维也纳"。他"讨厌"城市生活：被关在鸟笼般的公寓房里，而他却愿意用一生时间来回忆过去，回忆他少年时代乌克兰大地上回荡的传奇故事（尽管他父母在乌克兰社会地位极低）。在列宁格勒，他访问了亚历山大·勃洛克故居——勃洛克的诗对他影响很大——但感到极度震惊：因为勃洛克的故居在公寓的顶层，没有奇特之处，周围也无风景。这样一所公寓也能激发勃洛克天才的想象力——庄园、宫殿、绵延的乌克兰大草原，以及西西里的平原——的确，这才是诗的源泉，而不是某个普通得不能再普通的四层公寓楼房。

---

[1] 俳句（haiku），日本的一种古典短诗。——译注

※

纪尧姆·阿波利奈尔[1]死于1918年11月9日，年仅38岁。由于在前线身负重伤，他未能挺过西班牙流感，在第一次世界大战临近结束之际，他已奄奄一息——人们至今犹记成群的民众在圣－日耳曼大道边驻足——诗人住在公寓的顶层——高呼："打倒纪尧姆！"——实际上他们要打倒的是德国皇帝威廉二世。一直以来，我非常喜欢阿波利奈尔的《地带》和其他一些诗，特别是《美丽的红发女郎》，这是他晚期作品之一，类似于誓约，我在此引用罗杰·沙特克的译文。

美丽的红发女郎

纪尧姆·阿波利奈尔

我见识多广何惧审视
洞悉生与死的玄妙
品尝过爱的甜蜜与酸楚
发表过真知灼见
精通数国语言
游览大好河山
在炮兵和步兵队里亲历战争
头部重创接受
氯仿环锯手术
骇人的战斗夺走我的挚友
我饱经沧桑已能与
人类的极限比肩
朋友啊我毫不畏惧
这场你我之间的战斗本为你我而战
我要在纷争不息的守旧与创新
秩序与冒险之间做出裁决
你们仿照上帝刻画的嘴唇

---

1 纪尧姆·阿波利奈尔（Guillaume Apollinaire，1880—1918），法国著名象征派诗人。——译注

昭示了秩序

请宽容地把我们同
那些一丝不苟的秩序相比
我们只会无休止地冒险

我们并非你的敌人
渴望献上辽阔而新奇的疆土
那里神秘之花绽开等候采撷
绚烂的烟火令人眼界大开
数不清的虚空的幽灵在游荡
渴盼幻化成人形
我们将探索这片广袤的
静默的国土
你还留有时间思虑撤退或投入
怜悯我们这些在前线
为虚无为未来战斗的人吧
怜悯我们的疏失与罪孽
狂暴的夏日就要来了
我的青葱年少恰似春阑
灼日啊炽烈的审判即将开始
我只需等候
追随那甜美高贵的身影
我对它情有独钟
它款款而来吸引我如同磁铁攫住铁块
它外表美丽气质迷人
就像我亲爱的挚爱的红发女郎

你也许会说她的秀发是黄金打造
是永不消逝的一抹闪电
是玫瑰丛中舞动的火焰
而花儿渐渐凋残

尽情嘲弄我吧
全世界的还有这里的人们
只因我畏惧我已说得太多
但你却不许我说出这么多
可怜可怜我

(曹莫然 译)

  这首动人的诗歌很难阐释，一位先锋派诗人不停地乞求宽恕和谅解，而通常先锋派诗人的语气都相当自负。阿波利奈尔在传统与现实之间被撕裂：他对古典诗歌了如指掌，但同时又倡导艺术创新——让人联想到法国文学史上一度相当有名的"古今之争"。但在这首诗中，诗人本人却站在世界的中央，站在交叉路口；正如我之前所说，这是一部晚期作品，此时作者在前线已身负重伤（诗中提到的"环锯"即指此事），生命对他而言，已是来日无多。站在世界的中央，在古今之间，是什么意思？或许这意味着承受苦难之人再不会拿年轻艺术家雄心勃勃的口号当真，处于生死考验之人再不会信奉所谓的程序和宣言。

※

  每一位诗歌爱好者和诗人都不时会面对一个重要的问题：那一道光——除此而外任何一部伟大作品都不可能成形的——那一道光亮，是否仅仅存在于我们的强烈想象之中，或灵感激荡的幻想之中，在现实中并无依据？它只是一次想象力的飞跃，一个逃离庸常的假日，一次语词的狂欢，还是客观现实中通常被遮蔽的真实的存在？问题的答案，言人人殊。假如我被追问，我一定会说，我对此大感疑惑：我时时担心，这一道光亮犹如圣埃尔默之火，只在我们想象的桅杆上闪烁。但最终，一旦我消除了疑虑，出于强有力的、纯粹的信念，我会说诗歌最神奇、最令人惊叹之处（当然也最为少见）源于被遮蔽的现实维度，源于这个星球上某一处的光亮。

※

所有接受诗歌馈赠的人——无论读诗还是写诗——都必须以此为阅读和创作的根基，但同时他们也要小心谨慎，不要无端扼杀它潜在的力量，不要将这种天赋浪费在各式各样的日常闲谈之中。简单来说，我认为我们应当关注树木：树木懂得如何生长——并非只是围绕一个中心点，也包括通过枝叶向四周蔓延，由此在枝干之间找到一种和谐和平衡点：不止一棵古老的白蜡树长出竖琴的形状；同样有许多古老的菩提树从坚实的根部开始分成两块；只有高大的白杨树，像厌食的少年，对周身的枝叶不闻不问，只是自顾自地向上生长——与之相反，它们的近亲，那些银色和黑色的杨树，却显得老成持重，似乎它们已预料到垂直的生长必然伴随水平的扩张——一根蜡烛光焰不会太长。

※

齐奥朗曾说，有一次某人当着诗人狄兰·托马斯[1]的面，试图阐释他的一首诗——诗人爆发出一阵大笑，笑瘫在地板上。

※

列夫·托尔斯泰在某处讲过一个牧师的故事——他的布道被听众热烈的掌声所打断，于是转过头问，是不是我说的话太愚蠢？

---

[1] 狄兰·托马斯（Dylan Thomas，1914—1953），人称"疯狂的狄兰"，英国作家、诗人。——译注

※

源于济慈"否定感知力"的"吾何知"是艺术中不可或缺的元素。我认为艺术与诗歌都是艺术家本人的创作——如果艺术家本人一贯坚持"吾何知"的态度——那么艺术家的"自我"一定会千方百计寻找"吾知之"。

※

我不知道同辈诗人感受如何,但我非常清楚我自己写的诗,往往大可怀疑。

※

"跟世界决斗,你永远应该站在世界这一边。"一开始,我对这句格言相当排斥。不过是卡夫卡受虐狂倾向的另一则案例。是的,而且在我看来更加准确:一个人如何成为他自己的反对派。知易行难。后来我才意识到,这一卡夫卡风格的警句也可以有不同的阐释,比如,"站在世界一边"可以理解为我们不应该受控于直觉和冲动,因为它们大多代表着孩子气般的盲目、偏执,小题大做,转眼即逝。而我们的首要职责是了解这个世界,了解它的架构,了解世界——和我们自己——的欲望和需求。由此我们才能了解,世界的本质并非完美无缺——所谓天地不仁——它目盲耳聋,对万事万物漠不关心,有时甚至凶残暴虐。当然,它也有灵光乍现、光芒耀眼的时候——只有了解了世界的本质,我们才能采取行动,来探索它的奥秘。只有这时,我们才开始不知不觉地承担起自己的角色。这时我们才会明白,原来自我与世界并无矛盾冲突——构成我们的是同一种物质,同一种宇宙尘埃。

片刻的欢愉,但同时也要防范一首坏诗造成的危险——英语中称之为言不由衷——"这类言辞关乎道德、宗教或政治,貌似义正辞严,实质假扮圣人"——英文辞典这样解释，这一种双面修辞无异于政治宣传。但遗憾的是，这一种修辞可能出现在诗作当中，这也是波兰布道牧师惯用的手法。

※

布罗茨基，在另外一个场合——这次不是在他的随笔，而是面对休斯敦一群创意写作学生时的热情洋溢的谈话，在 1988 年——在谈话中，他抨击了艺术和生活中重复出现的母题，倡导原创和创新（并非诗歌形式的创新——诗歌的形式是获得诗歌与历史统一的重要保证）。有人问布罗茨基，在苏联，是否每走几步就会碰到一幅列宁的肖像或雕塑？作为艺术家，他是对无穷无尽的"列宁"这一母题感到恼火，还是对这一母题的无意义复制——"重复"——这一艺术手法感到恼火。沉吟片刻之后，布罗茨基回答：是后者。

Essay

随笔

叶芝拥有他自己的特权
耕耘在文学翻译的园地
《俄国来信》与西方的防卫

叶芝拥有他自己的特权

埃德温·缪亚[1]（Edwin Muir）_____ 撰文　　王东东 _____ 译

在我们的时代，这可能是一个诗人和公众之间所能拥有的最为真实和亲密的关系，诗人作为一个伟大的有缺陷的形象，公众可以从中找到他们自身的缺陷和他们自身隐藏的伟大。

叶芝作为诗人的发展是一个惊人的奇迹。在中间他遇到一次危机，而之后他变成了一个不同的诗人，拥有其他主题和另一个声音。尼采曾说过，瓦格纳是一个将自己创造为音乐家的音乐家。而叶芝则是一个将他自己创造为了另一个诗人——而且是伟大诗人——的诗人。

但在起初，当他还是一个男孩和一位年轻人，甚至以后的很长一段时间，他看起来都仿佛漂流在一个停滞的水面，等着任一潮流或漩涡将他带往某一方向，在那里，他会找到他所生来注定。他的父亲是一个画家，叶芝有很短一段时间也学习绘画；但那不是他想做的。他的父亲推崇达尔文和丁铎尔[2]，起初叶芝是一个不情愿的门徒，而后则激烈地反对达尔文和丁铎尔。当他进入三一学院，他遇到了一些写诗的年轻人，从而开始在一种梦游的状态中写诗，许多年他都没有醒来。那时他认

---

1 埃德温·缪亚 Edwin Muir（1887—1959），英国著名诗人，他同时是一位小说家和翻译家，是卡夫卡在英语世界的主要介绍者。本文译自《诗的现状》（哈佛大学出版社，1962年），此书内容为他在1955—1956年度于诺顿讲座的演讲。译者对文中叶芝诗歌的翻译参考了袁可嘉先生的译本。
2 丁铎尔 Tyndall（1820—1893），爱尔兰出生的英国物理学家，以对气体和声音传播的实验而著名，他第一个解释了天空是蓝色的原因。

为诗歌是一种艺术，这里有他父亲的影响，那个艺术家向他表明艺术是世界上最伟大的事物。在他 24 岁出版的首部诗集的第一首诗里，出现了这样几行：

> 但是，哦，这世界的病痛的孩子，
> 当一切变化之物，沉闷地舞蹈
> 从我们身旁经过，回旋着升至
> 时间之唇吟唱的破碎声调，
> 仅是词语，就意味着真正的美好。

AE.[1] 在都柏林始创了一个神秘主义的圈子，青年叶芝被吸引了进去，很快，他全神贯注于一种无法在平凡场合找到的神秘知识——这种对神秘知识的渴望在他一生中不断复活。在伦敦，他参加了打油诗人俱乐部的会议，对莱昂内尔·约翰逊的优雅气质和普遍知识印象深刻，他开始吸收这种气质，但同时仍然缺乏这种知识。作为取代，他又返回到在 AE. 的神秘圈子中啜饮过的那种智慧，希望从中找到他需要的东西。他的探求将他引领到了布洛瓦茨基夫人面前，一位神智学的女先知，让他铭记于心，以及一位具有模糊性格的人麦格雷戈·马瑟尔面前，后者一度成为了他的朋友。叶芝开始练习魔术，可能因为魔术给了他需要的权力感，也可能因为他在寻找会给他的诗歌带来营养的特殊知识。

当这一切正在进行，毛特·冈造访了他在伦敦的房子。叶芝从没有忘记他对她的第一印象：高大、美丽，像一个女神，勇敢刚毅而又充满激情，她的心灵里充满了爱尔兰的政治。他对她一见钟情，并认为她是特洛伊的海伦之化身。他试图影响她，以文学之事吸引她的兴趣；但是她的意志比他还要坚强，并让他经年累月陷入了爱尔兰共和党人的苦涩的书面战争。当叶芝在期待与失望之间辗转成疾，格雷戈里夫人帮助了他。他不时会停留在她位于科尔的乡村别墅，而她则试图转移他的沮丧并提高他的身体健康，将他带到位于她庄园里的村舍附近，倾听充满了超自然事件的农民的故事。从格雷戈里夫人、科尔的生活以及庄园里的农民那里，叶芝吸收

---

1 爱尔兰作家和画家 George William Russell（1867—1935）的笔名。

到了以后一直伴随他的生活意象：贵族的模式，诗人，还有农民，对他来说就构成了一个好社会，看起来就像是爱尔兰生活的传统模式。格雷戈里夫人想要建立一座爱尔兰剧院。叶芝也经常这样梦想；现在剧院在她的影响下成立了，叶芝开始长年被卷入到实际问题之中，阴谋与反阴谋，都与这种工作不可分割。他惊奇地发现自己具有它需要的天赋；他学会了以政治的方式与委员会打交道，成为了一个出色的演说家和一个不同的人。在毛特·冈那里他曾经遇到过阻力并且莫可奈何；而现在他遇到了不同的反对力量，而发现自己能够解决。对于叶芝已经有足够多的形形色色的解释，我并不想再加一个，因为我认为最好不要试图解释一个人。我考虑的是诗歌，是什么导致了像这样的极端的转变，而叶芝生活中的可能力量或许有助于产生这一转变。可以确定的是，他至少学到了一些有关人类品质的东西，并不一定全然合乎他的胃口，当他参与修道剧院的运动并尝试教育爱尔兰公共社会，一些东西最终改变了他的诗歌，赋予了它以坚硬性和雄辩。

叶芝早年这种显而易见的被动性，总是催眠一般的易感性，一直延续，直到他30岁以后并开始成为一个行动的人。

"你的眼睛从未看厌我的眼睛
却由于愁苦，掩映在下垂的眼帘
因为我们的爱情已经凋零。"
而她说：
"虽然我们的爱情正在凋零，让我们
再一次站立在孤寂的湖边
共度那一段温柔的时光
当那可怜的疲惫孩子，激情，沉沉睡去。
星星看上去多么遥远，我们的初吻
是多么遥远，啊，我的心灵是多么古老！"
他们忧郁地走着，踏着褪色的叶子，
正当他牵住她的手，缓慢地作答：
"激情也常常消损了我们漫游的心灵！"

这就像是一首在梦中听写下来的诗，美丽但半真半假；他后来的诗会将它的不充分显示出来。诸如忧愁和美丽之类的词语在这首诗中反复出现，并普遍与疲惫、漫游、梦幻、哀悼这一类描述性质的词联合在一起。《尘世的玫瑰》美丽的第一节是它们一个小小的选集：

> 谁梦到那美，像一个梦走过？
> 红艳的唇，带着哀伤的傲慢
> 哀伤再无新的奇迹降临
> 特洛伊走过冲天的葬礼火光，
> 尤思纳之子已尽数死去。

这几行诗拥有更多的真实，因为毛特·冈进入了它们。叶芝那时也向法国象征主义者学习，阿瑟·西蒙斯；这里也有一种新的技艺，得自打油诗人俱乐部的作诗法，首要的是莱昂内尔·约翰逊；同时有一种源自爱尔兰神话的深化的时间感。

有可能，他的消极性在这些年对他来说是必要的；他的贫乏和羞怯需要悲伤和安慰的意象。在早年一个时期，他喜欢的一个有关幸福快乐的描述，是威廉·莫里斯的这首诗：

> 在通向花园围墙的中途，
> 白杨树的土地无比欢快，
> 那里，竖立着一个古堡，
> 一个老骑士牢牢守望着。
>
> 那里有许多红色的砖块
> 在墙上，在古老灰石上；
> 在它们上方，一年之中
> 时间正好，红苹果闪耀。
>
> 红色的墙上长出了绿苔，
> 灰石上布满黄色的地衣，

红苹果在它们上方闪耀；

　　这座古堡绝少知道战争。

"这座古堡绝少知道战争"：也只需要一种悲哀的疏离感，从他自己的问题、贫乏和无经验中逃脱出去；但首要的是疏离感。

叶芝前 30 年生命中的消极性具有一种软弱的表象，但是也只是表象而已。因为通过它，他吸收了向他涌过来的一切印象，而大部分印象延续了他一生：艺术的崇高理念，奥秘知识，古老的爱尔兰故事，对贵族荣耀和农民想象力的赞美都没有远离他。甚至当他写下他最伟大的诗之时，他可能重新开始了一直很好地服务于他的消极性。我们知道那时埃兹拉·庞德影响过他，而在有关疯简的系列歌谣中，路易斯·麦克尼斯甚至追踪到了辛格[1]的影响。在他随波逐流的早年岁月，在两个女人——毛特·冈和格雷戈里夫人——迫使他成为一个行动的人之前，他一直占用着他实现自己的真正的声音之后也会使用的资源。

他告诉我们，当他年轻时他与人相处会焦灼不安。但他却不可能不与人相处并从他们的思想言行中获得生命。他会很快被他们的观念影响。《芦苇丛中的风》，他早期风格的最后完美，出版于 1899 年，约翰·艾格林顿抱怨说，叶芝"看起来与他自己和他的时代相距太远，没有充分感受到生活的事实，而是把艺术当作对它们的逃避"。而仍然，驾驭着打油诗人俱乐部和法国象征主义者的言辞，叶芝写道：

　　　　我相信信仰的复活，它是我们时代最伟大的运动，会越来越将艺术从"它们的时代"和生活中解放出去，而给予他们越来越多的沉浸于美的自由，并让它们像过去的伟大诗歌和所有时代的宗教一样忙活于它们自身，与时间累积的美"古老的信仰，神话和梦幻"在一起。

然而五年之后，肯定有别的东西对他起了作用，也可能是他自己的意识，因为，他这样写信对 AE. 说：

---

[1] 指约翰·辛格 John Synge（1871—1909），爱尔兰诗人、剧作家，作品取材于爱尔兰农村生活。下文再次提到此人。

> 在我的《心灵欲望的土地》和那时期的一些抒情诗中,有一种对感伤和感伤之美的夸大,而我已认为这样太怯懦而缺乏男子气概……我已与当前流行的颓废作战了好几年,并在我的心灵里刚刚将它推翻——这是一种感伤和感伤的悲哀,一种女人气的内向……但是它却经常发生,一旦遇到一个人被诱惑的事物,哪怕只是稍微一点诱惑,我被它激起了一种疯狂的仇恨,超出我的控制范围。

在他后来的诗中就有几分这样的狂怒。他在随笔中写道:

> 我们必须能够超越普遍兴趣,报纸、市场以及科学从业者的思想,但是只能在我们能够保持正常的充满感情和理性的自我,保持人格统一的情况下。

这个富于激情而又具有理性的自我,作为整体的人格,在叶芝后来的诗歌中说话出声。要解释它的产生并不容易。叶芝对毛特·冈的爱,这种爱情给他带来的问题和反复的失望,一定让他远离了自己的梦幻进而与生活遭遇。它们让他陷入非常不幸的境地。为了摆脱沮丧,他和一个伦敦的女人有了一段情事,诺曼·杰弗斯称之为狄安娜·弗农;但这并不是她的真名。当毛特·冈在短暂的旅经伦敦途中,要求去看他并和他一起就餐,叶芝没有应允她;但随后弗农情事很快结束了。几年后又有了另一段情事。在 1903 年叶芝收到了一封电报,通知他毛特·冈和爱尔兰民族主义者约翰·麦克布莱德喜结连理。两年后她离开了自己的丈夫,但是叶芝继续去看望她,虽然为她卷进去的奇异情节感到悲伤,但还是想要和她结婚。在 1916 年复活节起义中麦克布莱德牺牲了,叶芝远赴法国并再次向毛特求婚。惨遭拒绝后,他又向她的养女伊索尔特求婚,仍然没有奏效。他这时已经 51 岁,他第一次遇见毛特·冈是在 28 年前,当时,他说:"我一生的麻烦开始了。"这些长年累月不断变形的希望和失望怎么可能会对他没有一点作用呢?

这同样是他学习成为一个行动的人的岁月。但他是一个特殊的行动的人,至少他声称如此。在一封写给莎士比亚夫人的信中,他说:"这是多么奇特——一个人的一生可以分成明显的阶段。——在 1897 年一个新的幕布已经搭好,新的演员已经出场。"这是他的典型特征,他把爱尔兰政治的战场当作一个舞台,而其中人物则作为演员,他自己也必须要参与演一个角色。大约在这个时候或稍晚,他开始对"面具"产生兴趣,他称之为一个相反或对称的自我。在他 45 岁的一条日记中他写道:"我总能看到这样一件事情:在实际生活中面具比面庞更为重要。"几星期后又有一条日记:

我设想我在生活的每一情境中都能最终做到与我自己一致。当我变老,要在我自己中发现和创造那之于生活犹如风格之于文学的事物——道德光辉,一种具有行动和思想的普遍意义的个人品质。

他已经全神贯注于那个属于全部人类的问题。他在日记中写道:

在我面前,我拥有了一种理想表达,我所具有的一切东西,精神和肉体,都可以参与其中;仿佛我最大程度地接近了它,当我带着最大可能量的承继下来的思想和感情,甚至国家与家庭的仇恨和骄傲。

他已经戴上了诗人的面具,并且看起来很成功。他现在的愿望是使他自己成为一个伟大的人物,而这个人物角色会给他这个人增加伟大的性质,而在这个基础上他也会成为一个伟大的诗人。他向 H.W·内文森抱怨说拜伦是写下诗歌的最后一个人:这是一个具有启示意义的选择。他对魔术的研究可能帮助完成了这一转变;因为魔术不仅要试着使它作用于其上的事物变形;它不得不制造更为伟大的变化。当我们将他的早期风格与后期比较,会发现他不再屈服于他所占据的事物:爱尔兰神话,神秘知识,象征主义,对抽象的恨意——他从他的朋友和经验中吸收的一切;他现在已能够控制它们并运用它们。他使自己成为了一个公共人物,并对一个听众说话。他通过将他自己戏剧化而做到了这一点,并扮演那个实际上是他自己的角色。他知道这一点并曾对约翰·司拜娄说:"你必须记住你的听众;它总在那里,没有它你无法写作。"而在此之前,他为了其他诗人或那些想要成为诗人的人写了很多年。在叶芝 1917 年结婚之后,杰弗斯先生说:"他开始分享对所有人来说共同的经验；家庭生活和父母之道；他也具有了与英语文学中很多伟大人物共同的对力量所有的责任感的经验：乔叟、弥尔顿、德莱顿、斯威夫特。"而在《在学童中间》这首诗中，他可以半反讽地看待自己，同时却很客观，作为——一个60岁的微笑着的公共人物。

一个公共人物，是一个有资格要被公众倾听的人；一个伟大的公共人物则可以在一定场合告诉公众，他怎样看待和认识他们，并且知道他们会倾听。这就是叶芝一个人达到的位置，在他时代的众多诗人之中。他的公众首先是爱尔兰人，而成为一个小国家的声音比成为一个较大国家的声音要容易。当然，他的声音延伸得更远，超出了爱尔兰，在许多国家他都被倾听。但是爱尔兰人，正是他说话的对象，他了解并熟悉他们，对他们既热爱又憎恨，既有推崇之心也有厌恶之情。他和他们的关系具有一种必然性，通过他的缺点也通过他的美德；而首要的则是他对原罪的显然是无穷尽的保存。在我们的时代，这可能是一个诗人和公众之间所能拥有的最为真实和亲密的关系，诗人作为一个伟大的有缺陷的形象，公众可以从中找到他们自身的缺陷和他们自身隐藏的伟大；而叶芝幸运地从一个小国获得了他的听众，虽然不大，"落后"，但相对还没有受到那在大国大行破坏之能事的抽象精神的影响。他对爱尔兰的斗争帮助完成了他：

> 我向无赖和傻瓜咆哮，
> 但是超越了那一套
> 会转变扮演的角色
> 适合零星观众，却不能控制
> 我狂暴的心脏。
> ……
> 我们来自爱尔兰。
> 过剩的仇恨，狭小的空间
> 从一开始就让我们变成残疾。
> 我从母亲的子宫
> 带来一颗狂暴的心脏。

他对爱尔兰的矛盾感情反映在 1917 年他写给《观察家报》的一封信里。休·莱恩爵士将他收藏的法国绘画留给了伦敦的国家博物馆，对在将它们提供给都柏林时激起的流言蜚语深感厌恶。后来他又在遗嘱里加了一个附言，最终要将它们留给都柏林，但是没能看到就已过世。叶芝说："在给格雷戈里夫人的信里，他总是为爱尔兰和那里的工作辩护，"莱恩一旦"说起爱尔兰就带着巨大的痛苦"。叶芝继续说：

> 我自己出版了《沮丧时期的诗，1912—1913》，作为一个小册子，这些诗当然和那些信一样苦涩……这就是我们严酷过激的爱尔兰人性格的方式（而我认为伊丽莎白时代的英国人轻浮易变）；我们会立即反对我们的国人，但却不会轻易放弃我们的工作。我又一次对约翰·辛格说："你写作是出于对爱尔兰的爱还是恨？"他回答说："我也经常问自己同样的问题。"但是爱尔兰之外的成功根本不会引起他的兴趣。休·莱恩爵士感到苦涩，当这种感情汹涌澎湃之时，正值都柏林的诽谤者在他的耳旁叫嚣，他立下遗嘱将全部藏品留给了一家都柏林博物馆，但除了那批法国绘画。而一些日子后，他又写道，爱尔兰彻底让他"幻想破灭"以至于他甚至没有能力"听见他在戈尔韦的早年的快乐岁月"，他遗赠给了都柏林一份无与伦比的珍宝。

叶芝骄傲于他是一个爱尔兰人，但对属于英格兰－爱尔兰阶层的优势可能更为骄傲，后者为爱尔兰历史和文学贡献了很多名字。关于爱尔兰，叶芝可以写得比它的任何一个敌人都要苦涩，因为同时更为亲密。他成了一个公众人物和一个公共诗人，是因为他分享那种热爱与狂怒，并且拥有一种声音将它们表达出来。

正是在他的诗歌中他发现了那声音。他的散文自始至终都具有一种奇特的犹豫不决，充满了各种不必回答的问题，他的大花招。"可能"这个词语不断重现，即使在他写下一个思想时也是如此，而这一思想会被认为对他来说极为重要。在散文中，他仿佛觉得他的头脑有权力自由漫游，他的观念也是如此。当他描述乔治·摩尔这个他痛恨的人和萧伯纳时，他的散文是精确的，他对萧伯纳敬而远之。他可以做到机智诙谐，以一种不同与他的诗歌的方式：

萧伯纳宣告萨缪尔·巴特勒是他的大师，可谓正确无误，因为巴特勒是第一个发现没有音乐、没有风格也能产生重大效果的人，不管是好是坏……目前我做了一个噩梦，一架闹鬼的缝纫机攫住了我，嘎嘎哒哒，光亮耀眼，更不可思议的是，那架缝纫机还一直微笑着，微笑，永恒不停。

叶芝的《自传》正是由于这种笔法才惹人喜爱。但甚至将这种讽刺和他还在寻找第二个声音时的一首诗相比：

倒不如弯腰曲躬，
擦厨房地板，当采石工，
像个老叫花，不管春夏秋冬；
因为把美丽的声音吟成调，
要比那一切更辛劳，
而校长，银行家，牧师那闹嚷嚷的一帮
志士们所谓世俗界却嫌咱闲得慌。

（此处采用袁可嘉先生的译诗，诗题为《亚当的噩运》。）

他在观念之间也并不确定，即使是那些他恪守终生的观念。在确证之前，他只能以想象的方式来体现它们。即使是那令人称奇的汇集，《幻象》，他也宣称，它是由秘传者趁他昏睡之际以他妻子的声音口授于他；他甚至由此解除了自己的责任，秘传者也被派来为他的诗提供意象，这当然只是借口罢了。

我一直在思考诗人和他的听众，以及听众的消失这一问题。对我来说，叶芝具有一个真正的听众，而非在都柏林、伦敦、纽约、巴黎和大学里分散的少数读者。他聚合了一个听众，他可以引荐自己，出场与之晤对，并得以自由地讲述一切，当然更有义务讲述特定之事。他必定会讲述爱尔兰，它的政治，它的英雄主义，它的纷争，以及它的光荣过去；以悲伤和愤怒谈论它们：

浪漫的爱尔兰已经远去，
它在坟墓里和奥利里在一起。

或以哀悼和赞美，谈及在复活节起义中死去的人：

> 我要在诗中写下——
> 麦克唐纳和麦克布莱德
> 康诺利和皮尔斯
> 现在，和将来的日子
> 凡是欣欣向荣的绿色地方，
> 一切都变了，彻底变了：
> 一种可怕的美已经诞生。

他可以自由地谈论他选择的其他事物：特洛伊、拜占庭、大记忆、月亮、青春和老年、同行作家的谈话、诗的性质、时间和不朽、都柏林的传言、疯简的不名誉的爱，当然首要是他自己，以及他和他的灵魂的对话。他的时代中没有其他诗人拥有如此丰富的主题和情感范围，从高贵精致一直到拉伯雷式的粗俗幽默。他甚至可以自由地做到晦涩，但是是通过那种精致的过剩方能得到的晦涩，就像那两首关于拜占庭的伟大诗歌。可以说，他能够承担得起晦涩，是因为他有一个听众。他全面掌握了他的艺术，因而对各种情感都能表达得恰如其分。在《为吾女祈祷》中，有那种高度沉思的幻想：

> 理性的仇恨是最坏的一种，
> 要让她明白偏见最可憎。
> 难道我没见到最可爱的女人，
> 从丰饶角的口中出生，
> 因为她偏见存在胸中，
> 把丰饶角和种种德性
> ——天性安分者都承认——
> 换来了老风箱，怒吹狂风。
> ……
> 祝愿她新郎带她到家里，
> 一切都合乎习俗、礼仪；
> 这些货色，狂傲和冤仇

都只在大街广场出售；
纯真和美岂不靠寄生
于习俗和礼仪而蔚然长成？
礼仪乃丰饶角的好名称，
习俗乃繁茂桂树的美名。

（此处采用袁可嘉先生的译诗。）

叶芝祈祷他的女儿最好不要像毛特·冈，而除了那一行"换来了老风箱，怒吹狂风"，整首诗具有一种高贵的尊严。而《自我与灵魂的对话》，是对秘密冲突的一种修辞学忏悔，而修辞学本身就是一种公共艺术：

我愿意追溯到它的源头
行动和思想的每一件事情；
忖度着命运；原谅自己的命运！
当我能够抹去悔恨
伟大的甜蜜穿过心胸，
我们应大笑，我们应歌唱，
我们已经被每一件东西祝福
我们看到的每一件东西也是祝福。

在叶芝宏大、堂皇的风格中，可以看到个别诗行或章节从修辞学的陶醉中汲取的力量，这种修辞学陶醉属于一个知道自己正在被倾听的人：

我年轻时认识一只凤凰，就让她们走运。

以及

荷马是我的榜样，而他的非基督的心灵……

和

　　　　我已经熟悉他们的没有呼吸，
　　　　但却不相信我好友的爱子，
　　　　我们的西德尼，我们的完人
　　　　竟能分担一份死亡的莽撞无礼。

　　但是可能最完美的成功存在于他那简单的谜一般的歌里，充满了农民那真实但容易轻信的想象力：

　　　　当我来到了风大的路口
　　　　他们往我的帽子扔了半便士，
　　　　因我正快步跑向天堂；
　　　　而我需要做的，不过是希望
　　　　有人把他的手放进盘子
　　　　扔给我一块腌好的咸鱼：
　　　　在那儿，帝王也只是乞丐。
　　　　……
　　　　穷人慢慢变成了富人，
　　　　富人又慢慢变成了穷人，
　　　　而我正快步跑向天堂；
　　　　很多可爱的聪明人已变痴呆
　　　　学堂里上颠下摇的脚后跟
　　　　也已全部裹上破旧的袜子：
　　　　在那儿，帝王也只是乞丐。

　　如果农民还会作歌，这就是那种诗歌，带有一种对世俗价值的狡猾而又讽刺的评价，以及对另一个世界的信仰。疯简之歌更是出之于农民对世界的判断，最好之时上升到了生活的英雄主义的幻境：

　　　　旌旗掩蔽了天空；
　　　　武装的士兵践踏；

> 披挂沉重的战马嘶鸣
> 当大战正酣
> 在狭窄的关隘：
> 万物终归于上帝。

农民比其他阶层更相信另一个世界，并由于他的职业，而更为紧密地拴缚于这一个世界。关于世界的同样的意象重复出现在《疯汤姆》中：

> 不管是什么站在地里或洪水里，
> 鸟，兽，鱼或人
> 母驴或种马，公鸡或母鸡，
> 都站立在上帝永恒不变的眼里
> 在它的血液的力量里；
> 在那信仰里，我生活或死亡。

在这些诗歌中，农民的审判在一个卓越的公共人物那里找到了表达。但他也可以追随诗歌，在一首诗中他看见：

> 分散在青草之上
> 或躲闪在果树林中
> 柏拉图和米诺斯走过
> 庄重的毕达哥拉斯
> 和一切爱的合唱。

叶芝拥有他自己的特权。

我已经尝试追寻了一个诗人如何变成了一个人，又从一个人变成诗人的过程，通过他的一切品质，好与坏，他的经验，激情，智慧，缺陷，骄傲，狂怒，幻想——他是如何通过这些在他身后或体内的种种，而获得了向男人和女人讲话的自信。一个诗人将诗歌当成一种不能受任何来自诗歌之外干扰的 métier[1]，那么他并不

---

[1] 法语，意为工作。

完全是一个人,而是一个专家;通过这种不失为可敬的冲动,他将自己切离了本会让他的艺术结果的生活。罗伯特·格雷夫斯说诗人只应为其他诗人写作;他自己当然也写下了他那个时代最美丽的诗中的一些。但是叶芝走向了另一条道路,而他的力量也得以无限地扩展,而他的风格也获得了一种威严。

在给多萝西·韦尔斯利夫人的一封信中,叶芝袒露了自己的信仰。他对自己对劳拉·莱汀的诗和她的复杂张力的不公平表示了自责,但接着写道:

> 这种有难度的作品,现在正到处写下(一位来自巴塞罗那的教授告诉我他们那也有这种),具有一种哲学的品质,并且对那种专业类型的诗人来说饱含喜乐;但这不是你的道路也不是我的道路,我们的道路是一条大道,一条强调自然和流畅的道路,在我们这边有 30 个世纪。我们能够"以哲人的方式思考,但以普通人的方式表达自己"。这些新人是一些将镜片贴近眼睛的金匠,而我们已大踏步走在人群前面……并向左右顾盼自雄。"左右",我是说,我们需像弥尔顿、莎士比亚、雪莱那样,广阔的情感,由传统支持的一般概念。

但是还必须触及到自然,正是它让整个世界融为一体。

耕耘在文学翻译的园地

倪庆饩 _____ 撰文

"世界无穷愿无尽，海天寥廓立多时。"

※

一个国家和民族在文化发展上没有翻译的贡献是难以设想的。欧洲国家接受希腊、拉丁以及希伯来文化的影响，《圣经》就是翻译的成果。难以说尽《圣经》对欧洲文化与文学的影响。同样，我国虽然历史悠久，从印度佛经的翻译，至五四前后欧美思想、科技、文学的翻译对我国文化发展的影响是学术界的常识，梁启超、闻一多、郑振铎、朱维之等老一辈学者都做过论述。在一定程度上可以说没有翻译就没有我国今天的文化。

※

创作与翻译各有其优势，鲁迅先生说过："翻译并不比随便的创作容易，然而于新文学的发展却更有功（《现今的新文学的概观》）。"这是纯粹从文学史的角度比较。

创作需要创意，作家写得好，作品是有价值的，甚至可以融入世界文化，这是创作的优势。但就一个作家来说，不是他所有的作品都同样优秀，而翻译可以选择，也就是只选精品译，译得又好，那就是翻译的优势。

※

翻译首先要掌握好母语和一种外国语，这是不言而喻的，同时还要了解中国和你翻译的语言所属这个国家的文化背景知识。我认为翻译是学术与艺术的结合。在翻译过程中这二者是不能分开的。理解原著是正确理解作品的语言和背景，这需要下学术的功夫，然后根据理解再用中文表达，这就是语言运用的艺术，包括翻译的技巧与选词、造句。我同意卞之琳先生的话："谁要是能掌握两个语种及其文化背景到一定深度，就可以把文学作品翻译到一定的高度（《从〈西窗集〉到〈西窗小书〉》）"。

※

翻译工作既选择作者又选择作品。我一定选择一流的作家和他所创作的精品，这得力于我教过文学史。我一般地熟悉知名的作家和他们的代表作。同时又根据我自己的爱好与标准去选择。我选择作品一般要求：一、真实，人物和故事不能太脱离现实。艺术离不开虚构，我说的真实是艺术的真实，背景、人物、性格、情节都是可信的；二、要对读者有启迪，能提高他的精神境界与文学艺术修养；三、语言要美。同时在出版问题上，一般要国内没有出版过的。

※

我最早从事翻译是在中学时期，从课文中翻译过诗和小说。我最早发表的作品希曼斯夫人的诗《春之呼声》就是从教科书上选的，但没有想以翻译为职业，不过出于兴趣和爱好。

进入大学，一年级时期接触新诗又接触译诗，懂一点诗的特色，当时最喜欢的诗人是彭斯，尝试译了他的几十首短诗。一开始翻译就译诗，真是不知天高地厚。50年代初，毕业后首先在一家报社工作，从英文转译了契诃夫的小说《宝宝》，得到发表。后来调到学校教书，从俄文译了几篇评论作为教学参考；50年代至60年代初发表了几篇翻译的苏联小说，有从俄文试译的，也有从英文转译的。由于不断的政治运动，苏联的东西被批成修正主义毒草，60年代中期后（当然欧美的东西更是资产阶级文学），就完全停止翻译了。

1978年拨乱反正，翻译文学复苏，我又拾起了译笔，经老一辈翻译家朱维之先生的推介，参加了天津百花文艺出版社的外国名家散文丛书的翻译。国内以前出版外国文学作品以诗歌、小说、戏剧为主，散文比较落后，百花这套丛书弥补了这一缺陷（现已出60种以上）。主持这套丛书编审与出版工作的是散文家谢大光先生，他为此付出了很大的力量，在我国的翻译出版史上可说功不可没。我的选题比较集中于近代作品：包括史蒂文生、赫德逊、拉夫卡迪沃·赫恩（即小泉八云）、高尔斯华绥、卢卡斯，以及美国的布罗斯；另外该社还陆续出版了一套世界散文名著，我译出了杰弗里斯的《燕子归来》，康拉德的《大海如镜》，戴维斯的《一个超级流浪汉的自述》，加拿大 J·迈纳尔的《我与飞鸟》。选择他们的代表作翻译，根据的原则就是前面提到的几条。另外我还选译了一些单篇，译载在百花文艺出版社出版的《散文》月刊上，作者包括加迪纳、别洛克、比尔博姆、托马斯、林德等，这些是20世纪上半叶英国的小品文名家。我选择他们的作品，一则是我个人的爱好，二则是因为中国现代文学的周作人、林语堂等人的散文小品受到他们一定的影响，从比较文学的角度看，有研究的价值。

有机会我仍旧没有放弃译诗，虽然译得不多。20世纪80年代由朱维之先生推介，我参加了四川人民出版社出版的《英诗全库》的翻译，译过丁尼生的作品；80年代中至90年代初又参加了柳无忌、张镜潭二先生汇编，江苏教育出版社出版的

《英国浪漫派诗选》的翻译。译诗当然较难，不过能够同一些译诗的前辈翻译家并列，也可说是一种光荣。

※

翻译受原作的限制，应该尽量表现原作的风格，但是根据我自己的经验，我感到有作家的翻译和学者兼教师的翻译。作家的翻译比较自由，偏重意译，有的地方近乎改写；学者兼教师的翻译比较严谨，即重意译又不放弃直译，但有时难免拘泥。这不是说作家的翻译不忠实，学者的翻译不流畅，只是一个"度"的问题。

翻译史上一直有直译与意译的分歧，我觉得直译与意译都是方法，不应偏废，只要能达到忠实流畅表达原意。比如人名、地名一般都音译也就是直译；又比如成语，英文中的"一石二鸟"可译为"一举二得"或"一箭双雕"或者保留原来的形象说法；成语中有个文化背景的问题，如"习以为常"不要译成"司空见惯"，因为外国没有"司空"这个官（典出唐朝刘禹锡的诗）；"新手""生手"也不要译成"初出茅庐"，因为外国人不可能知道诸葛亮。随着科技的发展，音译词与直译词会愈来愈多，或者音译加意译，约定俗成。

对翻译，新文学的奠基人之一，本身也是翻译家的胡适先生，说过非常精辟的意见，他说："翻译原则只有一条：细心体会作者的意思，而委曲传达之。换言之，假使作者是中国人他要说这句话，应当怎样说法？依此标准，则无所谓直译与意译之区别；亦无信、达、雅三种区别。此三种区别皆是历史的遗痕。在初创翻译之时代，不能兼顾到达意与保有风格两种条件，所以译者往往删除细碎的枝叶，只留原意的大旨。如今时代不同应该保存原文细腻语，应该显示出原文的风格。"

在当代翻译理论上，傅雷先生主张"重神似不重形似"。译文要做到"行文流畅，用字丰富，色彩变化"。傅译的影响很大，这似乎可以归结为他的风格。

钱钟书先生主张"化"；卞之琳先生主张"信""似""译"；刘重德先生主张"信""达""切"；中国的翻译理论好像文学上传统的诗话，都是片言只语，缺乏系统的理论著作，这些都有待研究翻译风格的学者去进一步探讨。

※

在小说方面我喜欢巴金、丽尼、陆蠡译的屠格涅夫作品，他们本人也是散文家，译文清丽流畅，屠格涅夫的原著就是如此。因了他们是从英译转译的，我的感觉应由我们俄国文学的研究者去评定。此外我也喜欢戴望舒、徐霞林、卞之琳等译的西班牙阿索林的散文。那种诗化的散文也正是我追求的。

※

我译散文较多，原著内容大致可以分为两类：一类是写自然风景的美文，另一类是写世态人生的随笔小品。我热爱大自然（美的方面而不是地震海啸等等）却身处闹市，没有机会在大自然中徜徉，因此只能用阅读来弥补这一缺憾。我喜欢的另一类散文是有幽默色彩的小品，我以为生活太累，人们为谋生而奋斗不可避免，需要调剂，不能再让精神始终处于紧张状态，所以我译了一些这类随笔小品。又回到现实，这也可以代表我的性格的两面。

我感到我的贡献首先是译介了史蒂文生的游记。过去我国翻译界多介绍他的小说，真实他的散文成就不在小说之下，这是文学史家的定论。我译的史蒂文生小说《巴兰特雷公子》前面有一篇长序，是我对史蒂文生研究的一个成果。他一生疾病缠身，但保持乐观的精神勇敢地与病魔苦斗，使我非常佩服，对许多身处逆境的读者也是一种鼓舞。他的文笔洗练优美，也值得青年作家学习。80到90年代我陆续译出他的《骆驼旅行记》《内陆航行记》，以及《南海行》《横过平原》《西尔维桂多的不速之客》《回忆孤舟白露》等作品的部分章节，扩大了读书界对他的了解。

我们另一个成果是让中国的读者熟悉了赫德逊。过去只有梁遇春先生翻译过他的散文，李广田评介过他的《鸟谷探奇》，我把《鸟谷探奇》全译成中文，又选择了他的自传《远方与往昔》的一部分，以及《区塔冈尼亚的岁月》《丘陵地带的自然》个别篇章，还完整地译出《鸟和人》有待发表，和小说《流霞》，让中国读者头一次比较全面，深入地认识了这位了不起的作家和自然学家。介绍赫德逊的另一重大意义是他的环保意识，他是环保运动的先驱，为保护鸟类大声疾呼，这一点是特别宝贵的。

我感到高兴的是还让拉夫卡迪沃（小泉八云）这位被中国读书界遗忘的文学奇才重新出现在中国读者的视野。我译出了他的《舞女》《君子》《一个夏日的梦》，《在日本的庭院里》《烧津》等绝世的美文，也就是诗化的散文，使爱好小泉八云的奇文的人认识到他不但是学者也是散文大师。

在美国文学方面，我译介了爱默生的《日记精华》，原编者勃里斯·佩利是林语堂先生的老师，哈佛大学教授。爱默生的作品在中国已出版多种，但《日记》则是第一次集中发表。爱氏自称《日记》是他的"储蓄银行"，他的作品的原始思想就保存在《日记》里。《日记》中有许多美文和他的传记的原始材料。我是爱默生的敬慕者。2002年他的二百周年诞辰我还写了《新英格兰的先知》一文以纪念他。对美国文学，我还向中国读者介绍了布罗斯的散文。布罗斯是美国自然学家和散文家，像赫德逊一样，中国读者恐怕也不熟悉他的名字。他跟梭罗都是爱默生学派的继承者；他也写日记；我选择了他的日记的一部分以及描写大自然的美文，并撰写了《布罗斯和他的散文》作为附表，对他的生平和创作进行了初步的介绍和评论。由于偶然的机会我得到了一部加拿大散文文学作品《我与飞鸟》。作者 J·迈纳尔不是一位职业作家，他根据他从事的保护候鸟的工作，写出这一部对我国的同一职业的工作者具有参考价值，对一般读者也会使他们感到兴趣的作品。对加拿大文学我缺乏原著，未能尽更多的努力。

对我的每一部译著我都写了序跋作为导读，是我对每一位作者的研究成果，我觉得这是译者的责任。我前面说过翻译是学术与艺术的结合，我终生是一个教书匠，学术研究也是我感兴趣的工作的一部分。

"文章千古事，得失寸心知。"尽了努力，回过头去看总发现留下一些毛病，有的地方句子太长，有的地方词条单调[1]。理解不透彻以至错误，注释不同，等等，完美是我追求而永远达不到的境界。

※

简单地说英诗的格律主要是音步，音步由若干段重音（诗律上称为抑扬）配合组成，是为格，再就是韵脚。有人主张以顿代步，朱维之先生不主张拘泥于原诗的格律，他认为那是给自己戴镣铐。我记得鲁迅先生说过，译诗只要每行字数大致相等，再加押韵就行，我同意这种变通的主张。我在译济慈的《圣安妮节的前夕》时就是这样做的。原则上每行14个字左右，韵脚按原诗排列 ababbcbcc。当然我押韵是用现代的汉语拼音而不是古韵书。用词力求典雅瑰丽，符合济慈的风格，念起来要有节奏感。

至于雪莱的《阿拉斯特》，因为是无脚韵的素体诗，因而译诗也没有押韵，不过每行的字数也大致相等。

总之，译诗是吃力不讨好的，我虽感兴趣，但还是有自知之明，不轻于尝试。

※

我翻译遇到的困难首先是选题，因为许多名著已有译本；如果重译水平不超过旧译就没有价值，但超过前辈又谈何容易。其次高校图书馆外文藏书多为一般名著，更不用说地方图书馆（北图除外），名家的作品不一定都值得译，或自己有能力译，即使有，译出来也不一定得到出版的机会；原因一是出版社考虑到效益，二是版权，比如我译的A·赫胥黎的散文选，迄今未能发表。翻译稿酬低也是一个问题。

---

[1] 比如 sweet 这个词，基本意思是甜蜜可爱，但也可译成娇美、鲜妍、娇憨、甜润、甜美、温柔，等等；good 可以译成虔诚、慈爱、孝顺、贤良、尽我（杨必先生译例）。

另外一个使人头痛的问题就是电脑排版常出错误。例如赫德逊的作品中出现一种南美的距翅麦鸡，排版错成距蹼麦鸡，鸡只有距，鸭才有蹼，这类错误使读者认为译者缺乏常识。别的作品中还有把法国作家《冰岛渔夫》的作者罗题（Loti）错成罗逊；敦促错成"敦徒"，词藻错成"词薄"，亭亭玉立缩成"亭立"，等等，使人费解，差之毫厘，谬以千里。

现在翻译文学走向低潮，约稿选题多为间谍侦探小说，畅销读物，我倾向于译经典性的、严肃的作品。

当前我最迫切的愿望是我去年完成的 D·华兹华斯的《格拉斯米尔日记》能出版，本来我也想译诗人 W·华兹华斯的《湖区导游》，但未能找到原著，把它们合起来献给读者，是研究华兹华斯最好的入门必读书了，本身也是优美的散文。

另外，我还想译一点加迪纳、别洛克、林德、比尔博姆等名家的小品，以充实《坠露集——英国近代散文选》。

回顾过去，展望未来，想起梁启超先生的诗："世界无穷愿无尽，海天寥廓立多时。"欣慰与怅惘交集。

《俄国来信》与西方的防卫
——从亨利·马西斯到沃尔特·贝德尔·史密斯的偏见模式

米尔西亚·柏拉图 ＿＿＿＿ 撰文　　谭　笑 ＿＿＿＿ 译

　　许多西欧和美国的冷战分子会恐惧且不信任"农民大众"——俄国、亚洲、非洲、拉美，甚至美国南部的黑人或阿巴拉契亚白人——而总是会谈论"模糊"、暴力、原始、部落、狡猾的农民大众，一个粘滞的群体，甚或是生物学的群体，充满偏见地认为他们会持续对人道和个人主义的西方法律秩序构成威胁。

　　艾斯多费·德·屈斯缇纳的书信集《俄国一八三九》于1843年在法国初版，并在19世纪后半叶十分畅销。这本书先后被译成英语（1843）、丹麦语（1844）和德语（1844），引发许多俄国官员、贵族和作家颇有价值的批驳，其中最为精彩绝伦的一篇是泽维尔·拉宾斯基伯爵用法文写就的。亨利·J. 布拉德菲尔德[1]将其译成英文，献给保守派政治家乔治·汉密尔顿－戈登，时任皮尔内阁的外交大臣，1852—1855年担任首相期间将英国卷入克里米亚战争。

　　冷战期间，屈斯缇纳的书信集迎来第二次出版热潮。1946年亨利·马西斯出版了该书的删节本，向法国公众重新介绍这些被长期遗忘的关于俄国的书信。中情局支持的冷战刊物《地平线》1948年第9期将屈斯缇纳的书信集普及成关于"俄

1　H. J. Bradfield, *A Russian's reply to the marquis de Custine's "Russia in 1839"* (London: T. C. Newby, 1844).

国性"的首选读物,比菲利斯·佩恩·科勒的书信集译本[1]还要早3年。美国冷战分子乔治·凯南和沃尔特·贝德尔·史密斯上校一发现这本书,便迅速将其认定为关于"俄国魂",也即关于"谜团内部之谜裹着的谜语"最富预言性的读物,后者指的是——根据温斯顿·丘吉尔及其冷战分子同僚的说法——苏联。乔治·凯南1951年1月致菲利斯·佩恩·科勒的私函中,对屈斯缇纳的书信集颇有微词,认为这位法国侯爵忽视了"沙皇威权的顽固外壳之下"涌动着的"充满活力与雄心的发酵"[2]。然而,凯南的清教主义,他的准詹森主义者索隐法[3]以及道德悲观主义,强化了其对历史比附与传记对应的偏好,比如对他和远房叔父乔治·凯南[4](1845—1924)之间的比附,后者是旅行者、记者,19世纪末沙皇专制最有力的批评者之一。凯南是那种非常古怪的政治现实主义者,对冷战现实的独立评估,使其将某些情况视同为千禧年问题解决方案公式般的"典型"重复。敏锐的研究者已经点明了凯南那动机审慎的信心,即冷战允许西方基督教文明"赎回"被一系列出于迷信的虚假宗教所困的俄国大众。[5]由此,凯南独有的现实主义招牌,将某些特定的历史语境或事件转化成更大的天命论范式,促使其认定屈斯缇纳的书信集是一部关于尼古拉斯一世时代俄国的坏书,却也是一部关于斯大林时代苏联的佳作。[6]

在某种意义上,凯南的旧制度保守主义思维有助于其共情地阅读屈斯缇纳的书。悖谬的是,屈斯缇纳在20世纪复活,不是由其19世纪的"现代"浪漫元素——如一个注定失败的拜伦式波罗的海贵族,欺骗船员将船只撞上岩石海岸以

---

1 Adam Sorensen, "The Importance of the Marquis de Custine," *Horizon* 18: 105 (September, 1948), 212–220, 215.

2 凯南引自 David S. Foglesong, *The American Mission and the "Evil Empire"*, Cambridge: Cambridge University Press, 2007, 113.

3 "索隐法(figurism)倡导一种循环历史观,以此观照,《旧约》中的事件在过去和眼下同时'启示'或预言了教会的历史。对索隐法的信徒而言,事件与个人……既非随意的,亦非卑微的,而是在更宏阔的教会历史中互相启示。"(Mita Choudhury, *Convents and Nuns in Eighteenth-century French Politics and Culture*, Ithaca: Cornell University Press, 2004, 35)

4 David S. Foglesong, "Roots of 'Liberation': American Images of the Future of Russia in the Early Cold War, 1948–1953," in *The International History Review* 21:1 (March, 1999), pp. 57–79, 60.

5 Foglesong, "Roots of 'Liberation'", 65.

6 George F. Kennan, *The Marquis de Custine and His Russia in 1839*, Princeton University Press, 1971, 卷中的这些文章于1969年在牛津首次披露; John Lewis Gaddis, *George F. Kennan: An American Life*, New York: Penguin, 2011, 619–621.

便抢劫他们的故事——所保证的，而是由其老式的对道德泛化和敏锐智慧的嗜好。屈斯缇纳的书极其像一次"感伤的旅行"，布拉德菲尔德认为他将劳伦斯·斯特恩的《穿越法意的感伤之旅》当成了一种基调的引导，或一剂对抗法国优越感的解药，因为斯特恩记述了法国旧制度海关官员征服外国旅行者的掠夺行径。[1] 实际上，这是用一种拉布吕耶尔式的 17 世纪道德激情勾勒出道德肖像，并减少任何类似于尚福尔式的 18 世纪智慧的双关语境。只是，拉布吕耶尔画出了抽象的道德，而非民族的、典型的道德，与法国新古典主义文学要求的礼仪个性保持了距离。相对而言，尚福尔式的集体主义包容个性，很多时候甚至公开姓氏，但尚福尔著名的"点将录"从来不打算成为一般的真理。屈斯缇纳融合这两种旧制度形态，即创造了路易十六时代倾向说教与詹森主义作家类型学的风气，以及路易十六晚期启蒙运动作家犀利与愤世的思维，写成一本不可抗拒的书，充满了黑暗、说教、道德化的俏皮话，旨在针对一个他称之为"俄国人"的人类形态。当拉布吕耶尔、拉罗什富科或沃夫纳格撰文探讨专制主义对法国廷臣的影响时，屈斯缇纳则关注专制主义对俄国贵族和民众的影响。旧制度道德主义者会给出常见的新古典主义解决方案，例如抛弃法院及其虚伪而退守乡村。屈斯缇纳与此不同，他的书没有留下理想的解决方案，只有一种对政治自由主义的敷衍接受（与其同时代人托克维尔一样，后者担忧自由主义会终结于大众化与无差别化），以及一种对俄国专制主义的持久恐惧。屈斯缇纳对俄国的分析受到约瑟夫·德·迈斯特的影响，后者深信的天主教教皇绝对权力主义厌恶其所共享的东正教。东正教会是以长老为首的神圣会议管理的地方自治教堂，但彼得大帝于 1718 年废除了俄国宗主教，并在 1721 年建立了一所教会学院，更名为"至高无上统治万有会议"，管理教会的一切行政和宗教事务。会议中塞满了沙皇的亲信，意味着国家对教会管理机构的同化。[2] 尽管东正教神学家痛惜于他们的追求变成教会的一种"新教化"，天主教神学家则谴责其为拜占庭皇帝教宗主义的死灰复燃，这使得俄国教会更加挣脱教皇的权威。根据屈斯缇纳的观点，俄国的宗教不同于西方，而更接近东方的亚洲。甚至，沙皇对无知的农民大众行使的

---

1 Bradfield, *A Russian's reply to the marquis de Custine's "Russia in 1839"*, xxi–xxii.
2 James Cracraft, *The Church Reform of Peter the Great*, Stanford, ca: Stanford University Press, 1971, 306.

神学政治专制，在迎合后者想要征服所仇恨的西方时得到了最有力的支持。

凯南对屈斯缇纳的热情蔓延到整个自由世界，后者的书信集陆续被出版，有删节版，亦有乌克兰语（多伦多乌克兰移民社区推出）、荷兰语、西班牙语、意大利语、德语和波兰语（在伦敦）等版本。美国早在1854年就已出版了首个删节本，适逢克里米亚战事刚起，但直到百年之后的冷战之初才引起共鸣。1951年，菲利斯·潘恩·科勒的节译本由右翼的亨利·勒涅里出版社推出[1]，时任中情局局长沃尔特·贝德尔·史密斯上校作序。随后半个世纪，该版本在英国和美国长销不衰。东欧共产党政权垮台后，屈斯缇纳的书信集已流传至摩尔达维亚、罗马尼亚、波兰和保加利亚等国。

19世纪的作家和20世纪的一大批学者，谴责屈斯缇纳的书信集是"虚构的"，或曰"白日梦"的结果，但后者却被一个庞大的阅读群体作为典范所接受，更重要的是被美国政策制定者的继承者所接受。兹比格涅夫·布热津斯基表达了对1987年一个俄语译本书信集的认可："没有一个苏联学者拥有屈斯缇纳对俄国人特性或俄国政治中拜占庭式本质的认知。"[2] 冷战期间的诸多译本（乌克兰语、德语、西班牙语、英语）都在书名中凸显屈斯缇纳书信集的"预言性"，宣称其提供了"永恒"俄国的"真相"，"过去与现在"无所变化。然而，屈斯缇纳原作的价值，而非其在冷战期间反苏文学中所扮演的角色，已经受到更多学术上的关注。本文首先探求马西斯当初重新发现书信集的背景，其次分析冷战宣传建构自身"相关性""现实性"及"预言性"的方式，以求有助于对冷战宣传的历史性考察。[3] 接下来的篇章，笔者首先会审视马西斯（书信集的首个传播者）将其融入自己意识形态模式的路径。随后，分析这本书在二战后意识形态背景下的运作方式，以期发现书中所谓的相关性

---

[1] 节译本书名为《我们时代的旅行：俄国纪行》。

[2] 引自 Larry Wolff, *Inventing Eastern Europe: The Map of Civilization on the Mind of the Enlightenment*, Stanford: Stanford University Press, 1994, 365.

[3] 见 Robert Nisbet, "Has Futurology a Future?," *Encounter* November 1971, 19–28, 26.

与战后世界的幸存者之间的关系，因战后世界延续了欧洲右翼势力在两战期间接收理念的混乱和偏见模式。在结论中，笔者会通过审视原因类别，指出"si non e vero e bene trovato"（非真实的终被揭穿）这一争论足以说明屈斯缇纳的《俄国来信》对于发动冷战的特殊意义；与此同时提出疑问，是否书信集的针对性不取决于对背离深层次偏见甚于洞察力的表面价值文化刻板印象的接受。屈斯缇纳的书信集则已衍变成西方欧洲—天主教意义上呈现"俄国专制主义"的东方学著作。如果二者在 20 世纪某些防卫知识分子群体中享有巨大的声誉，被认为属于先知的，或各自属于后知的"杰作"，那么这或许更多指的是冷战偏见模式，而非俄国的历史。[1]

屈斯缇纳《俄国来信》与马西斯《西方的防卫》

屈斯缇纳《俄国来信》在 20 世纪的第一位编辑，是法国天主教右翼散文家亨利·马西斯，首先在 1946 年出版了该书的删节版。由于他在两战期间对法西斯的支持，以及在维希政权中扮演的智囊角色，法国解放后受到卖国罪的指控——在经历了为期一个月的"行政拘禁"后，以一种谨慎、自愿且简单的方式"退休"，这帮助他逃脱了应有的"制裁"。1946 年马西斯匿名出版了《俄国来信》，但到 1951 年普隆出版社再版时，却增加了马西斯的一篇序言。他在战后文学荣耀的康庄大道上一路驰骋，1960 年当选法兰西学院院士。马西斯编辑的版本大受欢迎，法兰西读书俱乐部于 1957 年和 1960 年两次再版，确保屈斯缇纳的书信集与马西斯的序言赢得了极为广泛的受众。这种受欢迎程度促使我们质疑：马西斯，一个特别擅长将隐秘流传的偏见发展成为知识分子所尊重的公开正统观念的记者，为何选择将俄国或者苏联作为其在维希政权中出版的最后一本书《揭秘俄国》[2] 的主题，同时又是解放后的第一本书即 1946 年屈斯缇纳书信集的主题？马西斯对俄国的关注是其思想的永恒主题之一吗？抑或取决于与纳粹结盟的保守维希政权的反苏政策，或取决于急切确保法国在美国主导的"自由世界"占有一席之地的第四共和国中广泛的反共

---

[1] L. R. Lewitter, "The Apocryphal Testament of Peter the Great," in *The Polish Review* 6: 3 (Summer, 1961), pp. 27–44.
[2] Astolphe-Louis-Léonor de Custine, *Lettres de Russie* (Paris: Éditions de la Nouvelle France, 1946).

精英群体？答案是，俄国是马西斯最初始且最持久的精灵，他不断努力去适应占据其整个生命的反俄情结，发表法国联盟当下所需要的任何言论。

马西斯在一战前以"阿伽通"为笔名，与阿尔弗雷德·德·塔尔德合作出版《新索邦的精神：古典文化的危机，法兰西的危机》与《今日青年》两部书时，已使自己成为"年轻一代"防卫者的代称。这两部书指明了在"老一代"的"颓废""腐败""实证主义/物质主义"与"新一代"的"纯洁""唯心主义""理想主义"及努力"更新"之间相对立的代际主题[1]，并在两战期间的数年里变得极具影响力，尤其是在法西斯和"第三条路"的圈子里。到1925年，时年39岁的马西斯放弃了"年轻一代""更新"西方的主题，转向另一个更具持久力的主题——"西方的防卫"，以对抗古老亚洲的非理性和可疑的神秘主义，以及美国或俄国/苏联等年轻国家的不成熟。

马西斯所防卫的西方，是法国行动派思想家如查尔斯·莫拉斯或皮埃尔·拉塞尔笔下成熟、古典、理性，但又传统主义、保皇主义或威权主义的罗马—天主教西方。总之，它是反对源自亚洲的朦胧神秘主义，反对俄国与德国的亚洲式"非理性"，或侵蚀西方文明中拉丁现实主义者、教条式结构的浪漫主义威胁。就像皮埃尔·拉塞尔站在法国古典主义立场批评德国浪漫主义一样，马西斯在《西方的防卫》中呼吁保卫西方文明、内在的罗马—天主教传统和古典的地中海文明，反对以宗教国度印度或中国为代表的东方，也反对以俄国布尔什维克主义、德国文化、日本帝国主义为代表寻求从亚洲消灭西方的东方，也反对以圣雄甘地为代表的东方。将所有这些运动和人物关联起来的是他们对西方文明的拒绝，或他们虚伪的、权宜的拥抱。正如马西斯所云："西方文明的命运，也即人类自身的命运，在今天受到威胁"；"西方精神的危机即是精神自身的危机"；"斯拉夫神秘主义与德国唯心主义"被一种"东方毒药"所充斥，以"不稳定性"、

---

[1] Paul Mazgaj, "Defending the West: The Cultural and Generational Politics of Henri Massis," in *Historical Reflections* 17:2 (1991), 103–123.

内在主义和含混大众化的名义,攻击依赖于个人自治理念的西方人类学基本原理,也攻击依赖于"团结、稳定、权威、持续"的西方文化和政治的基本原理。拉丁(罗马天主教)现实主义者关注"事物",才使得马西斯后来将法西斯描述为"对事物的指导",即牢牢把握现实[1],而亚洲则关注于幻想、专注于冒牌的神秘主义,如亚洲解放运动、苏联布尔什维克主义、德国帝国主义和国家社会主义。

在《西方的防卫》中,马西斯将布什维克主义简化为"斯拉夫主义",又将斯拉夫主义简化为亚洲野蛮主义。马西斯还认为,俄国共产主义的最大威胁,在于它教会了亚洲和非洲人民如何反抗西方文明。对马西斯而言,"西方"是一种心态、一种文化,而非一个精确的地理名词。这种理解允许马西斯去捍卫"西方"的全球投影,如西方文明正努力作用的法国殖民地财产以及土地。马西斯试图保留的西方包括法国、葡萄牙、西班牙及意大利的殖民地,它们的存在仅仅是具体的—地理的—现实的拉丁语"掌管"的另一种表达。他的理想主义,有如他所谴责的德国唯心主义一样,转化成一种非常坚固的政治现实主义和殖民地权利意识。他提出"西方的防卫",主要是对抗允许"东方"即殖民地挑战占世界三分之一的西欧的思想或运动。马西斯对非基督教或反基督教学说,如神智学者、德国唯心主义者,或日本、印度、中国思想家的谴责,受到了反西欧／拉丁殖民作用的影响:是他们以武器对抗自信的政治价值,对抗西方殖民势力的权利意识,刺激马西斯拒绝认可他们。在马西斯看来,俄国是这些反殖民主义邪说和含混唯心论的主要操控者与制造者,因为俄国已经习惯于生活在异端和不道德宗教沼泽中,那里充满了爬行的异端和悚人的教派。之所以如此,是因为这些说法缺少俄国东正教在教条制定和基督教教义阐释方面的利益,是俄国的东方思想厌倦了制造如此多异端,决定仅仅通过不谈论它的方式保留其教义。从彼得大帝到列宁和斯大林,俄国的崛起标志着"野蛮人的回归,是人性中较少意识和较低文明等级对更高文明和意识部分的新胜利"。马西斯写到,在克里米亚战争和柏林会议之后,脱离欧洲的俄国及随后的苏联将势

---

1 Henri Massis, *Chefs* (Paris: Plon, 1939), 8.

力扩张至亚洲,将其作为打开欧洲的关键。该主旨一旦被卓有影响的美国防卫知识分子所接受,将在冷战期间产生巨大的反响。

1940年1月,《西方的防卫》收入马西斯的《三十年战争：1909—1939年的命运》中再次出版；1956年又被收入格拉塞出版的相同主题的马西斯文集《西方及其命运》。在1940年版本中,《西方的防卫》被置于其最初版本发表前后马西斯所写的文章中间。这些文章集中阐发了"德国的永久威胁",以及希特勒通过种族排他主义挑战天主教普世主义,并由此在普世价值基础上颠覆西方文明的方式。在这一点上,无论是《西方的防卫》还是《三十年战争》都没有提到屈斯缇纳。

在一本1944年4月拉尔丹切里昂出版社出版的《揭秘俄国》中,《西方的防卫》相关材料被第三次大规模再利用,屈斯缇纳在此时突然出现。这本书有一篇马西斯写于1944年1月的短序,序中将该书视为《西方的防卫》的"补充",是一系列对苏联在二战中强大恢复能力的经济和政治结构的研究。马西斯还指出,《揭秘俄国》与《西方的捍卫》有"若干章节"重合,那些章节基于"心理学和俄国民族历史"讨论"一般真理",在马西斯看来是唯有的几篇能够揭示"让许多西方人惊讶"的俄国忍耐力的文章。这本书的意识形态特征从一开始就很明显,其时马西斯声称,"无政府状态,其野蛮程度不逊于入侵",总是在东部平原的地平线另一侧涌动,周期性爆发,以"破坏"西方的制度和道德。事实上,《揭秘俄国》是《西方的防卫》又一版本,只是清除了所有谴责德国威胁及其与斯拉夫亚洲主义共谋的章节。其余关于俄国的章节都根据德国的宣传需要进行了调整,并增加了与经济发展相关的新内容,经济的发展使得苏联能够抵抗以德国为首的袭击。这些章节追踪斯大林统治之下苏联的经济发展——大规模工业化,钻石、黄金及其他稀有金属矿的开放,石油工业的发展,西伯利亚航线的开通,为发展重工业、提高生产力而引进西方专家和美国理念的方式——读起来好像一幅德国及其盟友因未能征服苏联而错失的愿景。

这些经济相关的篇章，也帮助马西斯从其之前反对双重日耳曼－斯拉夫非理性主义（该主旨在当时的情境中很难被接受）的哀叹中摆脱出来，而专注于证明纳粹德国的敌人，即美国和苏联同样是西方文明的敌人。这三个国家中，俄国或苏联是唯一一个被贴上"野蛮人"标签的国家，这个词有着双重的马西斯主义意味，或是原始的、野蛮的、鞑靼的，或是受技术官僚影响的现代暴行[1]。在阐述美国和苏联共同的普遍性发展主义主题时，马西斯指出这两个国家有着同样的生产力神秘性，以及对机器和混凝土的崇拜[2]。在马西斯看来，苏联和美国都是"捕食者和迁徙者"的民族。实际上，苏联是一个"新美国"。马西斯还解释，苏联的工业化，既受苏联征服欧洲欲望的驱使，也与自彼得大帝时代以来俄国民族的战争本性及军事化生活有关。彼得大帝曾匆忙地效仿西方，以掩盖俄国的亚洲特征，由此可以更轻松地征服欧洲。这些观察，谴责布尔什维克主义成为斯拉夫主义的面具，谴责斯拉夫主义成为亚洲非理性主义和反西方主义的伪装，成为旧版《西方的防卫》中最重要的段落。马西斯宣称，俄国人是"从未感觉自己与西方其他民族历史命运紧密相连的亚洲人"。俄国布尔什维克主义实际上是"鞑靼绝对主义"，作为俄国的"游牧主义"，他们据说"需要四处迁徙"。

这种隐晦的、自虐的集体主义与一种隐晦的、自虐的宗教共存，即有着蓬头垢面、住修道院、禁欲苦修僧侣的俄国东正教，只不过是对业已腐败的拜占庭帝国基督教凶猛、野蛮的歪曲。如果将西方文明归功于罗马－天主教会，那么俄国东正教对俄国文明则毫无贡献，反将其与西方文明的利益割裂开来。[3] 马西斯认为，俄国人在文明性文盲之外，用一种"迷信"和"病态"的基督教语言喋喋不休，缺乏任何"真正活泼的教义之光"；宗教之所以重要，因为它是所有社会历史的关键，是俄国人中腐败、堕落的亚洲－拜占庭基督教徒解释堕落而野蛮的俄国社会的关键，

---

1 见 Henri Massis, "Allemagne 1932," in his *Au long d'une vie*, Paris: Plon, 1967, 116–147, 136.
2 关于这种共享的发展主义如何塑造了冷战，参见 Michael Adas, *Dominance by Design: Technological Imperatives and America's Civilizng Mission*, Cambridge, Mass: Belknap, 2006, 246–251.
3 在相同材料的1927、1940、1956 年的三个版本中，马西斯也攻击了路德以及宗教改革所产生的国家教会，他认为后者孵化出了纳粹分子的种族主义之卵。

因为"在这个无知和不快乐的民族中间,没有任何荒谬或不道德的行为缺少信徒和追随者"。为了佐证自己关于俄国东正教是"发展停滞与敌意之根源"的观点,马西斯援引法国天主教教皇至上主义作家,或俄国天主教教徒如约瑟夫·德·迈斯特雷、安妮·苏菲·斯威特切尼及彼得·恰达耶夫,指出俄国与西方相比之下的落后,并且在俄国对罗马天主教的拒绝中找到这种文明鸿沟的根源。恰达耶夫借助天主教传统主义者与浪漫主义者之间的论争,来探求俄国错失中世纪知识分子和骑士冒险的事实。根据恰达耶夫的第一部哲学通信所述,一段真正的骑士、圣战年代的缺失,导致俄国在沙皇的统治下从野蛮走向迷信、走向耻辱,并在持续的运动中留下一个不稳定的国家,充满了"土地上的陌客",没有一段历史或文明从传统及与其他种族交往中诞生。[1] 这个主题一直存在于19世纪,并在诸如美国大使威廉·C. 布利特等天主教知识分子的作品中再现。布利特发表在1944年9月4日《生活》上的文章《世界始于罗马》,普及了一个以罗马教廷为中心的西方文明形象,并永远地"受到来自东方大规模入侵者的威胁"[2]。

马西斯重新利用了这些主题,甚或进一步暗示俄国在宗教问题上统一教条的缺失,导致其在民族统一上的缺失。美国勘探家约翰·D. 利特尔佩奇曾在1930年代担任苏联黄金信托委员会副委员,他指出苏联每两个白人中间就有一个"有色人"。马西斯引用利特尔佩奇的观点,指出"在一个广阔的陆域上,各种各样的种族,不同的文明程度,并存的不同生活方式……创造了一种与思想和行动的统一极不相称的状态,任何大帝国或小国家都无法脱离这种思想和行动而存在"。然而,为了上演一场新的蒙古入侵以征服"小欧洲",苏联人民通过崇拜"生产—征服"、通过斯大林"重塑草原帝国"的欲望而联合起来。马西斯引用伪造的"彼得大帝遗诏"指出,苏联的目标与那些沙皇一样是征服君士坦丁堡和印度,由此"征服世界"。马西斯相信,大不列颠、美国与俄国都是以亚洲为中心的帝国,他们的冲突

---

1 Franklin A. Walker, "Peter Chadaev and Catholic Unity," *Report*, 26 (1959), 43–56.
2 关于这个主题更多天主教徒的化身,及其屈斯缇纳式疗法及冷战的复活,参见 Dennis J. Dunn, *The Catholic Church and Russia: Popes, Patriarchs, Tsars and Commissars*, Aldershot: Ashgate, 2004, 5–53, 133–152.

与他们的文化、政治及道德价值观之间的根本差别非常小,反倒在争夺亚洲空间的竞赛方面差别很大。俄国相对于英国和美国的优势在于——马西斯赞同维多利亚帝国主义者、大不列颠殖民地大臣约瑟夫·张伯伦的观点——它比任何其他国家都更"能同化亚洲人"。

在这则材料的 1927 年和 1940 年两个版本里,马西斯警告了同时来自苏联—亚洲与德国—亚洲区域的危险;但在 1944 年的《揭秘俄国》中,他删去了有关于德国—亚洲融合的段落,而只关注苏联、英国和美国在亚洲的利益。马西斯传达了这一信念,即英国和美国迟早一定会意识到纳粹德国并非他们在亚洲的竞争对手,亦非他们的敌人,苏联才是。为了证明这一观点,马西斯只解释了哈罗德·麦金德关于地缘政治名言的一半:"谁统治了东欧,就掌控了心脏地带;谁统治了心脏地带,就掌控了世界岛;谁统治了世界岛,就控制了整个世界。"[1] 由于纳粹德国在二战的大多时间内控制了东欧,马西斯就忽视了麦金德名言的另一部分,并指出由于美国"痴迷于""谁在亚洲赢得至高无上的地位,谁就将控制世界"的说法,且由于"德意志帝国永不会与美国争夺太平洋",美国人将不得不意识到日本,最重要的苏联才是他们真正的敌人。英国处于相同的位置,马西斯也表达了他的信心,唯有第三帝国的活动才能使苏联远离欧洲,而远离大英帝国的边界使得英国成为苏联的盟友。苏联在维斯瓦河与奥德河的决定性胜利,将影响到英国在亚洲殖民地的命运,进而影响到英苏联盟。一旦脱离"德国的控制","斯大林主义俄国"会将注意力转向亚洲的"帝国发源地",由此将其"巨大的触角"伸向整个东方。马西斯告诫大英帝国和美国,他们只能希求通过攻击其唯一一个拥有生命中枢的欧洲脑袋,而非其"巨大的"亚洲"身体"来防御苏联。到那时,为了打败苏联,大英帝国和美国将需要所有他们能从欧洲的德国、亚洲的日本得到的帮助。马西斯在结语中指出,不幸的是,将两个伟大的盎格鲁—撒克逊国家与德国联合起来的真正利益和相似性,被控制了莫斯科乃至伦敦与华盛顿的犹太精英分子所掩盖。马西斯引用查尔

---

1 Halford Mackinder, *Democratic Ideals and Reality*, New York: W. W. Norton, 1962 [1919], 150.

斯·莫拉斯的话指出，英美之间的非自然联盟只能通过犹太人的"摆脱诸多自然分歧"，以及莫斯科、伦敦和华盛顿之间"许多意识形态趋同"的"人为性"事实来解释。为了西方文明的未来，马西斯希望西方国家之间的纷争能够停止，以便它们能团结起来，对抗蛰伏在东方的"巨大入侵"威胁。

在这本书的第一个长篇附录"彼得大帝——布尔什维克主义的先驱"中，马西斯通览了俄国的历史，并将其视为一种单一原则即"统治莫斯科人的意志"的例证。彼得大帝的现代化与斯大林主义的工业化，以及跨越两个统治者之间几个世纪的全部历史，都只是俄国统治者专制的一种表现，在其自身也只是一种想要统治亚洲俄国的征兆："任何工业化的企业，任何发展中俄国的企业，实际上都会聚合成一个庞大的具有统治地位的企业。"

尽管纳粹分子早在 1920 年代前期就开始攻击"亚洲布尔什维克主义"，但反共产主义条约则首先与日本达成（1936 年 11 月 25 日），随后为里宾特洛甫－莫洛托夫条约所取代。即使在袭击苏联之后，希特勒仍然不愿意将他的战争视为西方文明的十字军东征。因此，只有在斯大林格勒灾难发生，以及随之而来的德意志国防军因红军向西推进而命运逆转后，纳粹支持者才开始将东部前线的战争定义为一场由德国领导、捍卫西方／欧洲文明、对抗"亚洲布尔什维克主义"的国际圣战。[1] 一方面，这使得纳粹德国能从盟友那里寻求一个更好的和平局面；另一方面，实际上恰恰是奥马尔·巴托夫认定的因武器丧失致使团结精神和国防军军事官僚体系弱化的德国军队的"去现代化"，导致了德国士兵身份中意识形态成分的加强。德国士兵越因东线的情况日益恶化而变得不那么"现代"，越需要被说服自己是一个优等民族对抗劣等民族的化身。这使得德国士兵越来越不再顾虑就地掠食，或将他们的愤怒发泄给苏联民众。巴托夫由此得出结论，直到在俄国战役期间，德国军队才成

---

1 Aristotle A. Kallis, *Nazi Propagada and the Second World War*, Houndmills, Basingstoke: Palgrave, 2008, 78–83; Shelley Baranowski, *Nazi Empire: German Colonialism and Imperialism from Bismarck to Hitler*, Cambridge: Cambridge University Press, 2011, 288.

长为"希特勒的军队"。¹

马西斯的《揭秘俄国》回应了纳粹宣传的需要，但也精准地意识到美国及其西欧盟国在冷战最初十年会推行的外交政策主线。一边是大英帝国与美国之间的暗自较量，另一边是苏联，因为控制亚洲确已显露苗头，即使他们仍然联盟对抗纳粹德国。早在 1944 年底，对伊朗油田的控制、对苏联企图介入波斯湾的恐惧，就已破坏了同盟国与苏联之间的关系。到 1945 年底，美英一道反对摩根索计划及其他旨在削弱德国军事工业力量的项目，意图尽快将西德重新纳入防御苏联常规军事力量的阵线。² 德国成为北约的欧洲之匙，德国和波恩的新东方政策³ 中重新统一问题也随之成为捍卫"自由世界"的核心事件，这令汉斯·摩根索十分懊恼。摩根索对德国寻求重新统一的意见，将会推动西德精英寻求对握有德国重新统一"钥匙"的苏联统治者的理解。这听起来像马西斯在战时及战后的警告一样怪异。⁴ 马西斯也担心统一的渴望会推动波恩与苏联进行和谈，这是一个由德国对亚洲的不可抗拒和持续的迷恋所推动的任务，从弗雷德里克·巴巴罗萨与成吉思汗结盟起一直持续到 1939 年《德苏和平公约》的签订。呼吁国家布尔什维克纳粹领导人格雷戈尔·施特拉瑟尔的想法，同时援引恩斯特·尤格尔关于"德国人"和"俄国人"将会在形而上学层面相遇的观点。

不仅如此，冷战一开始，比利时外交部长保罗·亨利·斯帕克 1948 年在联合国大会发言时，就告知苏联代表团团长安德烈·维辛斯基，西方对苏联政策的基础是"恐惧"：对苏联政府、政策、身份的"恐惧"。的确，这种恐惧扭转了二战最后阶段（1944—1945）及紧随其后一段时间内，相当一批美国外交官对苏联所表现出

---

1 Omer Bartov, *Hitler's Army: Soldiers, Nazis, and War in the Third Reich*, New York: Oxford University Press, 1992, 28–33.
2 Carolyn Woods Eisenberg, *Drawing the Line : The American Decision to Divide Germany, 1944–1949*, Cambridge: Cambridge University Press, 1996, 69–70.
3 新东方政策（Ostpolitik）：联邦德国社会民主党勃兰特 1969 年 10 月上台后实行的新的对外政策。
4 Massis, *L'Occident et son destin*, Paris: Gresset, 1956, 312–313; Hans J. Morgenthau, "The Problem of Germany," in his *Truth and Power: Essays of a Decade, 1960–70*, New York: Praeger, 1970, 340–46.

来的屈尊蔑视。面对 1944—1945 年苏联解放并占领东欧的严酷现实，许多美国和英国外交部门的工作人员在给家人的信中写道，苏联的行为——引用其中一个外交官的话——"不是敌意的，只是原始的"[1]。如果说纳粹德国的宣传机器开始攻击"亚洲布尔什维克"是源于战争最后三年中他们最初的优势情绪变成了恐惧，那么西方的恐惧则源于对抗他们昔日盟友苏联的"亚洲布尔什维克主义"的尖刻言论。正如库尔齐奥·马拉帕尔特 1951 年所指出的："德国对抗苏联的战争口号欧洲对抗亚洲，今日变成大西洋协定的口号。"[2] 使这一范式继续存在的主要贡献者之一是将屈斯缇纳《俄国来信》修订版作为战后第一本书出版的马西斯。他应当是在二战中期（1942—1943）发现了上述证据，因为在 1944 年出版的《揭秘俄国》中他才第一次提及参考了屈斯缇纳。

1946 年，马西斯匿名出版了四卷本屈斯缇纳《俄国来信》的删节版。到 1951 年，北约已经成立；法国正在印度支那进行那场始于 1946 年的战争，一直持续到 1954 年 8 月。1951 年，马西斯长期合作的出版商之一普隆书店推出了屈斯缇纳《俄国来信》的新版本，封面上有马西斯的公开推介，这在其后所有版本中都予以保留，包括读书俱乐部版。[3] 在 1951 年版本的封底，普隆书店以同样的口吻介绍了另一本书，冈扎格·德·雷诺的《俄国世界》。德·雷诺是"萨拉查"和"法国行动"等组织中的一个瑞士保守派天主教徒，在其书的简介中，颇有见地地指出 1917 年十月革命标志着俄国"回归""整体亚洲主义"，苏联被其亚洲使命所"折磨"，并带给整个世界"最可怕的历史图景"之一。类似地，马西斯删减了屈斯缇纳杂乱且重复的四卷本中穿过俄国前往其东方主义的恐俄主义准体系的游记。

---

1 Hugh De Santis, *The Diplomacy of Silence: The American Foreign Service, The Soviet Union, and The Cold War, 1933–1947* (Chicago: University of Chicago Press, 1981), 143.
2 Curzio Malaparte, *The Volga Rises in Europe* (Edinburgh: Birlinn, 1951), 13.
3 这个版本的封面上如此写道："屈斯缇纳侯爵。《俄国来信》。随后是编辑的介绍"，而"巴黎普隆书店"的前言印在粘贴在原始书名页下半部分的半张纸上，遮住了最初出版者的名字：Paris, Les Editions de la Nouvelle France，这是 1946 年的出版商。因此，这本书 1951 年普隆版似乎只是未售出的 1946 年版的重新包装。这可以解释为什么马西斯的名字出现在普隆版的封面上，却从未出现在书的正文中（1946 年印刷，1951 年再利用）。

据马西斯的说法，作为反对革命的自由天主教思想家，屈斯缇纳谴责专制，并向其同代人展示俄国未经修饰的肖像。这个国家自彼得大帝时代以来，一心一意地专注于"一个唯一的愿望，一个唯一的想法：吞噬欧洲"[1]。俄国社会的基本疾病是专制，专制是腐败的、退化的俄国东正教拒绝回归"母亲教会"怀抱的恶果，而母亲教会指的是罗马天主教会。俄国的专制主义由此成为两战期间右翼作家所谓"精神危机"的标志。由天主教真理的混乱关系所带来的负面影响，明显存在于俄国人悲惨且自虐地顺从于俄国社会为了残忍统治其欧洲先贤而产生的专制主义之中。由此看来，整个俄国历史不过是一个心理病理学的临床观察图表。尽管其他国家也可能"遭受"奴役，俄国人则更"喜欢"称自己"沉醉于奴役"。借用马西斯在《欧洲的问题》一书中的说法，由于与母亲教会及父权君主教皇的恶劣关系而分开，俄国人的性格中发展出一种施虐—受虐狂的冲动，一方面在沙皇面前自我降格，另一方面寻求通过戴上文明的面具（即彼得大帝强迫俄国现代化）来弥补这种堕落，为的是"吞噬"或"强奸"欧洲。这本书由他与阿尔方斯·朱因元帅合著，并很快翻译成英文，在英国更名为《欧洲面前的选择》出版。屈斯缇纳对俄国的书写只不过是对一种历史补偿（扩张主义）机制的描写，这种补偿针对从大罪（great sins，拒绝罗马天主教正统）中引起的精神缺陷（专制主义）。马西斯引用屈斯缇纳的观点，认为俄国的社会统治秩序基于"伪装成对秩序的爱的压迫"，产生了一个精神错乱的病态型国家，没有中产阶级来弥合经济或心理的上层与底层之间的鸿沟。

屈斯缇纳的书出版时，正值法国公众舆论以极大热情去了解伪造的彼得大帝遗嘱，而他对俄国外交政策的看法与遗嘱非常相近。[2] 在遗嘱中，彼得大帝的幽灵（作者）推动其俄国皇位的追随者"参与欧洲事务"，并"为了俄国的扩张和繁荣的利益""以其他国家的优势参与而又不失去任何自己的"；屈斯缇纳则指出俄国视欧

---

1 Massis, "Introduction" to Marquis de Custine, *Lettres de Russie*, Paris: Le Livre Club du Libraire, 1960, 10.
2 见 Simone Blanc, "Histoire d'une Phobie: Le Testament de Pierre Le Grand," *Cahiers du monde russe et soviétique* 9 (1968), pp. 265–293；Albert Resis, "Russophobia and the "Testament" of Peter the Great, 1812–1980," *Slavic Review* 44: 4 (Winter, 1985), pp. 681–693.

洲为一个因"各种纠纷"而削弱的"猎物",这种纠纷恰是俄国所积极推动和鼓励的:"她在我们中间煽动混乱,希望从她所鼓励的腐败中获利。"屈斯缇纳从俄国归来,相信自由模式优于专制模式,但他的教皇权力绝对的天主教心理,使其厌恶与民主联系在一起的多样化声音、腐败及反战主义。在这一点上,屈斯缇纳很像美国的冷战分子,后者将在一个世纪之后写道,苏联敌人的意识形态原则以及一致性目的,与无休止的争论、少数派话语以及乌托邦反战主义或世界大同主义相比,正在阻碍自由世界对抗全球范围内"共产主义阴谋"的斗争。[1] 与这些主流的大西洋冷战分子相似,马西斯对"捍卫西方"的兴趣使其赞同屈斯缇纳的观点,即在俄国的颠覆行为与阴谋手段面前,强调西方一致的必要性。

屈斯缇纳声称,秩序、理性、自由和权威等原则是西方文明的基石,而俄国人无法接受,他们只是"伪装的中国人"。再者,俄国是"一个拥有 6000 万人口的帝国,大多数是亚洲人,对于一切都不惊讶,对于从他们的沙皇中找到一个伟大的喇嘛毫无不满"。自《西方的防卫》出版以来,马西斯一直担心那些人性中"良知缺失"的野蛮人将会统治文明的西方,也即统治人性中良知—强化的部分,因而在序言中赞许地引述屈斯缇纳对某个事实——"天道"必须有一个计划,当其"在欧洲东部聚集了如此多怠惰的力量"——的阴暗宣告。苏联由此成为 20 世纪永恒的俄国灵魂的显影,受到其宗教、文化和文明缺陷的折磨,并试图用其实质上缺乏的"亚洲人"的狡猾和残酷装饰征服行为。马西斯全文引用 19 世纪保守主义记者和文学批评家埃米尔·蒙特古特的言论,后者在 1854 年克里米亚战争期间发现,西方文明受到"亚洲"的威胁,那是俄国的诡计。

到 1956 年,马西斯已充分地重建自信回到其 1925—1927 年的地位。是年,马西斯在《西方及其命运》一书中第四次(前三次分别是 1927 年的《捍卫西方》、

---

[1] 见 William R. Kintner, *The Front is Everywhere. Militant Communism in Action*, Norman: University of Oklahoma Press,1950, 172; Robert Strausz-Hupé, William R. Kintner, James E. Dougherty, Alvin J. Cottrell, *Protracted Conflict*, New York: Harper, 1959, 22–26.

1940 年的《三十年战争》、1944 年的《揭秘俄国》）利用相同的材料，但删除了 1944 年增补的章节，内容关于德国人会帮助西方战胜亚洲布尔什维克主义和犹太人阴谋的途径。《西方及其命运》长达 49 页的前言吸收了马西斯为屈斯缇纳《俄国来信》撰写的序言，并新增了关于美国危险的材料；而在长达 98 页的最后一章中，他通过对冷战最初十年的观察，试图解释美国已经失去"第三次世界大战"的说法，以及一些关于德国危险的警告。马西斯还原了他对拉丁现实主义和罗马天主教欧洲的最初辩护，贬低了苏联、美国和德国，因为他们多元的文化亲和力，如对生产力和机器的崇拜在苏联、德国和美国是一致的，人们都崇拜落锤、高炉和巨大的机器。马西斯还阐述了苏联与德国之间深刻的对应关系，即将俄国共产主义的胜利视为一个德国人思想的胜利，将苏联历史视为一种"德国经验"的发展。西德精英也意识到德国的重新统一需要克里姆林宫的赞同。在马西斯看来，德国曾是西方对抗亚洲布尔什维克主义战斗中一个非常有问题的盟友，因为俄国自知需要联合德国以求统治欧洲，与此同时德国人已经与苏联签署了"互不侵犯条约"，以求能够进入俄国的领土，从而将德国的技术与亚洲大陆结合起来。

马西斯担心历史会证明他的正确，也担心西方会受到来自"美国和俄国"两个"大国"的威胁——套用其为屈斯缇纳《俄国来信》所作序言中的说法，这两个大国都拥有巨大的资源，且是多民族混居。文明遭到了陷入激烈斗争的"两个全球帝国"的攻击，再一次有效组织其源自于蒙特古特、多诺索·柯蒂斯、亨利·弗里德里克·埃米尔、梯也尔以及屈斯缇纳有关俄国危险的固有语汇与陈旧叙事。在此基础上，马西斯融合了约瑟夫·阿瑟·戈比诺、蒲鲁东、波德莱尔以及德国保守主义流亡者赫尔曼·劳施宁的观点，他们都批评了美国在全球舞台上的崛起，以及美国的清教主义、商业主义、效率崇拜和技术统治。马西斯相信俄国人和美国人在功利主义方面十分相像：如果苏联有共产主义者的唯物主义和斯达汉诺夫主义者对工人的崇拜，那么美国的理想主义是功利主义，寻求提高生产力，将耶稣基督视为团队的领袖或诚实的商人。从这个角度看，东方和美国的西方都试图使人民和生活方式标准化，并向世人展示了孪生极权主义：每一个都试图传播自己的福音，以整个人类"全部"的名义扼杀个性化,他们的队伍驶向未来,每一个人都声称是未来的代表。事实上,二者都没有任何"精神内容",只是将个人缩小到能适应经济人的尺寸。

根据马西斯的分析,美国和苏联不仅仅相似,更设法共生,以互相斗争、摧毁西欧文明(即西方文明)为生。如果说美国人因天真或缺乏足够的经验,以至于在二战中信任苏联领导人,那么在对抗纳粹德国的战争结束时他们猛然觉醒。然而,他们的失误使苏联受益,后者通过吞噬西方文明的遗产而壮大。如果美国的冷战分子总是强调欧洲民族主义(戴高乐)或和平主义/孤立主义(主要是左翼)恰好掌控在苏联手中,由此批评戴高乐正在做莫斯科的工作,那么马西斯则转变对美国的看法,指出每当美国谴责欧洲殖民主义时,苏联就会获益。1956年3月26日,法国在没有美国或北约的支持下对阿尔及利亚作战已经两年,时当埃及、法国和英国日益加剧的政治紧张局势之前的四个月,客观上促成了埃及总统贾迈勒·阿卜杜勒·纳赛尔将苏伊士运河公司国有化,由此引发苏伊士危机。马西斯的言论肯定会引起法兰西保守派与共和党帝国主义者的共鸣,他们仍然坚持法国的"文明使命"观点:"当美国谴责殖民主义到达容忍极限甚至协助土著叛乱时,俄国则敢于挑起这些叛乱,并从中受益。"马西斯以屈斯缇纳的腔调写到,美国领导人的"幼稚""仍然太年轻",使他们连同整个世界一道,成为躲在世界和平口号背后的苏联狡猾与愤世嫉俗诡计的受骗者,而苏联借此在非洲和亚洲制造混乱。

美国的关联

和俄国一样,马西斯笔下的美国也是一个稻草国家,他用自己的机智与偏见之针刺伤它。美国是一个发展了数个世代的社会,"远离西方文明的历史渊源……丧失了世俗传统,也丧失了一种可以启蒙民众、生活方式、历史及其他民族精神的文化",因此无法应对苏联所带来的拜占庭式威胁。和俄国一样,美国是一个由基督教、清教徒主义形成的不完美国家,拒绝回归罗马的庇护。他将西方定义为"一片人类精神之壤",而非"一个世界区域",即视为一种精神土壤,主要特征是基督教,即天主教,它使得美国和苏联先天地不可能不对西方产生威胁,正如马西斯所理解的那样。这有助于解释为何尽管马西斯也反共产主义,其著作在美国却不是很受欢迎,而屈斯缇纳的译者也假装他的译本与屈斯缇纳无关。根据美国冷战文化的优先事项和公共正统观念,马西斯的作品只有经过过滤和巴氏杀菌后才能进入流通。由此,虽然《外交事务》的审查人员发现《揭秘俄国》有助于揭示"苏联政策中有很多东西让'西方人'担心"[1],联邦调查局分析人士仍然认为马西斯实际上在助推苏联的宣传。这至少是联邦调查局档案中罗马尼亚工业大亨尼古拉·马拉克萨的情况。后者在两战期间控制了罗马尼亚的脱重、铁路和军备工业,是福特汽车罗马尼亚公司的总裁,并为铁卫团提供资金。战争期间,他与赫尔曼·戈林的国家工厂合作,为与轴心国结盟的罗马尼亚提供战事服务。随着1945年3月受苏联控制的彼特鲁·格罗查傀儡政府通过非法选举上台,马拉克萨作为罗马尼亚境内美国商会非官方代表团的一员逃离罗马尼亚,并于1946年9月29日抵达纽约。一进入纽约,马拉克萨就受到比特鲁·格罗查的前私人秘书、华盛顿罗马尼亚公使馆的前顾问、"美国罗马尼亚任务共产党员"的财政支持者帕姆菲尔·里奥萨努律师的谴责。

俄—意流亡者伊戈尔·卡西尼曾以"乔利·尼克波克"为笔名,为威廉·伦道夫·赫斯特的《美国纽约日报》撰写社会专栏,他以新闻片配音尖锐性和八卦专栏准确性的方式告诉读者,罗马尼亚"赤色分子"如维奥雷尔·蒂莱与马拉克萨一道,为美国当局眼皮子底下的布加勒斯特"赤色分子"工作:"在纽约,蒂莱同他的前任老板尼古拉·马拉克萨重续旧谊与合作关系。这两个角色都与罗马尼亚红色政权进行金融交易。他们的任务是为布加勒斯特的赤色分子采购美元,而且看起来做得非常好。山姆大叔成为一个傻瓜并让这种事情在其眼皮底下发生,还得持续多

---

[1] Robert Gale Woolbert, "Recent Books on International Relations," in *Foreign Affairs* 24: 3 (April, 1946), 550–564, 559. 这位评论者指出,马西斯的 *Allemagne d'Hier et d'Après-demain* 是一个 "对具有侵略性的德国民族主义精神已荡然无存的警告,这在一定程度上归功于占领国之间的分割协议" [Woolbert, "Recent Books on International Relations," *Foreign Affairs*, Vol. 28, No. 4 (Jul., 1950), pp. 676–692, 683].

久?"事实上,蒂莱是一个亲英派国家农民党政治家,一个反法西斯主义者,在英国政界高层拥有无可挑剔的民主血统和强大的两党关系。[1] 就马拉克萨而言,他不得不向安娜·鲍克、米海·罗利亚及其他苏联控制下的罗马尼亚领导人贿赂各种礼物,以便从罗马尼亚购回整个家庭。在美国重新定居后,马拉克萨开始资助各种反共出版物,如米歇尔·伊利亚德主编的《明星》,一本专门谴责罗马尼亚共产主义者"俄国化"的文学期刊,还发表文化论文探讨"罗马尼亚灵魂"与"斯拉夫主义"之间的本体论对立,后者被描述为一种对"未知草原"和"亚洲世界肆无忌惮的雪崩"的暴力表现,而非一种对东欧的传达。[2] 马拉克萨不但与美国的反共圈建立了联系,艾伦·F. 杜勒斯甚至在 1947 年成为马拉克萨的律师;[3] 甚至还和理查德·尼克松一起进军商业,后者将在与肯尼迪竞选总统期间因其与马拉克萨之类"法西斯""纳粹"的关系而被攻击。

但在 1948 年,马拉克萨因涉嫌支持布加勒斯特"赤色分子"的颠覆活动而被 J. 埃德加·胡佛的人员严格审查。因此,即便马拉克萨渴望资助马西斯的强烈反俄和反共产主义著作《揭秘俄国》的翻译和出版,并认为有助于启发美国公众关于共产主义的危险,后者仍被美国联邦调查局认定为并非一个东欧流亡者渴求出版的材料,而是切实地对苏联的宣传:"据可靠报道,在 1948 年 2 月初,马拉克萨资助了一本法语版《揭秘俄国》的翻译,并于加拿大的兰登切特出版社首次出版。该书的主题是反俄,同时涉及一场以美国和苏俄为主要竞争者的第三次世界大战。马拉克萨渴望资助这本书的翻译,除了这样一种反映俄国屡屡出现的新主子换掉旧皇帝的帝国主义的出版物是马拉克萨一个观点的表达之外,再无别的可见原因,但实际上它变相反映了苏联对革命以来成就的宣传。"[4] 正如这个例子所表明的,在冷战早期,独立于更强大的美国爱国范式之外的反苏主义本身并不存在。即使反苏,马西斯的

---

1 Sidney Aster, "Viorel Virgil Tilea and the Origins of the Second World War: An Essay in Closure," *Diplomacy and Statecraft* 13:3 (September 2002), 153–74.

2 见 Mihaela Albu, *Presa literară din exil; Recuperare ş i valorificare critică* 2 vols (Iași: Timpul, 2009), 1:159.

3 Raoul Bossy, *Jurnal (2 noiembrie 1940–9 iulie 1969)* (Bucharest: Editura Enciclopedică, 2001), 344.

4 "malaxa, nicolai" Vol. 1, 17.

书也被某些人如涉嫌同情"赤色分子"的马拉克萨所传播，打了失败主义和颠覆苏联的联邦调查局警惕代理人的脸。即使马西斯认为苏联的扩张只是俄国帝国主义永恒扩张中的另一个阶段——新的、意识形态的、新主子换掉旧皇帝的、拥有土地的一类人——将会成为美国冷战文献中关于苏联的重要部分，1948年的美国当局也认为它是可疑的。

然而，菲利斯·佩恩·科勒以《我们时代的旅行：德·屈斯缇纳侯爵的俄国日记》为书名翻译出版的《俄国来信》，则使得相同观点在美国公众中得到广泛的强化。一个可疑的东欧流亡者能做的工作远超乎此，这个企业家联系上了《美国之音》的编导和迪安·艾奇逊的次长弗伊·科勒的妻子，以及该书出版时的中情局局长沃尔特·贝德尔·史密斯将军。科勒负责编辑和翻译这本书，史密斯负责推广发行。在编辑方面，科勒删去了屈斯缇纳原作78%的内容（大部分与天主教相关），插入了一些不存在的章节标题，读起来像赫斯特"赤色分子点将录"出版社的大字标题，并以其能在原书中找到的最可怕的段落结束每一章。[1] 这本重新包装的书在1951年与大众《生活杂志》一样畅销，其特色是"出自罗森堡审判和科勒作品的实质性摘录，同一整页的彩色广告一道鼓励应征美国军队，它们被置于摘自屈斯缇纳著作的段落之间"[2]。科勒炮制的章节标题和目次，将屈斯缇纳的著作变成B级电影剧本大纲，呼吁着所有的陈词滥调，从有关外星人入侵、"身体掠夺者"之类冷战科幻电影，或《红色星球》之类人造幻想福音电影，到刻意的骇人听闻。

在以这种"诡异"方式列出书的内容后，科勒做了一段简短的说明（日期为1951年2月15日），她宣称没有使用马西斯的译本（虽然在比较马西斯的两个译本后发现并非如此），且在1947年2月至1949年1月被派往美国驻莫斯科大使馆

---

[1] 见 Mary Carol Matheson, "Tartars at Whose Gates? Framing Russian Identity through Political Adaptations of Nineteenth-Century French Works by Astolphe de Custine and Jules Verne," m.a. Thesis, University of British Columbia, December 2007, 9–21.

[2] Matheson, "Tartars at Whose Gates?," 14.

时就发现了这本书，与史密斯大使在那里的时间（1946—1948）部分重合。1950年，史密斯将军在"与我们的俄国老伙计"的谈话中重提了俄国和屈斯缇纳，其时还有人问为何这本书没有翻译成英文。事实上，同一年史密斯出版了他担任驻苏联大使期间的自传《莫斯科三年》，书中多次引用屈斯缇纳的话，以解释俄国行为的特征和苏联社会的内在运作方式。科勒宣称她是在试图回答一个友人关于苏联的问题，并发现屈斯缇纳的著作预言性地提供了对苏维埃俄国"我们当前所经历的百年历史分析"时，才决定翻译的。

史密斯的序言强化了这些观点，即这本书只是内部人员（包括外交人员、情报人员）目前所知的珍宝，正逐渐被公众所知晓，因为它很好地回答和解释了这些内部人员在苏联期间的问题与经历。贝德尔·史密斯用读者所熟知的电视和报纸头条的语言编译了屈斯缇纳的著作。因此，在新闻片或宣传片的无情节奏中，贝德尔·史密斯以无耻且不合时宜的方式向读者介绍道："这本日记的读者将分享最激动人心和最具启发性的经历——与德·屈斯缇纳伯爵结识。以下是多彩的、戏剧的、确切记录的俄国和俄国人。以下是第一'旅伴'对于一个永远失败之神的幻灭的忏悔。"史密斯通过细致的编辑来掩盖其文本的矛盾，借助一系列强有力的当下主义的陈词滥调来刺激读者，这些陈词滥调以特写镜头、紧密剪裁的方式呈现，为的是增强他们的情感能力，让读者不再意识到整体效果的荒谬。的确，正如贝德尔·史密斯在后一页解释的那样，屈斯缇纳作为一个"旅伴"产生意义，只是"在某种反向意义上"，只要屈斯缇纳作为一个保守的宗教反革命者前往莫斯科，就能作为"宪法的党派人士"返回。但史密斯并未停下来思考这些差异，因为他所得到的是旅行者如屈斯缇纳、安德烈·纪德、亚瑟·库斯勒（他赞同这本书）以及伊尼亚齐奥·西洛内的故事，"表明俄国的专制主义无论右翼还是左派，都是对我们文明思想和理想主义的反感"。看起来似乎贝德尔·史密斯介绍了苏联民众、领导者和"思维"激进他者的主题，仅仅因为这是他将俄国视为绝对敌人的唯一方式。说到斯大林的"东方思维"，他可以安全地反对"盎格鲁—撒克逊解决大国和国际问题时对立的容忍与温和的态度"。理论上而言，美国和苏联都宣称想要实现平民幸福与世界和平。因此，贝德尔·史密斯得出了道德优势，其垄断品是由美国领导的自由世界，不能够从西方的和"东方的"这两种"思维"或"灵魂"或种族心理类型的本体论冲突中主张政治根基。最终，贝德尔·史密斯借用心理分析师恩斯特·琼斯的观点，证明苏联领导人针对西方的"暴力"行为是一种精神病的结果。贝德尔·史密斯明确谈到屈斯缇纳——他自己"精神分析"了沙皇与俄国大众之间的施虐—受虐关系——与琼斯之间的"类比"，以指出俄国人被"他们的古老遗产以及他们朝向战争和征服深渊的现代焦虑"所"不可阻挡地"驱使。

苏联与西方之间不仅仅是意识形态之战，更是一场文化和文明交锋的冲突，这场冲突与右翼和左翼之间的政治分歧没什么关系，倒与西方和异类苏联之间本体论的差异密切相关。史密斯提出了一种与19世纪欧洲殖民扩张鼎盛期及美国"天命论"相比显然是倒退了的业余的、公务员/帝国官员的人类学，其中提出关注俄国的特殊性，并非为了理解那种管理生活的特殊性如何使俄国与西方相似，而是为了从逻辑上将他们隔绝在一个下贱的、不洁的他者身上，处于文化进化阶梯的底层。由此来看，俄国人民"与众不同，因为完全不同的社会和政治条件已经阻碍和扭曲了他们的发展，使他们与其他文明脱离开来"。这样一来，从文化进化论观点——据此每个人都必须经历与西方相同的发展阶段——来看，俄国不仅仅"被阻碍"，更"被扭曲"。

屈斯缇纳痛惜于俄国的文化贫乏，将之归因于俄国错过了中世纪、十字军东征以及骑士理想。而为一般的新教徒大众写作的史密斯，则没有提及中世纪的天主教浪漫主义，他认为俄国是"奴隶制"和"卑鄙无知"的产物，因为他们错过了文艺复兴、宗教改革、航海大发现的时代以及工业革命。由于没有经历这些阶段，俄国人"与西方世界有着完全不同的文化背景"。他们缺少构成西方文化支柱的"思想和理想"，如古希腊罗马的"尊重个体，邦国为仆"、犹太教—基督教的遗产，或如史密斯所说"这份伦理遗产，大部分源于融入我们首要宗教教义的圣地中一种古老又先进的文明经验的记载"，以及"通过对世界尽头的探索和征服而获得个人自主和独立的传统"。换句话说,在史密斯看来,殖民主义构成了西方的身份认同和个体自由。只是,虽然马西斯在殖民主义中看到了天主教普遍性的表达,史密斯却认为它是新教个人主义的体现和训练场。虽然屈斯缇纳和马西斯都没有对他们所认为的新教个人主义或罗马天主教会之外存在的国家教会表达任何的认同,史密斯却将这种新教个人主义同化为西方文明。的确,正如两战期间的历史经验所证明的那样,南欧的天主教社团主义(意大利、西班牙、葡萄牙)和新教—天主教社会神学预言了罗斯福的新政,留下了基督教不同教派基本社会教义的差异问题,也留下了俄国东正教与"我们的首要宗教"之间的差异问题。很难分辨美国以何种方式殖民欧洲,或比利时、法国和英国以何种方式渗透非洲与亚洲,会比俄国殖民西伯利亚更有利于个人主义。根据美国冷战分子和欧洲殖民主义辩护者如朱因、苏斯特勒、科恩和施特劳斯—胡比的观点,唯一的区别在于俄国能在同化亚洲、获得亚洲财产时不会触碰中国或波斯的神经,后两者则将俄国视为友好的亚洲近邻,而不是"白魔鬼"的欧洲侵略者。[1] 然而,史密斯满足于引用屈斯缇纳,为的是凸显所谓的典型亚洲俄国对个性的漠视,以对抗查尔斯·比尔德早已声称并经由马克斯·韦伯《新教伦理与资本主义精神》所强化的"顽固的美国个人主义的神话",后者是一部在北美新自由主义和反共产主义的冷战防卫知识分子中长期受到欢迎的作品。史密斯指出,如果屈斯缇纳时代在俄国的所有外交官员都被视为间谍,那么一个世纪之后,来自莫斯科苏联军事代表团的少将沙拉耶夫则承认,"我们坦率地告知所有外国官员"他们在苏联都将被视为"潜在的间谍"。史密斯在此处突出了沙俄与斯大林苏联之间的连续性,却忽视了他自己从驻莫斯科大使到中情局头头这一发展的讽刺性。他因通过军事路线重组中情局,通过创建计划理事会,尤其是通过增强中情局在政策制定方面的参与度,而使中情局名声大振。因此,贝德尔·史密斯从屈斯缇纳那里获得启发,将斯大林描述为"俄国民族心理学表面上所要求的半神与慈

---

[1] 见 Hans Kohn, "Reflections on colonialism," in Robert Strausz-Hupé, Harry W. Hazard, eds., *The Idea of Colonialism*, New York: Frederick A. Praeger, 1959, 2–16, 6, and Mircea Platon, " 'Protracted Conflict': The Foreign Policy Research Institute 'Defense Intellectuals' and Their Cold War Struggle with Race and Human Rights," *Du Bois Review: Social Science Research on Race* 12:2 (Fall 2015), 407–439.

父的结合"，并将政治局成员描述为深深笼罩在自己的阴谋中，自绝于外界。贝德尔·史密斯也附和屈斯缇纳去谈论苏联政府设法诋毁外国人在苏联访问或定居的方式，即通过"玩弄一个数百年历史的俄国特性"，视"外交使团、西方民众为嫉妒和恶毒的间谍"。贝德尔·史密斯甚至试图在俄国东正教教会礼仪上寻找错误，以一种相当不情愿的幽默语气指出，尽管他钦佩拜占庭式的俄国东正教仪式的辉煌，但他"禁不住会想如果有人晕倒，手里的蜡烛肯定会掉，然后点燃用于装饰（莫斯科）大教堂的帷幔或松枝，那接下来会发生什么"。这种持续性更多地体现在美国外交官操控的陈词滥调层面，而非外面的世界。

通过在前言中宣布俄国人（史密斯要求他们改变或面临灭绝）激进本体论的变化方式，吹捧已经被科勒贬低成几页刺激性的 B 级电影标题或小报头条的屈斯缇纳的书，中情局局长以非常有效的方式推销了这本书。1951 年 6 月 11 日，中情局副局长威廉·H. 杰克逊给两位造访的澳大利亚新闻人发送了一份关于俄国的书单，后者似乎需要类似的参考书目。这两个新闻人科林·贝德纳尔和基思·默多克爵士，是反共分子、反劳工的澳大利亚媒体大亨，在澳大利亚创立了第一家媒体集团，拥有广播电台、报纸和造纸厂。史密斯的助手 C.B. 汉森上校在中情局图书馆的协助下，整理了一份关于俄国的书单，并附有一些热门的宣传材料——如赫里蒙·莫勒《东西方碰撞》、萨尔温·J. 夏皮罗《世界在危机中！》，还有沃尔特·B. 史密斯自己的《莫斯科三年》——主要包括学术著作、区域研究专著，如托马斯·A. 贝利《美国对俄国》、大卫·J. 达林《俄国在亚洲的崛起》、路易斯·费舍标准两卷本《世界事务中的苏联》、西奥多·沙巴德《苏联地理：一份区域调查报告》，还有 L.I. 斯特拉霍夫斯基主编《斯拉夫研究手册》、所罗门·M. 施瓦兹《苏联的犹太人》，以及乔治·范伦斯基《俄国史》。

史密斯认为这份书单太过学术化，指出如果他"手把手带领某人去了解苏联，会阅读以下书籍：1. 伯特伦·D. 沃尔夫《闹革命的三个人》，而且只需要读第一章'遗产'，接着就把它放到一边，转而打开——2.《我们时代的旅行》。3. 肖洛霍夫

《这里的黎明静悄悄》(……)。4. 此时再读完《闹革命的三个人》,其第一章是对整个系列的介绍。5. 莱昂·托洛茨基《斯大林》(……)。最后是大卫·J. 达林《苏联真相》和《苏联的外交政策:1939—1942》两本书,以及史密斯的回忆录"。该建议的最终版本合并了这两个书单,首先是史密斯的推荐语:"沃尔特·B. 史密斯上校推荐阅读以下材料,以提供一系列准确的印象来抵消俄国的划时代意义,尤其是苏联的发展。他称之为非常规方法。"这些学术著作在另一份书单上作为"推荐"保留,"以供更深入的研究之需"[1]。

换句话说,史密斯将学术著作替换成了主要由其心怀不满的同伴(他视屈斯缇纳为其中之一)、由反对斯大林主义的共产主义者如托洛茨基,以及最重要的沃尔夫(最终于1948年放弃了共产主义)所写的书。1951年沃尔夫被福伊·科勒雇佣,为《美国之音》国际广播部工作。作为意识形态咨询部门的成员,其任务是抵制苏联的宣传,并编写由《美国之音》以46种语言播报的广播剧。[2] 沃尔夫对于沙俄和苏联历史的理解是由东方专制理论塑造的,该理论首先由反共的马克思主义者卡尔·威特福格尔在1950年的一篇文章里提出,后于1957年扩展成一部巨著。[3] 根据威特福格尔的观点,民主的西方和东方之间的鲜明对比,是东方农业社会建立的庞大灌溉系统的结果。这个系统刺激了庞大的国家官僚机构的发展,顶层是一个堕落的统治者、一个"管理农业的暴君",对军队、警察、情报部门有着"不容置疑的权威;拥有自己的狱卒、酷刑者、刽子手,以及所有用于逮捕、致残、摧毁一个人的工具"。在威特福格尔看来,蒙古人的入侵将这种模式带到了俄国,并在从沙

---

[1] LETTER TO<Sanitized>FROM WILLIAM H. JACKSON, 1 June 1951, Document Type: crest [1], Collection: crest: 25-Year Program Archive [2], Document Number (foia) /esdn (crest): cia-rdp80R01731R003100090085-0, Original Classification: K, Document Page Count: 9.

[2] Robert Hessen, ed., *Breaking with Communism: The Intellectual Odyssey of Bertram D. Wolfe*, Stanford, ca: Hoover Institution Press, 1990, 21–22.

[3] 见 Karl August Wittfogel, "Russia and Asia. Russia and Asia: Problems of Contemporary Area Studies and International Relations," *World Politics* 2:4 (June, 1950), 445–62, and *Oriental Despotism: A Comparative Study of Total Power*, New Haven: Yale University Press, 1957. See also Marcel Van Der Linden, *Western Marxism and the Soviet Union: A Survey of Critical Theories and Debates since 1917*, Leiden: Brill, 2007, 171–172.

皇到苏联的数个世纪里根深蒂固。这种对于把东方专制理论视为解读俄国历史一把"钥匙"（借用屈斯缇纳的说法）的信赖，不比伯特伦·沃尔夫《闹革命的三个人》第一章更明显。史密斯将其作为屈斯缇纳著作的前言，推荐给任何对俄国历史的研究，那题为"遗产"的一章提供了沃尔夫的调查，将整个俄国历史归纳成其本质，即一种俄国历史的哲学，专业的历史学家称之为"一系列概括……用一系列事实来说明，并非所有论据都得到了证实"[1]。历史学家所批评的那些毫无根据的概括之中，非常准确地解释了俄国人通过诉诸东方主义者比喻传达出来的对专制的热爱。马可·斯泽福特尔指出，对苏联领导人的崇拜与对领袖墨索里尼或元首希特勒的崇拜表现出诸多的相似，与现代极权主义实践和群众动员手段相关，而不是任何对亚洲／蒙古冲动的追忆。

屈斯缇纳《致我们时代的信》的出版，遭到了居住在苏联的哈佛历史学家乔治·费舍势单力薄的异议。费舍警告那些将屈斯缇纳之书当作"愚蠢类比"储藏库的人，并批评主流所坚持的对屈斯缇纳的看法："过去一个世纪在技术和政治方面的巨大变化，是使得斯大林的极权主义成为可能的唯一因素——一种独特的现代化，接近奥威尔《一九八四》中的专制主义，远甚于俄国现代沙皇中最威权的尼古拉斯一世。"[2]

费舍的谨慎语气被沃尔夫和汉斯·科恩等国防知识分子的热情所淹没，他们都面向大众撰写了关于菲利斯·科勒所译屈斯缇纳《俄国来信》的积极评论。[3] 面向学术界，则撰写了关于哈佛行政学教授布鲁斯·霍珀的书评，后者曾在战略服务局（O.S.S.，中情局前身）担任俄国问题专家，并受贝德尔·史密斯的作战协调委员会的支持，在西欧各国和北约国防学院发表过诸如"西方应当捍卫什么"的主题演

---

1 Marc Szeftel, "Facts of Russian History and Its Philosophy as Viewed by Bertram D. Wolfe in Three Who Made a Revolution. (A Case Study of Historical Methodology)," *American Slavic and East European Review*, Vol. 15, No. 1 (Feb., 1956), pp. 71–85, 78.
2 George Fischer, "Russian Visit – 1839," *The Saturday Review* 14 April, 1951, 42–43 and 56, 56.
3 Hans Kohn, "Eternal Russia," *The New Republic* 21 May 1951, 19, Bertram Wolfe, *New York Herald Tribune*, 1 April 1951.

讲。在为《美国历史评论》撰稿时，霍珀称赞马西斯译本的前言"极其有益"，并指出尽管对俄国采取了某种过时的态度，但屈斯缇纳的书是一本必不可少的读物："其历史线索可以启迪今天引人注目的三个问题：俄国在东西方之间的角色；宗教的永恒意义；俄国人民对于极权主义的'接受度'。"[1]

换句话说，史密斯、科勒及他们控制的整个文化机构，并没有为政治学经济或历史学问题寻求一个政治的、经济的、历史的答案，而是为政治的、经济的或历史的问题寻求文化的答案。这使得他们进一步重新定义了这个问题：文化的答案需要一个文化的问题，因此苏联"问题"变成一个文化问题，一个可以通过两个历史哲学／两个人类学（西方希腊／罗马—犹太教—基督教个人主义伦理与亚洲／蒙古的躁动与大众化），或两种社会类型（西方自有／"开放社会"与东方或通常的"其他"部落／蚁丘或封闭社会），或两种经济类型（自由市场与"亚洲生产模式"）来回答的问题。但是，将苏联问题视为一个不寻常的文化问题时，冷战分子中掺入了两战期间的法西斯分子和右翼思想家的观点，他们将一切都解释为需要文化／精神答案的"精神危机"。[2] 以史密斯推荐的托洛茨基、沃尔夫和屈斯缇纳著作为特征的混合着传记轶事和不详泛化的书。这种将苏联历史缩小为俄国历史一个阶段的做法，从精神社会学的角度来理解，完全符合冷战期间所形成的"区域研究"范式，这种范式将关于特定的普遍的"现代化阶段"的文化进化论与倾向于落后或现代化的文化模式的自私观念联系起来，也与任何抵抗美国或西方干涉拉美、非洲、亚洲国家内政的持续病态学联系起来。[3] 通过强调个人心理特征的重要性，冷战防卫知识分子重启了一种现代化理论的观点，既证实了美国社会的典范和发展道

---

1 Bruce Hopper "Review: Custine and Russia--A Century After: A Review Essay. Reviewed Work: *Journey For Our Time: The Journals of Marquis De Custine* by Phyllis Penn Kohler, Walter Bedell Smith," in *The American Historical Review* 57: 2 (Jan., 1952), pp. 384–392, 391.

2 见 Roger Griffin, *Modernism and Fascism: The Sense of a Beginning under Mussolini and Hitler* (Houndmills, Basingstoke: Palgrave Macmillan, 2007) and Zeev Sternhell, *The Anti-Enlightenment Tradition*, New Haven: Yale University Presss, 2010.

3 See Ron Robin, *The Making of the Cold War Enemy. Culture and Politics in the Military-Industrial Complex* (Princeton: Princeton University Press, 2001), and Harry Harootunian, *The Empire's New Clothes. Paradigm Lost, and Regained*, Chicago: Prickly Paradigm Press, 2004.

路，又否认了西方殖民主义对前殖民地贫穷的责任，这些殖民地包括据说经由俄国批准的带有其"亚洲专制主义"和"亚洲生产模式"的亚洲。同屈斯缇纳和马西斯一样，许多西欧和美国的冷战分子会恐惧且不信任"农民大众"——俄国、亚洲、非洲、拉美，甚至美国南部的黑人或阿巴拉契亚白人——而总是会谈论"模糊"、暴力、原始、部落、狡猾的农民大众，一个粘滞的群体，甚或是生物学的群体，充满偏见地认为他们会持续对人道和个人主义的西方法律秩序构成威胁。[1]

抛开历史因素不谈，屈斯缇纳和马西斯对俄国的概括可以适应美国冷战的目标，只需要将他们从天主教的神学根源中切断。的确，天主教神学家没有浪费时间指出马西斯操纵天主教明目张胆的政治化。1928年，比利时修道院院长、《辩护杂志》的主编布鲁诺·德·索拉吉斯，对马西斯《西方的防卫》（1927）进行了彻底的正统神学批判。[2] 索拉吉斯指出，马西斯《西方的防卫》以模糊概括的方式涉及了"拉丁遗产"，即构成西方知识矩阵的"统一、稳定、权威与持续"，而非处理具体的历史因素。布鲁诺·德·索拉吉斯指出，马西斯"用抽象、超越世俗特征来描绘西方，而不是从历史角度一点一点地分析其具体的因素"。

然而，冷战反共知识分子和区域研究，在关于民族心理学的模糊概括中、在基于现世主义理论和"文化"本质上同情或反对工业化的目的论研究中、在地缘政治猜疑中茁壮成长。因此，他们在屈斯缇纳的书里找到了关于"真正俄国"，关于永恒的、不可改变之俄国的所谓钥匙。

克拉科沃斯基指出，如果俄国在1612—1613年支持波兰中失去其独立性，那么俄国将有机会成为真正的西方国家，"被波兰人主导，俄国将会重新加入西欧"；然而其获得了独立地位，标志着"其身上欧洲文化的衰退"。毫不奇怪，克拉科沃斯基并不仅仅将俄国文明"东方的"性质归因于"亚洲因素"构成了俄国人口的一

---

1 参见如 Léo Moulin, "The Europeanization of Mankind," *Orbis* 10:4 (Winter 1967), 1091–1102.
2 Bruno de Solages, *L'Eglise et l'Occident* in *Irenikon* 4:9 (1928). *Irenikon* was a Catholic monthly published by the priory D'Amay sur Meuse (Belgium).

部分，更重要的是俄国文明由"沉睡"所塑造的事实，后者是"东方的"、拜占庭帝国的文明，其堕落的后裔变成了俄国文明。俄国在沙皇或苏联的伪装下，从拜占庭人那里继承了"东方专制主义"的外衣，"俄国灵魂"是"东方的，因为它由专制塑造而成"。克拉科沃斯基利用伯格森主义者和波普尔主义者的言论来论证，冷战是一场西方"开放社会"与东方"封闭社会"之间的斗争，是一场以法兰西文化为代表的西方普世主义与东方仇外的民族主义之间的斗争。和马西斯引用蒙特古特一样，克拉科沃斯基引用朱尔斯·蒙纳洛特来论证俄国共产主义与伊斯兰教的相似性，其中任何行为都必须通过诉求于神学原则加以判定。

因此，无须讶异克拉科沃斯基文化哲学思考最重要的来源中，首先是俄国天主教皈依者弗拉基米尔·索洛维约夫的遗著《战争、进步与包含一部反基督小说的历史的终结》。另一个对克拉科沃斯基出版于1950年代关于俄国的著作产生重要影响的就是屈斯缇纳，《俄国来信》被克拉科沃斯基表述为一本"忠诚、真诚、尽责、与宣传手册无关"[1]的书。

屈斯缇纳—马西斯原教旨主义者对俄国"灵魂"的理解，为对苏联政策的危险误读铺垫了道路。例如，俄国/苏联的工业化想法总是面向战争，并以征服欧洲为终极目标，这使得西方政治家和战略家在二战之后谴责苏联重建其军工基地——被德国入侵摧毁——的企图，正像沃尔特·李普曼引用斯大林时所说的那样："新的强大力量高涨只为终结军事。"[2] 基于这种对斯大林工业政策的担忧，李普曼要求美国政府将发展军事力量作为第一目标。正如埃德加·斯诺1947年所回忆的，这种混淆了合法的国家经济重建与一种军事力量主张之间"愚蠢的"逻辑，在二战后

---

1 Edouard Krakowski, *Histoire de Russie: L'Eurasie et l'Occident*, Paris: Deux Rives, 1954, 275. 这本书的西班牙语译本为 *Historia de Rusia* (Barcelona : Surco, 1956, and 1960). 一些学术批评家谴责克拉科沃斯基对已经被事实"证伪"的"推测性假设和肤浅化概括"的依赖。见 J. L. H. Keep "*Historie de Russie: L'Eurasie et l'Occident*. by Edouard Krakowski. Review," *International Affairs* 31: 3 (Jul., 1955), p. 388, and L. Genet, "Krakowski (Edouard). *Histoire de Russie, l'Eurasie et l'Occident*," in *Revue belge de philologie et d'histoire* 33: 4 (1955), pp. 945–948.
2 李普曼引自 Edgar Snow, *Stalin Must Have Peace*, New York: Random House, 1947, 63.

从莫斯科归国的美国外交官员中间根深蒂固,他们声称苏联"在为战争做狂热的准备",但被要求说明"除了俄国强调增加钢铁生产之外"不能增加任何东西的原因。贝德尔·史密斯过于自负地告诉读者:"苏联的所有经济计划都意在增加战争的可能性;因此,它格外重视进一步发展重工业,多数集中在更难以轰炸的乌拉尔地区。"就好像屈斯缇纳的19世纪理论能够更好地解释乌拉尔的工业化,而不是乌拉尔地区矿产和煤炭、石油和天然气储量丰富的事实,这些对于重工业的发展都至关重要。

这种政治神学教条主义的烙印,证明了史密斯和马西斯关于历史的文化思想核心的本质。这种观点是自我推动的,很遗憾并不能导向任何地方。事实上,这也是屈斯缇纳的书信如此成功的原因:不是因为他们解释了俄国的什么事情,而是因为他们什么都没有解释,因为他们允许"俄国之谜"保持一张巨大而黝黑的画布原样,借此冷战权威可以透射他们虚伪知识与末世政治的光芒。虽然凯南反对军事化遏制,并寻求与苏联对抗的政治解决方案,但他的"长电报"与"X文章"被华盛顿冷战精英排除在任何政治解决方案之外。[1] 最后,凯南本人被鹰派指控投向詹姆斯·伯恩海姆等反共产主义者群体,后者缺乏所要求认同的对共产主义的内心仇恨。[2]

尽管凯南对共产主义的批评被认为过于苍白且理智,但屈斯缇纳的著作之类则可以借助合适的编辑之手,点燃美国十字军体内对抗苏联和"国际共产主义"阵营的火焰,因为这一阵营在贝德尔·史密斯之类冷战分子看来,完全被狡猾的"亚洲"苏联领导人操纵或控制。[3] 邪恶的阵营只有通过一种同样统一于"自由世界"的意识形态才能够成功面对,正如防卫知识分子在冷战最初二十年里一再强调的那样。由于凌驾于发动冷战的一些方法和手段之上的民主辩论无法总是公开地回避,

---

1 Walter L. Hixson, *George F. Kennan: Cold War Iconoclast*, New York: Columbia University Press, 1989, 73–98.
2 Stephen J. Whitfield, *The Culture of the Cold War*, Baltimore: Johns Hopkins University Press, 1996, 33–34.
3 Marc J. Selverstone, *Constructing the Monolith: The United States, Great Britain, and International Communism, 1945–1950*, Cambridge, Mass: Harvard University Press, 2009, 47.

对于美国冷战精英而言，国内宣传如同国外宣传一样重要，正如贝德尔·史密斯所说："以往我们太过专注于为人们提供食物，而苏联则集中精力喂养观念。"[1] 用多种删节版的屈斯缇纳书信集喂养人们以观念，不仅可以强化他们的反俄／反苏情绪，也有助于界定"自由世界"——一个松散的联盟，民主、专制、腐败、富裕、贫穷的西欧、美国和亚洲国家均可加入。这一联盟的身份只能建构在意识形态之上，因为对共产主义世界的反对正沦为屈斯缇纳及其编者所界定的"亚洲专制"本质。

这种游戏并不新鲜，即使是启蒙运动和19世纪的西欧作家与政治思想家，也会运用东欧的东方形象来更好地定义西方。[2] 在这种背景下，西欧的"恐俄症"自17世纪以来便不仅是欧洲身份构成的有机部分，也是欧洲安全话语的一部分。"俄国他者"作为欧洲"门口的蒙古野蛮人"潜伏在这些话语之中。这些话语的第二特征是他们看不到任何认识论上的缺陷，当他们谈论俄国时，会认为历史性的类比不仅合法，实际上也是唯一可以启发西欧认识俄国政治生活、外交、文化甚至经济发展内在机制的方式。[3] 正如马丁·马利亚在冷战期间所观察到的，并不满足于俄国"东方的"特性可以汲取自"共产主义自身，一些评论家追寻苏联的差异性之根，回到独特的俄国制度和民族性格特征"[4]。

俄国—亚洲暴君寻求在整个欧洲大陆称霸的主题，在19世纪初法国作家为拿破仑入侵俄国造势时得到普及；拿破仑失败后，又寻求将俄国作为欧洲权力机构的组成部分非法化。[5] 由于沙俄已经成为欧洲权力平衡事实上的支柱，法国作家如自由主义者德·屈斯缇纳侯爵或保守主义者德·伯纳德子爵以文化术语重新接纳了权力

---

[1] Scott Lucas, *Freedom's War: The us Crusade Against the Soviet Union, 1945–56*, Manchester: Manchester University Press, 1999, 48.

[2] 见 Wolff, Inventing Easter Europe, and Maria Todorova, Imagining the Balkans, New York: Oxford University Press, 1997, 89–115.

[3] Iver B. Neumann, *Uses of the Other: The 'East' in European Identity Formation*, Minneapolis: Universoty of Minnesota Press, 1999, 65–66.

[4] Martin Malia, *Russia under Western Eyes*, Cambridge, ma: Harvard University Press, 2009, 5.

[5] Iver B. Neumann, *Uses of the Other*, 89–90.

的平衡，如此就排除了"游牧的""亚洲的"俄国，或从欧洲中排除沙皇欧洲。法国天主教的保守派如马西斯继承了这个固化俄国的传统，并将其在20世纪复活，以便将俄国和美国都排除在西方文明秩序之外；而美国冷战分子如贝德尔·史密斯则利用这种话语，将苏联排除在欧洲之外，并让欧洲成为一个话语权被美国主导的自由世界。

Sinologist

汉学家

中国现当代诗歌韩国传播

朴宰雨（박재우，Park Jae Woo，1954—　）

1954年生，著名汉学家，国际知名学者，现任韩国外国语大学中文系荣誉教授兼博导、中国教育部长江学者讲座教授兼陕西师范大学人文社会科学高等研究院特聘研究员、中国社科院季刊《当代韩国》韩方主编、世界汉学研究会（澳门）总部理事长、韩国世界华文文学协会会长、国际鲁迅研究会创会会长等职，曾任韩国外大研究生院院长、韩国文学翻译院理事等职位。朴教授先后发表了200多篇论文，著有20余部专著，如《中国20世纪韩人题材小说研究》《韩国的中国现代文学研究通论》《〈史记〉〈汉书〉比较研究》《日本统治时期中国现代文学接收1-3》《20世纪中国韩国人题材小说的通时性考察》《中国当代文学考察》等，主编《韩国鲁迅研究论文集》（1、2）、《从韩中鲁迅研究对话到东亚鲁迅学》等10多种书籍，出版译书20余种，如北岛与余光中等的《中国当代十二诗人代表诗选》、潇潇诗集《忧伤的速度》、莫言与铁凝等作家的短篇小说集《吉祥如意》、巴金的《爱情三部曲》、严家炎的《中国现代小说流派史》等。

中国现当代诗歌韩国传播 —— 朴宰雨教授专访

王英丽 _____ 采访

王英丽（下文简称"王"）：朴宰雨（박재우）教授您好，想先请您谈谈中国现当代诗歌在韩国的传播及接受情况。

朴宰雨（下文简称"朴"）：谢谢您的采访。我本来主要研究中国古代《史记》文学、鲁迅和中国现当代小说、散文以及韩中文学关系的。虽然现在被聘为西南大学中国新诗研究所的客座教授，但是实际上不能说是中国新诗的纯正专家。不过，最近10年来对中国新诗发生兴趣，做些翻译，也邀请了几位中国资深诗人做"韩中诗歌交流"等一些活动。我曾经多次梳理过韩国的中国现当代文学接受史，对中国新诗在韩国的接受与现状问题有了一些掌握。

中国新诗在韩国首次被翻译出版是在日本帝国主义统治下发行的周刊杂志《东明》登载的，是1922年12月由梁白华（양백화）翻译的三首诗歌。第一首是傲梅女士的《日光》，第二首是智珠女士的《望月》，第三首是郭沫若先生的《司春的女神歌》，分别翻译、登载于12月3日、10日、24日号。不过，现在我们查不到傲梅女士和智珠女士具体的相关资料，所以韩国的中国新诗接受史一般从郭沫若的新诗翻译算起，距今也有一百年了。在日本帝国主义统治时期（1910—1945），在韩国的杂志、新闻里断断续续翻译介绍的主要有胡适、徐志摩、朱湘、冰心等诗人的诗歌。康白情、俞平伯、汪静之、谢婉莹、宗白华、梁宗岱、沈尹默、朱自清、卞之琳、王独清、臧克家、戴望舒、曦晨、曹葆华等人的诗歌也偶尔会翻译、介绍到

韩国。

"中国新诗选集"类的韩译版单行本的出版,始于1947年由尹永春(윤영춘)编译出版的《现代中国诗选》(青年社)。1975年河正玉(하정옥)也编译出版了《现代中国诗选》(民音社)。1976年由许世旭(허세욱)编辑翻译出版的《中国现代诗选》(乙酉文化社)的选定标准是以中国大陆现代诗人和台湾当代诗人的诗歌为主,包括刘大白、胡适、沈尹默、刘复、徐志摩、朱自清、闻一多、刘延陵、李金发、朱湘、覃子豪、纪弦、钟鼎文、周梦蝶、林亨泰、余光中、蓉子、洛夫、罗门、杨唤、管管、商禽、吴王尧、张默、楚戈、朱沉冬、辛郁、痖弦、郑愁予、梅新、叶威廉、白萩、戴天、林焕彰、叶珊、夐红、王润华、罗青38位诗人的诗歌共计110首,于是1987年他另外编译出版了以中国当代大陆诗人为中心的《中国现代代表诗选》(传艺园)。1990年他又把中国大陆、中国台湾、海外54位华文诗人的诗歌汇集起来,编译成《中国现代名诗选》(1、2,惠园出版社),后来又增补了一次。

1989年郑雨光(정우광)也编译了类似中国现当代诗歌选集《我不告诉您理由》(长白)。2006年,许世旭(허세욱)以韩国现代诗人协会和中国诗歌学会的名义在首尔组织了第一届韩中诗人会议,选编了韩中双语版《韩中诗集》,包括许世旭(허세욱)等韩国诗人的诗歌100首与吉狄马加等中国诗人的诗歌30首,很有交流意义。2011年金泰万(김태만)编译出版了包括清平、黄灿然、杨小滨、西川、臧棣、西渡、姜涛、蒋浩的8人诗选《帕米尔的夜晚》,2013年金素贤(김소현)与金慈恩(김자은)编译出版了诗选集《深夜·幽鸣》,囊括了徐志摩、闻一多、李金发、戴望舒、艾青、卞之琳、穆旦、郑敏、牛汉、昌耀、食指、北岛、林莽、舒婷、于坚、顾城、海子17位诗人的代表诗选。

1986年艾青进入诺贝尔文学奖候选人的消息传到韩国,在几个出版社的特别策划下,艾青诗歌选集(大概四五种版本,由柳晟俊류성준、全炯俊전형준等翻译)于同年在韩国被翻译、出版,韩国一时掀起了艾青诗歌热,之后也断断续续出现了其他几种翻译版本。1986年台湾诗人的诗集初次在韩国翻译出版,即金泰成(김태성)翻译的《林焕彰诗集》,后来金尚浩(김상호)又陆陆续续翻译出版了中国台

湾余光中、陈千武、吴晨、白萩、陈黎等诗人的个别诗歌选集。

1989年，三种版本的《毛泽东诗集》被翻译成韩文出版了。1995年，由郑雨光（정우광）翻译出版的《北岛的诗与诗论——北岛诗选》开始，大陆当代朦胧诗派诗人的个人诗集单行本开始在韩国出版了，之后，北岛的诗集在韩国又被翻译出版了两三次。1997年翻译出版了顾城的诗集《我是一个任性的孩子》（金泰成김태성译），1996年翻译出版了鲁迅的散文诗集《野草》（刘世钟유세종译），之后又出现了五六种《野草》的译本。韩国翻译出版了现当代新诗选集。比如2000年韩文版牛汉诗集《梦游》（金素贤김소현译）、《舒婷诗选集》（金泰成김태성译，2003）、《穆旦诗选》（李先玉이선옥译，2003）、《卞之琳诗选》（郑圣恩정성은译，2003）、戴望舒诗选（李庚夏이경하译，2004）、《辛笛诗选集》（洪昔杓홍석표译，2005）、吉狄马加诗选集《时间》（金泰成김태성译，2009）、骆英的《小兔》（2011）和《登山日记》（金泰城김태성译，2014）、叶维廉的《叶维廉诗选》（高赞敬고찬경译，2011）等等。从出版诗集的种类的角度看，也可算蔚为可观。

我的中国新诗翻译活动是从2010年开始的。当年北岛获得韩国第一届昌原KC国际诗歌奖后突然联络我，请我把颁奖时朗诵用的三首诗歌翻译成韩文。这是我第一次正式翻译中国新诗。同年10月应中国人民大学孙郁、王家新、阎连科、老马之邀，组织了金光奎、李琮敏、林哲佑等几位韩国诗人与小说家到人民大学去进行第一届韩中诗歌朗诵会。

这给我提供了一个灵感与启示，此后我每年都会在韩国举办"韩中诗歌朗诵会"，邀请中国著名诗人前来交流，至今为止已经邀请了北岛、王家新、池凌云、泉子、翟永明、于坚、潇潇、舒婷、舒羽、唐晓渡、北塔、王寅等中国诗人与高银（고은）、柳岸津（유안진）、崔东镐（최동호）、朴渼山（박미산）、郑末星（정끝별）、陈恩英（진은영）、金瓊人（김경인）、朴南用（박남용）、崔大男（최대남，诗人兼诗歌朗诵专家）等韩国诗人。"韩中诗歌朗诵会"上所朗诵的中国诗歌由我和裴桃任（배도임）博士负责翻译。期间，我受到香港潘耀明先生和香港艺术发展局的支持，组织翻译了《香港文学选集》（诗歌，小说，散文等三部，其中包括《香港诗歌选集》（2012，与金顺珍김순진、朴南用박남용博士合译，青色思想出版社）。

2017 年和 2018 年为配合平昌冬奥会做文艺活动，参与并组织了"韩中日东亚诗人大会"（2016）和"东亚诗人庆典"（2017）与会的王家新、七月、孙晓娅、朵渔、孙磊、宇向、扶桑 7 位诗人（2016 大会）和舒婷、吕进、叶延滨、潇潇、欧阳江河、臧棣、黄亚洲、舒羽、北塔、池凌云、卢文丽、蓝蓝、戴潍娜、唐晓渡、冯晏、郑炜明、林幸谦等近 20 位中国诗人（2017 庆典，叶延滨、欧阳江河、臧棣、林幸谦等一些诗人只是送来诗歌，而实际上未能到场）的代表诗歌都由我负责翻译，会后我协同韩国诗人协会主编并出版了《东亚诗人大会——平和、生命、友情》（2016）、《2017 韩中日诗人庆典诗选集》《2017 诗人庆典纪念文集》三本诗集，收录的中国诗歌由我和裴桃任（배도임）博士合译。后来由于教学的需要，我翻译出版了《中国当代十二诗人代表诗选》（2017，包括北岛、舒婷、多多、王家新、于坚、翟永明、欧阳江河、西川、梁秉钧、余光中、陈黎、洛夫等十二位，和裴桃任배도임合译）韩中文双语版。2019 年我又翻译出版了潇潇诗集《忧伤的速度》和少年林江和的诗集《我必须宽容》（与金英明김영명博士合译）。在我翻译中国现当代诗歌 10 年的过程中，我常常被某些诗人敢于面对现实的苦恼和他们的真诚以及艺术水平所吸引，也被翻译某些诗歌时说不出的苦衷和微妙的滋味所征服。

王：韩国文学界研究中国诗歌已有很长的历史了，特别是对中国古诗词的研究，取得了丰硕的成果。随着时间的推移，中国现当代诗歌的长足发展，中国不少现当代文学家、诗人及其作品传播到了韩国。韩国的读者根据自身文化底蕴、文学素养，在接受这些作家及其作品时有着自己的偏好。近年来中国大力扶持中华优秀作品外译项目，助力中华文化海外传播，已经取得了傲人的成绩，不少译者都在跃跃欲试，以尽绵薄之力。您能否谈一谈韩国的学者、大众读者们都对中国哪些现当代文学作品感兴趣呢？

朴：众所周知，目前世界各国对诗歌的普及是很有局限性的，韩国也一样。一般来讲，阅读或者朗诵诗歌的读者圈很小，很有限，出版数量超过一千本的诗集也不多见。尤其是外国诗歌，读者群更是有限。说实在的，一本诗集被翻译后仅出版三五百本也很常见。韩国学者、专家关注的中国现当代诗歌大概是我在上面介绍的那些翻译出版的诗集吧。不过，我没有听说过中国诗人的诗集因为很有人气而再版的，这样的情况，在别的国家的外国翻译诗集的出版也面临差不多的情况吧。

王：作为研究中国现当代文学的韩国学界泰斗，您个人比较喜欢的中国诗人和作品有哪些呢？

朴："泰斗"称呼实在不敢当。我曾经和德国的顾彬先生聊过几次，他对当代中国相当一部分诗人的评价很高，他还翻译了不少诗人的诗歌，在德国出版。至于当代诗歌，对我个人来讲，太偏向于现代主义而晦涩难懂，有的作品像是语言的游戏，我不感兴趣。但是我感兴趣的诗歌也不少。不过，我很喜欢在诗歌的核心精神里拥有敢面对历史现实的苦恼和真诚的探索以及深刻的情怀，进而能把这些和成熟的艺术水平相结合，比如鲁迅的一些散文诗、穆旦的某些诗歌、北岛的初期诗歌等。我也很喜欢看舒婷、多多、芒克、杨炼、王家新、于坚、翟永明、王小妮、潇潇、吉狄马加、西川、骆英、池凌云、远岸、北塔、舒羽、雷平阳、洛夫、梁秉钧等当代诗人的某些诗歌，欣赏他们的某些具有突破性的、刺入人心、扣人心弦的诗歌句子。同时我也喜欢看徐志摩、艾青、余光中等忠实于某种情感所表现出的动人的抒情诗歌。当下农民工和愤青的那些诉苦、刺讥的生活诗歌，虽然不是很"雅"，但是其直截了当的各种表现深入人心，也值得我去反复咀嚼、品味。

王：是否有这样一种情况，韩国读者对中国现当代诗歌的喜好很大程度上是因为译者。因为介绍到韩国的中国诗歌是译者选择的，译者喜欢，进而进行了翻译，再将译本呈现给韩国读者，韩国读者"被动地选择了"译者所喜欢的诗歌。也就是说，译者起到了中国现当代诗歌韩国传播的主导作用。对这个问题，您持什么观点呢？

朴：您说，韩国读者"被动地选择了"译者所喜欢的诗歌，我觉得在一定程度上可以这么说，不过，一般译者的选择范畴脱离不了中国大陆与台湾现当代诗歌史上的主要诗人。翻译的时候，选择哪些诗人，选择他们的哪些诗歌，主要依靠译者的个人取向和审美标准。从这个意义上来说，译者肯定对读者阅读的选择起到了主导作用的。作为读者的韩国中国文学和中国新诗爱好者比较多的受到了译者的影响吧。

王：单纯的文字翻译与文学作品的翻译不可同日而语，更何况是简短精湛的诗歌文本。这不仅要求译者有深厚的文学底蕴，精通汉语，还要了解中国文化。在翻译的过程中，漏译、误译甚至是错译也时有发生。所以有不少学者认为，诗歌是不可译的，翻译是诗歌的再创作，等等。您怎么看待诗歌翻译呢？

朴：文字翻译当然按照原来的词汇来翻译就可以，不过，放在文脉中的文字要考虑前后的意义脉络，决定在文字的几种语义中选择哪一种语义最合适。我一直认为中国现当代小说、散文的韩文翻译首先应该考虑忠实于中文原文。不过，直译中文原文在很多情况下发生在文脉中意义不够通达以及可读性不强的问题，所以需要活用"删除多余""填充空位""更换顺序""拆分长句""变更框架""翻转意义""文化变译""意象完善"等原理性的几种方法或者技巧来灵活地翻译。中文诗歌原文简短精湛，尤其如此。从极端意义上讲，历史与社会文化背景不同的两种语言，完全等价性的翻译从根本上说是很难的，尤其是诗歌作品，完善地实现等价翻译难度很高。不过，从世界化现实的角度看，两种语言之间的沟通与翻译是不可或缺的，是绝对需要的，可以说已经日常化了。不过，由于上面这些原因，我们在很多情况下不得不采取次佳的或次善的翻译方式。中文诗歌的韩译，如果能在最完善的维度上翻译，那最好，反之，可以用上面所提的几种技巧，深入考虑作家、作品的风格和他们所想达到的境界来灵活地翻译就不错了。再不行，次佳、次善的翻译也无不可。但是有些非常劣质的翻译，严重破坏了原作品的风貌和价值，那真不如不翻译了。

王：随着社会的变革，经济的发展，科技手段日新月异，虽然如今的中国人对诗的热爱远不如过去，但诗社、读诗会等民间团体也遍布全国。每年都举办诗歌大赛，与诗歌相关的研讨会等每年都有举办。能否请您介绍一下韩国的相关情况呢？

朴：韩国的情况也差不多。韩国的文学作品竞赛，多通过中央的14个报社和地方的20个报社的"新春文艺"公募而进行（统计截止于2020年）。其中大部分竞赛（中央12个报社，地方18个报社）囊括了诗歌，在竞赛中得奖就能正式进入诗坛。

至于文学奖，据说有近400个，比较知名的也有100多个，其中不少文学奖都涵盖诗歌。韩国也有国际文学奖，比如"昌原KC国际文学奖"，2010年至今，中国诗人北岛、王家新、潇潇荣获此奖。在韩国，与诗歌相关的文学评论、对谈、研讨会也不少。

王：中韩文学交流已有千余年的历史，能否请您谈谈中国的诗歌传入韩国后，对韩国诗歌界的诗歌创作产生了哪些影响？（诸如主题、题材、写作风格、韵律、类型等。）

朴：古朝鲜时代（B.C.从7世纪到4世纪左右到B.C108）的韩国没有文字（到了1433年，才创制纯粹的韩文）为了学习中原的先进文化，接受了汉字与汉字文化，韩国人由此能创作韩国汉诗，就有了古朝鲜津卒白首狂夫之妻——丽玉（여옥）作《箜篌引》（공후인），或称《公无渡河歌》（공무도하가），这样就形成了韩国2000余年的汉诗创作传统。从诗歌体式的角度看，《诗经》体四言诗、民间乐府体、五言古诗体、五七言绝句律诗体都有，当然要遵守韵律、平仄的时候，大都坚持原则。从思想宗教的角度看，从中国引进来的儒学、道教、佛教的思想都反映到诗歌中来。从具体的主题、题材的角度看，爱国忠君主题、思乡主题、社会讽刺主题、咏物言志主题、生死离别题材、山水田园题材等都有，很丰富。韩国古代诗坛虽然都向《诗经》《离骚》、陶渊明、杜甫、李白、苏东坡等中国的各时期的代表诗人、诗歌学习，受到其影响不少，但都是扎根于韩国现实生活而进行创作，都具有韩国特色与独特成果。韩国也有词文学的发展，也值得注目，但是其成果比不上诗歌创作方面的成果。

统一新罗时代留学长安的崔致远（최치원）有"东国儒宗""东国汉文学之祖"之称，对当时新罗诗坛和后来韩国汉文学的影响深远，不过，他多受到晚唐诗坛影响，不可避免有些晚唐诗风所带来的浮靡的负面影响。到了高丽时代中后期，韩国汉文学诗坛找到汉诗创作新路，慢慢推崇苏东坡与陶渊明，不过，也有人推崇李白。李奎报（이규보）因为经常模仿李白的诗风，所以有"韩国李白"之称，李齐

贤（이제현）被称为"韩国的苏东坡"。后来朝鲜时代文人也一直对陶渊明与苏东坡推崇。不过，朝鲜时代的皇室积极劝奖吟咏忠君爱国的杜甫文学，而对李白、苏东坡等自由奔放之豪放风格的文学敬而远之。杜甫一生忧国爱民的情怀，因此皇室1481年翻译并刊行了《杜诗谚解》，就是第一部杜诗的韩文翻译本。如此，朝鲜时代总共刊行了19种杜诗韩译书。从这样的角度看，无论如何，韩国诗坛以拿来主义的角度几乎不失时机地接受中国各时代流行的文学类型而活用，其成果蔚为可观。

王：您曾将韩国鲁迅接受史分为六个阶段，第一阶段（1920—1945.8），第二阶段（1945.8—1950.6），第三阶段（1950.6—1979），第四阶段（1980年代），第五阶段（1990年代），第六阶段（2000年以后）。中国现当代诗歌的韩国接受过程是否也可以像韩国鲁迅接受史一样划分呢？如果可以以阶段来划分，您认为中国现当代诗歌的韩国接受史应该怎么划分呢？

朴：在我看来，韩国的鲁迅一百年接受史，具有与众不同的特殊性。鲁迅文学及其思想锋芒和韩国的时代命题有很深的关系，因此，很多先进知识分子把它引进来韩国，活用于应付韩国的时代问题。在日本帝国主义统治时期和韩国长期军部独裁政权统治时期里把鲁迅与其作品当作批判与抵抗的思想资源或者精神武器，按照每段时期的具体的时代命题与应付情况，可以分为上面六个阶段，我看很符合实际。

至于韩国接受中国新诗百年史，没有这样明显的时代特色，按照韩国接受鲁迅一百年史一样划分时期，是相当勉强的。依我看，大概分四个时期就差不多了。

第一时期（1922年—1945年），是日本帝国主义殖民统治下在杂志、新闻上陆续零散地把中国新诗翻译介绍进来的时期主要包括中国现代诗歌史（1917年—1945年）上的主要诗人的代表性诗歌，翻译者以梁白华（양백화）、丁来东（정래동）、李陆史（이육사）、林学洙（임학수）、尹永春（윤영춘）为中心；第二时期（1946年—1985年），是开拓出版中国新诗翻译选集单行本的时期，以中国大陆现代诗歌和台湾当代诗歌的翻译介绍为主，翻译者以尹永春（윤영춘）、河正玉（하정옥）、许世旭（허세욱）为中心；第三时期（1986年—2009年），是中国大陆当代诗歌慢慢以翻译多人诗选集与个人诗选集单行本的形式出版，而且在韩中诗坛之间开始正

式交流的时期。以中国大陆诗人个人诗选集翻译出版为主，也包括台湾诗人诗选集翻译出版的，不过又包括海峡两岸多位诗人的诗歌翻译选集翻译者以许世旭（허세욱）、柳晟俊（류성준）、全炯俊（전형준）、金泰成（김태성）等和郑雨光（정우광）、金素贤（김소현）等不少新进的学者为中心；第四期（2010年—现在），是在韩中诗坛之间直接做颁奖与获奖、双语朗诵、加强翻译出版等方式交流，也包括韩中日三国诗坛之间与国际间多元交流的方式的时期。从北岛2010年获得第一届"昌原KC国际文学奖"开始，即中国当代诗歌受到韩国诗坛的正式认可，之后，中国当代诗人隔几年就会获得韩国国际文学奖，如王家新、潇潇。而且韩中合作的"韩中诗歌朗诵会"活动从2010年开始，几乎每年都在韩国举办。如此，韩中诗人团体之间或者诗人个体之间进行了各种大小不同的交流。韩国诗人协会举办了两次"韩中日诗人大会"，翻译、出版中国当代诗人诗选集的数量也与日俱增。这一时期的译者以朴宰雨（박재우）、裴桃任（배도임）、金泰成（김태성）、金泰万（김태만）、朴南用（박남용）、金素贤（김소현）、金英明（김영명）为主。我认为，在经过相当长的岁月之后，可以重新思考中国现当代诗歌的韩国接受史，重新对其进行划分并进行梳理吧。

王：那么，韩国接受中国现当代诗歌并受其影响的知识分子类型是否也可以分为思想家型、作家型、学者型和一般读者型呢？

朴：我做学问的时候，一向秉持实事求是的原则。在我看来，也正是因为上述的那些理由，不太可能这样去分类。

王：韩流也好，汉流也罢。您对中韩文学的独到见解一直为我所敬佩。可否请您谈谈，韩国文学界对中国现当代诗歌的研究热情、研究角度，对不同类型诗歌的接受情况呢？

朴：按照韩国的年轻学者金民静的说法（2016），韩国的中国新诗研究专家大概有30位，可以分为五代。第一代以许世旭（허세욱）、柳晟俊（류성준）为代表，第二代以金龙云（김용운）、朴钟淑（박종숙）为代表，第三代以金素贤（김소현）、

郑雨光（정우광）、郑圣恩（정성은）等13人为代表，第四代以金慈恩（김자은）、黄智裕（황지유）、李庚夏（이경하）等8人为代表，第五代以白贞淑（백정숙）等5人为代表。还有洪昔杓（홍석표）、金泰成（김태성）、金永文（김영문）等学者，只是做翻译，没有做研究。不过，这里提到的主要是对比较注重中国新诗研究的学者而言，主要研究别的领域而偶尔涉及到新诗的研究者和翻译家估计多一些。讲到研究热情，依我看，这些学者都对中国新诗研究有一定的热情，否则，对于晦涩难懂的中国诗歌，估计他们很难写出优秀的论文来。据我了解，许世旭先生因为亲自用中文写诗，有很多中国大陆与台湾的诗人朋友，所以对中国新诗的翻译满怀热情，对诗歌研究的热情也很强烈。金龙云（김용운）在这个方面的热情也与众不同，以独到的眼光很早就开始研究这个领域了。金龙云主导的釜山东亚大学中文系中国新诗研究团队曾经扮演了韩国研究中国新诗中心的角色，由于得到中国方面的支持，所以中国新诗资料库也一时相当齐全吧。至于柳晟俊（류성준），他本来是国际知名的唐诗研究专家，著作甚丰，后来也研究中国新诗，出版了《中国现代诗与诗论》《中国现当代诗歌论》等专著。这些学者中，亲自创作诗歌的朴南用（박남용）研究中国新诗的论文甚丰，出版了《韩中现代文学比较研究》《中国现代女性诗歌的理解》等专著。再之后出现的研究新诗的学者估计也不少，我不太熟悉，就不多言吧。

王：您曾应邀在中国、日本、美国、印度、波兰、英国、马来西亚等世界50余所大学讲学，负责组织了"国际鲁迅研究会学术论坛"9次，"韩中鲁迅研究对话会"3次，"中华名作家邀请国际文学论坛"11次，"韩中诗歌朗诵会"9次，韩中文学论坛或者对话会3次，"韩国世界华文文学国际论坛"5次，"韩中文化论坛"14次，"青年学者中国现当代文学国际研讨会"6次，"世界汉学研究会（澳门）学术论坛"1次，参与组织了"韩中日东亚文学论坛"4次，"首尔国际文学论坛"3次，"韩中日东亚诗人大会"2次，"东亚现代中文文学国际学术研讨会"9次，"首尔—东京中国现代文学研究对话会"6次，"韩国外大BK21+青年学者国际学术研讨会"15次等许多有影响力的学术会议，影响深远。您曾经荣获了韩国总统的"教育功劳勋章"，从韩国外大获得"优秀研究教授"奖 6 次，中国驻韩大使馆为您颁发了"中韩文化交流功劳"奖，中国作家协会给您颁发了"中国文学之友"奖牌和认证书等。在文学研究领域里，您有广阔的眼界与国际性的思考维度。能请您给我们分析一下中国现当代诗歌的国际化传播的未来发展及走向吗？

朴：不敢当。从国际传播的角度看，以唐宋诗歌为中心的中国古代诗歌，比起现当代诗歌来，传播得更广泛，更深入。这一方面是因为唐宋诗歌的成就一直被公认能代表中国古典文学，尤其是李白、杜甫、苏东坡诗歌的创作成果；另一方面因为传播到世界各地的历史早就超过千年，在国际上一般读者圈子里早就形成了一定的期待视野。不过，中国现当代诗人里，估计还没有和李、杜、苏比肩的保有高质量的成果与广泛知名度的诗人，现当代诗歌可以说还处在被世界各地的读者慢慢认识的过程当中。

中国作家协会从 2010 年开始每隔一年举办"汉学家文学翻译国际学术研讨会"，对中国当代文学的国际传播起了很大作用。不过，与会的中国作家和海外翻译家以小说家和小说翻译家为主，中国诗人与海外的中国诗歌翻译家很少参加。看来对于中国当代诗歌走出去方面，应该加强力度与广度、深度，对海外的中国现当代诗歌翻译者应该多支持和鼓励吧。德国顾彬先生，韩国的中国新诗专家和我，还有不少海外的喜欢阅读中国当代诗歌的学者们，会继续努力把中国新诗中有意义的东西翻译、介绍到自己国家的文学园林中。不过，最关键的问题还是在于中国诗人们能否写出有扎根于中国深层次现实的作品，作家作品的想象力是否非凡、感受力是否敏锐，而且是否具有宽阔的胸怀、思想境界和相应的艺术水平，是否能创作出直刺人心、扣人心弦、意象微妙、韵味深远的诗歌。

王：作为资深翻译、中韩文化交流使者，您有什么话想对韩国中文专业的学生说呢？您对中国、韩国的中国研究学者，对中国、韩国的中国文学译者有什么期望呢？

朴：我看，韩国的中文专业的同学们一般只是重视对作为外语的汉语和其背景的中国文化，着重于汉语表达能力的提高和一般的文化知识的学习，而对中国文学的阅读与深入了解就不太感兴趣。不过，从文化层次上看，中国文学是以汉语最精彩的语言构成，也是中国文化的核心部分之一。从某种角度看，诗歌可以说是一个国家文化的灵魂，是以最精炼的语言表达的。如此看来，中国现当代诗歌就是中国现当代的文化灵魂。要掌握最高层次的精炼的语言，一定要深入了解中国现当代文学与诗歌才行，要深入理解中国人的深层次思维与中国文化的深层次内涵，一定要好好地把握中国文学与诗歌。

至于有志于中国文学作品韩译的学者、翻译家，应该阶段性地提高自己的翻译能力。既然要提高实际的作品翻译能力，也要提高翻译理论思维水平。中国现当代文学作品的韩文翻译，已经有近一百年的历史，但是成百上千翻译家的无数翻译经验，却没有从学问的维度上积累下来，也很少有人加以研究，因此翻译理论研究水平不高，可以说还停留在初中级的阶段，这是应该是未来被关注的一个点，并且要加以突破。翻译家还要考虑韩国的出版现实，能和现实出版需要配合，生产出有水平且具有现实适应性、可读性高的翻译作品。在我看来，要成为专业翻译家，目标应该放得更高，能掌握训练自己翻译能力的关键，再加上提高市场竞争力。"长江后浪推前浪"，这是历史发展的真谛，我个人非常期待韩国和中国的年轻学者以及翻译家能加把劲超越前人。

Long verse

长诗

胜利

胜利

皮埃尔·保罗·帕索里尼 _____ 著   申舶良 _____ 译

皮埃尔·保罗·帕索里尼（Pier Paolo Pasolini，1922—1975）

  意大利著名电影导演。1961年开始执导筒。1964年的《马太福音》将圣经故事以次无产阶级革命的方式搬上银幕，遭到当时所有左翼人士的强烈抗议。他改编拍摄了希腊神话《俄狄浦斯王》和《美狄亚》，构筑他独特的史诗宗教的认识体系。晚期的《生命三部曲》《十日谈》《坎特伯雷故事》《一千零一夜》）改编自中世纪题材的文学名著，是一种精神的欣悦和狂欢。

长诗　胜利

武器在哪里？

我仅有的都来自自身理智

而我的暴力中甚至容不下

一件不智之举

的痕迹。这可笑么，

如果来自我梦的暗示，在这

灰色清晨，死人能够见到

别的死人也会见到，而对我们

这不过是又一个清晨，

我高呼斗争之语？

谁知道到中午，我将

如何，那老诗人却"狂喜"

他像云雀、八哥，或

一个渴望去死的青年那样说话。

武器在哪里？旧日子

不复归，我知道；红色的

青春四月已去。

只有一个梦，关于欢乐，能开启

一个荷枪实弹的疼痛之季。

我，一个缴了械的党徒，

神秘，无胡须，无姓名，

我意识到生命中可怕地

染了芬芳的反抗的种子。

在清晨叶片都很平静

如同曾在塔利亚门托河[1]

和利文扎河畔时——不是暴风将至

或夜晚降临。是生命的

缺席，它沉思自身，

与自身疏离，专注于

理解那些仍充溢其中的

恐怖而宁静庄严的力——四月的芬芳！

每叶草都有一个荷枪实弹的青年，

都是渴望去死的志愿者。

……

---

[1] 塔利亚门托（Tagliamento），意大利东北部的网状河，从阿尔卑斯山在的里雅斯特和威尼斯之间流入亚得里亚海。下一行中的利文扎（Livenza）同为意大利河流名，两河皆流经弗留利（Friulian）乡下，帕索里尼年少时在那里度过大部分时光。

好。我醒来——第一次

在我的生命中——我想拿起武器。

在诗中说这个是荒唐的

——对四位来自罗马、两位来自帕尔马的朋友

将从这完美地译自德语的乡愁中

理解我，在这考古的

安宁中，凝视阳光丰沛、人烟稀少的

意大利，野蛮的党人的家园，他们从

阿尔卑斯山脉下到亚平宁山脉，沿着古道……

我的狂暴只在黎明到来。

中午我将与同胞们一起

工作，吃饭，处于现实，升

白旗，今天，关乎众生的命运。

而你，共产主义者，我的同志 / 非同志，

同志的阴影，隔绝的近亲

迷失于当下，还有遥远，

将来那些无法想象的日子，你，无名的

父亲，已听到呼唤

我觉得那像是我的呼唤，

正在燃烧，像被遗弃在

冰冷平原上的火焰，沿着沉睡的

河流，在炸弹爆响的群山……
……

我将一切责难加于自身（我的

旧业，未予供认，简单活计）

指向我们无望的弱点，

正是为此我千千万万，

都是一个命，无法

坚持到底。结束了，

我们一起唱吧，哒啦啦：它们正在坠落，

越来越少，战争与

殉难之捷的最后叶片，

被将成为现实的东西

于点滴中毁坏，

不止是亲爱的"反应"，还有美好的

社会民主的诞生，哒啦啦。

我（欣然）将罪责加于自身

将一切按其原样处置之罪：

失败之罪，怀疑之罪，艰苦的年月中

肮脏的希望之罪，哒啦啦。

我还会将最黑暗的乡愁之痛的

Long verse 长诗 胜利

煎熬加于自身，

它以那般真实
唤起悔恨的诸事，几乎
让它们复活，或是重构那些

使它们必不可少的破碎的条件（哒啦啦）……
……
武器都去了哪里，和平
而丰饶的意大利，你在世界中已无足轻重？
处在这奴性的镇定中，这镇定证明

昨日的繁盛，是今朝的萧芜——从崇高
到荒诞——在最完美的孤独中，
我控诉！别，冷静，政府、大地产，

垄断企业——即便它们的高层祭司，
意大利的知识精英，他们所有人，
甚至那些老实地自称

"我的好友"的人们。这些年也必是
他们生命中最糟的年份：因接受
一种不曾存在的现实。这纵容，

这窃用理想的后果，
是真的现实中已无诗人。
（我？我枯竭，报废。）

如今陶里亚蒂已从 [1]

上次血腥罢工的回响中退位，

老了，有先知为伴，

他们，哎呀，是对的——我梦到武器

藏在泥里，哀悼的泥

在其中孩子们游戏，老父们劳作——

当忧愁从那些墓碑走下，

名录破碎，

墓门崩裂，

年轻的死尸们穿着

那些披的外套，宽松的

裤子，军帽扣在他们党徒的

头发上，他们走下来，沿着

紧挨市场的墙，沿着把

城市的菜园和山坡相连的

小道。他们从墓中走下，年轻人

眼中盛着的不是爱：

一种秘密的疯狂，属于那些像被一种

---

[1] 帕尔米罗·陶里亚蒂（Palmiro Togliatti，1893—1964），意大利共产党和共产国际领导人。

异于自身的命运召去战斗的人。

怀着那些不再是秘密的秘密，

他们走下，死寂地，在黎明的阳光里，

而，离死这么近，那些将在这世界上

远行的人们的步履中，却数他们的欢快。

但他们是山里、波河的野岸边[1]

和最寒冷的平原上最遥远之地

的居民。他们在这儿干什么？

他们回来了，无人能将他们阻挡。他们不隐藏

武器，他们手持武器不含悲喜，

无人注视他们，好像羞愧使这些人盲目，

羞愧来自枪肮脏的闪烁，来自那些兀鹫

降入它们在阳光中暧昧的职责的声响。

……

谁有胆量告诉他们

他们眼中秘密燃烧的理想

已经终结，属于另一时代，他们兄弟

的孩子们已多年不战斗，

而一个残酷的新历史已生产出

---

[1] 波河（Po），意大利最大河流。发源于意大利与 波河法国交界处科蒂安山脉海拔 3841 米的维索山，注入亚得里亚海。河流全长 652 千米，流域面积约为 7.5 万平方千米。

别的理想,静静地将他们朽烂?

他们像粗陋而贫穷的野人,将触及
这二十年来人类的暴行收获的
新事物,无法动摇那些

寻找正义的人们的事物……

而我们来庆祝吧,让我们打开...
合作社的好酒……
为总有新的胜利,新的巴士底!

莱弗斯科,蠕虫……万岁!
为你的健康,老友!力量,同志!
为美好的党献上最好祝愿!

在葡萄园之上,在农场的池塘之上
太阳来临:来自那些空荡墓穴,
来自那些白色墓碑,来自那遥远的时代。

而他们正在这里,狂暴,荒唐,
发出移民的怪声,
吊在街灯上,扼在绞具中,

谁来率领他们发动新的斗争?
陶里亚蒂本人终于老了,
老去乃是他一生的所愿,

Long verse 长诗 胜利

他将一个警报器握在胸前，

像一位教皇，我们对他的全部爱，

虽被史诗般的热爱侏儒化，

忠诚得甚至接受一种暴烤的透明

的最非人的果实，强韧如疥疮。

"一切政治都是现实政治，"战斗的

灵魂，带着你精致的愤怒！

你认不出别的灵魂，除了这一个

有聪明人的全部平实话语，

献给老实民众的革命的全部

平实话语（甚至艰苦年月的杀手

和他的共犯也嫁接成

古典主义的保护人，共产主义者

就变得可敬了）：你认不出那颗心

已做了它敌人的奴隶，敌人去哪里

它就去哪里，被一种历史引领着

这是两者共同的历史，使两者，深深陷落，

扭曲着，成为兄弟；你认不出一种

觉悟的恐惧，借与世界争斗，

同享世世代代的争斗法则，

像穿过一片悲观进入那希望能

沉溺其中以增阳刚之地。为一种
不知幕后动机的欢乐而欢乐，
这军队——在盲目的阳光中

盲目——全是死去的青年，到来，
等待。如果他们的父亲，他们的领袖，正专注于
一场与权力的玄妙论辩，困在它的

辩证逻辑当中，而历史不停地将这逻辑改变——
如果他遗弃了他们，
在白色群山，在宁静庄严的平原，

渐渐地，儿子们
野蛮的胸中，恨成为对恨的爱，
只在他们中燃烧，这几个，被拣选的。

啊，绝望无法无天！
啊，无政府之乱，对神圣的
自由之爱，唱着英勇的歌！
……
我还将罪责加于自身，试图
背叛之罪，权衡投降之罪，
将善当作次恶来接纳之罪，

对称的不相容握在

Long verse　长诗　胜利

我的拳中有如旧习……

人的一切问题，带着它们暧昧不明的

糟糕陈词（自我的孤独

之结，它感到自身将死

而不愿赤裸着来到上帝面前）：

我将这一切加于自身，我便能从内部

理解，这模糊的果实：

被爱的人，在这无以盘算的

四月，从他那里，一千名青年

从超乎等待、信任的世界里坠落，一种标志

有着没有怜悯的信仰的力量，

来献祭他们卑微的愤怒。

在南尼体内憔悴下去的是不确定性[1]

他借此重入游戏，熟练的

一致性，公认的伟大，

他借此宣布断绝史诗般的热爱，

尽管他的灵魂能向其索要

---

1 皮耶特罗·桑德罗·南尼（Pietro Sandro Nenni，1891—1980），意大利社会党领袖，在此诗诞生的1964年，美国（通过CIA）出资分裂社会党，创立并扶植强硬反共的右翼社会民主党派"无产阶级团结社会党（PSIUP）"。是年，南尼放弃了作为意大利总统候选人的提名，而支持萨拉盖特为总统候选人。

头衔：而，离开布莱希特的舞台

进入后台的阴影之中，

他在那里对现实，学会了新的话语，不确定的

英雄以巨大的个人代价击碎束缚他的

锁链，像一位旧日偶像，对人民而言，

为他的旧时代带来新悲痛。

年轻的瑟维兄弟，我的弟弟圭多，[1]

1960年被杀的雷焦青年，

有纯洁、强劲而坚信的

双眼，神圣之光的源头，

注视着他，等待他旧日的话语。

然而，英雄已分裂，他已

缺少一种触动心灵的声音：

他诉诸那些不是理性的理性，

诉诸理性的悲伤姊妹，希望

在现实当中理解现实，拥有一种

拒绝任何极端主义，任何激进的热情。

能对他们说什么？那种现实有新的张力，

---

1 瑟维兄弟（Cervis）是在20世纪60年代初在意大利雷焦卡拉布里亚（Reggio Calabria，意大利南部港口城市）为改善工作环境进行的暴动中被纳粹杀害的两兄弟。圭多·帕索里尼（Guido Pasolini），帕索里尼的弟弟，在意大利和南斯拉夫人在争夺接壤的边境地区的战斗中被南斯拉夫共产党人杀害。

Long verse 长诗 胜利

只作为它自身，人们至今

除了接受它，便没有别的途径……

革命会成为沙漠

如果一直没有胜利……对那些

想赢的人还不算太晚，但不能靠老旧的．

无望的武器的暴力……

那必须以一致性

向生命中的不一致献祭，尝试一种造物者

的对话，哪怕有违良知。

即使这个局促小国

的现实都比我们重大，这总是件可怕的事：

人必须成为它的一部分，不管那多苦……

而你如何指望他们合理，

一群焦虑之众离开——如

歌中所唱——家，新娘，

生命自身，特意以理性之名？

……

而或许南尼的一部分灵魂想

告诉这些同志们——来自另一个世界，

身穿军装，窸窣开在

他们的布尔乔亚鞋底，他们的青春

天真地渴求鲜血——

大喊："武器在哪里？快来，我们

走，带上它们，在干草堆里，在地里，

你们竟没发现什么都未改变？

那些哭泣的还在哭泣。

你们当中那些有纯洁无辜之心的，

去到贫民窟当中，

到穷人的廉租房当中讲话，

他们的墙壁和巷陌背后

藏着可耻的瘟疫，那些知道自己

没有将来的人们的消极。

你们当中那些有心

献身于那遭诅咒的透明的，

进到工厂和学校

提醒人民这些年中什么都不曾

改变知晓的质量，永恒的借口，

权力可爱而无用的形式，却从不关乎真实。

你们当中那些服从纯正的

旧日教规的

去到那些心中空无真正激情

而长大的孩子们当中，

提醒他们新的恶

仍是并一直是这世界的分割者。最终，

你们当中那些悲惨地意外降生于

没有希望的家庭中的，将给予粗壮的肩膀，罪人的

卷发，阴郁的颧骨，无怜悯的双眼——

走吧，首先，到凯蕾丝帝家族去，到阿涅利家族去，

到瓦莱塔家族去，到那些把欧洲带到波河河岸的 [1]

公司首脑们那儿去：

为他们每个人备下的时刻即将到来

不同于他们拥有的和他们憎恨的时刻。

那些从公共利益的宝贵资产中

窃利谋私又无法律

能惩罚他们的，好嘛，那么，去用屠杀的绳索

将他们捆绑。在洛雷托广场尽头 [2]

---

1 凯蕾丝帝家族（Crespis）是意大利老牌纺织品和洗染业家族；阿涅利家族（Agnellis）在意大利是财富与荣耀的象征，掌控着菲亚特集团和尤文图斯俱乐部等；瓦莱塔家族（Vallettas）不详，或亦是意大利的豪商巨贾。

2 洛雷托广场（Piazzale Loreto）是意大利米兰的一个城市广场，是第二次世界大战中两个重要事件的发生地点。1945年4月29日，贝尼托·墨索里尼、克拉拉·贝塔西和几名意大利社会共和国高级官员被执行死刑后，尸体被运到洛雷托广场，布宜诺斯艾利斯大街街角，倒吊在一个加油站顶上暴尸示众。1944年8月10日，在同一地点，法西斯曾悬挂15名米兰平民的尸体（史称"洛雷托广场屠杀"）。

仍有一些，重新涂绘的

气泵，在与它的命运一同归来的

春日那安宁的阳光中

呈现红色：是把它再变成一座墓场的时候了！"
……
他们正在离去……来人呐！他们正在逃走，

他们的脊背掩盖在乞丐与逃兵的

英雄大衣下……他们归去的山岭

多么宁静庄严，冲锋枪多么轻盈地

敲打着他们的屁股，太阳的

步履踏上生命的

完整形式，成为它极深处

的初态。来人呐，他们在逃跑！——回到他们

在马扎博多或维亚塔索的寂静世界……[1]

带着破裂的头，我们的头，家中

的微薄之珍，二儿子的大头，

我弟弟重入他血腥的睡眠，独自

在枯叶之间，在前阿尔卑斯山脉

宁静的木质避难所，消失在

---

[1] 马扎博多（Marzabotto），意大利村庄，二战期间那里发生过大屠杀，整座村庄及其居民全被纳粹毁灭；维亚塔索（Via Tasso）是罗马的一条街，纳粹和法西斯的刑讯总部所在地。

没完没了的星期日的金色和平中……

……

然而，这是胜利之日。[1]

1964

LIGHT YEAR 光年

---

[1] "胜利之日"指 1945 年 4 月 25 日，德军在意大利投降，墨索里尼在希特勒的扶植下于意大利建立的法西斯傀儡政权正式灭亡。

附录：译作者

得一忘二

1965 年出生，新加坡国立大学博士，主要研究现当代英语诗歌。他以中英文写诗，出版有诗集以及翻译作品，有微信公号"读译写诗"。现居新加坡，从事教学研究工作。

王子瓜

1994 年生于江苏徐州，复旦大学中文系博士研究生。青年诗人，著有个人诗集《长假》，兼事翻译、评论。

李以亮

诗人、译者。著有个人诗集《逆行》，译有米沃什、扎加耶夫斯基、希克梅特等诗人作品数种。现居武汉，供职于某电信公司。

曹谁

作家、诗人、剧作家、翻译家，北京师范大学文学硕士。1983 年生于山西榆社，现居北京。著有诗集《亚欧大陆地史诗》等 10 部，长篇小说《昆仑秘史》等 10 部，翻译《理想国的歌声》等 5 部，写有影视剧本《孔雀王》等百余部集。

杨炼

1955 年生于瑞士伯尔尼，6 岁时回到北京。当代诗人，朦胧诗的代表人物之一。现定居伦敦，继续从事文学创作。

陈永财

诗人，翻译家。

罗曼

1992年生于北京，祖籍广东普宁，毕业于北京外国语大学，比较文学与世界文学专业硕士，现就职于《诗刊》社中国诗歌网。

李凯

自由翻译。译有马拉美《一个牧神的午后》等，现致力于重译《尤利西斯》。

俞心樵

生于1968年1月27日。祖籍浙江绍兴，现游居北京、北美及欧州之间。二百多首诗歌被国内外众多歌手谱曲传唱并被众多电影引用。其诗歌在民间产生了巨大影响。

李栋

多语作者、译者。毕业于美国深泉学院及布朗大学创意写作专业硕士。曾执教于美国布朗大学、科尔盖特文理学院和德国波恩大学。先后得到国际笔会翻译奖、美国翻译家协会翻译奖，及诸多国际艺术中心作家驻留奖修金，并获德国洪堡、德意志交流中心等基金支持多次访学欧洲。

连晗生

诗人，译者，中国人民大学文学博士。诗作和批评发表于《诗林》《上海文化》《鲁迅研究月刊》和《新诗评论》等刊物，译有米沃什、贾雷尔等诗人作品，已出版译诗集《佩尼希胶卷》（乔治·西尔泰什著）、《贾雷尔诗选》，另有《帕特森》《乔治·赫伯特的诗歌艺术》等译著待出版。

杨东伟

现为中国人民大学文学院中国现当代文学专业博士研究生，美国康奈尔大学访问学者，有译作散见于《上海文化》《诗歌月刊》等刊物。

杨靖

南京师范大学外国语学院英语系教授，博士，博士生导师，美国文明研究所所长。迄今出版专著4部，译著16部，发表学术论文50余篇，另有学术随笔百余篇散见于《随笔》《书城》《中华读书报》《文艺报》《上海书评》等报刊。

王东东

诗人，学者。北京大学文学博士，现为山东大学（威海）文化传播学院副研究员。

主要研究领域为中国现代文学与思想、中国新诗与比较诗学。出版有诗集《空椅子》《云》《世纪》等。

倪庆饩（1928—2018）

湖南长沙人，笔名"孟修""林荇"等。著名翻译家，曾任南开大学教授。

谭笑

1987年6月生，安徽临泉人。文学博士，青年诗人。译有《上帝保佑你，死亡医生》等。

王英丽

山东人，安阳工学院副教授，本、硕阶段求学于中国延边大学，韩国国立木浦大学文学博士（获得年度优秀博士论文奖），中国山东大学外国语言文学博士后，韩国国立全南大学博士生导师。主要研究领域为语言学、文学、翻译。已在国际（核心）期刊发表论文十余篇，出版专著、译著各一部。

申舶良

1984年出生，策展人，写作者，纽约大学博物馆学文学硕士，现居上海。